書下ろし

裏支配

警視庁特命遊撃班

南 英男

祥伝社文庫

目次

第一章　現金輸送車強奪

1

何かが爆《は》ぜた。

銃声か。音は背後から聞こえた。

十月上旬の夜である。午後九時近い時刻だった。新宿三丁目の裏通りだ。

すぐ近くに老舗《しにせ》デパートがある。秋風が頬に心地よい。

風見竜次《かざみりゆうじ》は振り返った。

並んで歩いていた恋人の根上智沙《ねがみちさ》も立ち止まった。二人は入院中の智沙の母親を見舞って、イタリアン・レストランで食事をした後《あと》だった。

有名デパートの通用口のそばに、警備保障会社の社名入りの車が駐《と》められている。灰色のワンボックス・カーだ。現金輸送車だろう。

「さっきの音は何かしら？」

「銃声だと思うよ」

「えっ」

智沙が驚きの声をあげ、身を竦《すく》ませた。

人目を惹《ひ》く美人だ。二十七歳になったばかりだった。

かつて智沙は、翻訳プロダクションで働いていた。現在は家事手伝いで、もっぱら末期癌《がん》に冒《おか》された母親の世話に明け暮れている。

智沙は独《ひと》りっ子だ。父親は去年の四月に亡《な》くなっている。病死と思われていたのだが、実は他殺だった。その事件捜査に携《たずさ》わったことで、風見は智沙と偶然にも再会した。

一年ほど前、彼はたまたま銀座の裏通りで柄《がら》の悪そうな男に追われている智沙を救ってやったことがある。それが二人の出会いだった。

風見は目を凝《こ》らした。

ワンボックス・カーのかたわらには、制服姿の警察官が立っていた。まだ若い。二十四、五だろう。きちんと制帽も被《かぶ》っているが、何か違和感があった。

風見は、男が右手に自動拳銃を握っていることに気づいた。

それで、偽《にせ》警官であることを見抜いた。警部補以下の制服警官には、ニューナンブM60という輪胴型拳銃《リボルバー》が官給されている。男は、警察官になりすました犯罪者にちがいない。

「凶悪な事件が発生したようだ。路上に突っ立ってたら、危険だな」

風見は、智沙を近くのテナントビルのエントランス・ホールに避難させた。ビル内に留《とど》まっていれば、流れ弾に当たる心配はない。

「竜次さん、事件通報したほうがいいんじゃない？」

智沙が言った。血の気が失《う》せ、卵形の整った顔は紙のように白い。

「さきほどの銃声を聞きつけた者が、もう一一〇番通報しただろう」

「そうかもしれないわね」

「騒ぎが収まるまで、ここでじっとしてるんだ。いいね？」

風見は恋人に言いおき、テナントビルを飛び出した。

付近には、野次馬が群れはじめていた。人々は、こわごわデパートの通用口に目を向けている。

「危険だから、みんな、もっと退《さ》がってくれないか」

風見は大声を張り上げた。

だが、誰も後退しなかった。舌打ちしたくなったが、ぐっと堪《こら》える。

風見は刑事だ。つい先日、満三十九歳になった。まだ結婚はしていない。

警視庁捜査一課特命遊撃班のメンバーである。職階は警部補だ。大卒の一般警察官《ノンキャリア》だった。

特命遊撃班は、警視総監直属の隠密捜査機関である。

警察関係者以外は、その存在さえ知らない。本庁に設《もう》けられている特殊遊撃捜査隊『TOKAGE《トカゲ》』とは別組織だ。班長を含めてメンバーは五人だった。異端のはみ出し刑事が揃《そろ》っている。

特命遊撃班は本庁の桐野徹《きりのとおる》刑事部長の指令で、捜査本部事件の助っ人要員として駆り出されていた。もちろん、警視総監は指令内容を知っている。

都内で殺人事件など凶悪な犯罪が発生すると、所轄署の要請で警視庁は捜査本部を設置する。捜査一課強行犯《きようこうはん》捜査殺人犯捜査係の面々が出張《でば》り、地元署の刑事たちと事件の解明に当たるわけだ。捜査費用は全額、所轄署が負担する。

殺人犯捜査係は、第十係まである。第一・二係は実働部隊ではない。第三係から第十係のいずれかの班が所轄署に詰め、第一期捜査を担《にな》う。

三週間以内に犯人が逮捕されれば、風見たちチームの出番はない。捜査が難航したり、長期化が予想された場合に限って出動命令が下《くだ》る。

第二期目に入ると、地元署の捜査員たちはおのおの自分の持ち場に戻ってしまう。つまり、所轄署の刑事は捜査本部を離脱する。

代わって本庁殺人犯捜査係の別チームが十名以上、追加投入される。

二期目が過ぎても事件の片がつかないときは、さらに新たな支援要員が加わる。難事件になると、延べ百人近い刑事が捜査本部に送り込まれる。

特命遊撃班は、専従捜査員たちと競《きそ》い合う恰好《かっこう》になるわけだ。

当然、捜査本部の本庁刑事たちには疎《うと》まれる。あからさまに邪魔者扱いされることも珍しくない。

それでも、特命遊撃班は過去二年数ヵ月で十件以上の難事件を解決に導《みちび》いた。それほど優秀なチームだ。ただし、あくまでも非公式の側面支援活動である。

したがって、風見たち五人の活躍が公《おおやけ》にされることはない。毎回、表向きは専従捜査員たちの手柄になっている。

五人に特別な手当がつくわけでもない。特にメリットはなかった。

だが、風見たちメンバーは〝黒衣〟に甘んじて殺人事件の捜査に励んできた。真相を暴《あば》く快感を味わえるからだ。全員、出世欲はなかった。青臭い気負いもなかった。

風見は、神奈川県湯河原《ゆがわら》で生まれ育った。都内の中堅私大を卒業すると、警視庁採用の警察官になった。民間会社の採用試験には一度も挑《いど》まなかった。

といっても、正義感に衝《つ》き動かされて職業を選択したわけではない。単に平凡なサラリーマンにはなりたくなかっただけだ。ただ、なんとなく刑事には憧《あこが》れていた。

風見は一年あまり交番勤務をしたきりで、幸運にも刑事に抜擢《ばってき》された。押し込み強盗を三度も検挙したことが高く評価されたようだ。

刑事として第一歩を踏んだのは、新宿署刑事課だった。配属された強行犯係は、殺人や強盗事案《じあん》などを担当している。職務はハードだった。

だが、凶悪犯と対峙《たいじ》する緊迫感はスリルに満ちていた。男の闘争本能を掻《か》き立てられ、加害者の身柄を確保したときの達成感は大きい。

風見は二十代のころに新宿署、池袋署、渋谷署で強行犯係を務《つと》め、ちょうど三十歳のときに四谷《よつや》署刑事課暴力犯係になった。職務にいそしみ、無法者たちを数多く捕まえた。

その功績が認められ、二年後に警視庁組織犯罪対策部第四課に異動になった。

同課は、二〇〇三年まで捜査四課と呼ばれていたセクションが母体になった新部署だ。略称は組対《そたい》で、暴力団絡《がら》みの犯罪を摘発している。

荒くれ者たちを相手にしている捜査員は、体格に恵まれた強面《こわもて》が多い。

風見は、いわゆる優男《やさおとこ》だ。甘いマスクの彼は明らかに異色だった。外見から、やくざ者に侮《あなど》られやすかった。

風見は色男だが、軟弱ではない。性格は男っぽく、腕っぷしも強かった。柔剣道の高段者で、射撃術も上級だ。

風見は怒りに駆られると、顔つきが一変する。柔和《にゅうわ》で涼やかな目は狼のように鋭くなり、凄《すご》みを帯びる。駆け出しのやくざはたじろぎ、目を逸《そ》らす。路地に逃げ込む組員もいた。

風見は、他人に威圧感を与えるだけではなかった。

自分に牙を剝《む》いた者は容赦《ようしゃ》なくぶちのめす。抜け目のない犯罪者には、平気で反則技を使う。時には違法行為も厭《いと》わない。

そんなことで、風見は裏社会の人間や同僚たちからも一目置かれるようになった。

手錠を打った筋者《すじもの》は数え切れない。幾度も警視総監賞を与えられた。まさに順風満帆だった。

しかし、風見は一年八カ月前に運に見放された。

内偵捜査中だった銃器密売人に発砲され、思わず逆上してしまったのである。相手を徹底的に痛めつけ、大怪我を負わせた。風見は過剰防衛を問われ、特別公務員暴行致傷罪で告発されそうになった。

だが、運よく懲戒免職にはならなかった。告訴を免《まぬか》れ、三カ月の停職処分を科せられただけだった。

ペナルティーとしては、さほど重くない。それまでの働きぶりが考慮されたのだろう。それはそれで、ありがたいことだった。

しかし、風見は自宅謹慎中に虚《むな》しさに襲われた。暴力団係刑事が命懸《が》けで捜査活動を重ねても、闇社会の犯罪はいっこうに減らない。

それどころか、逆にアウトローたちの累犯率《るいはんりつ》は高まっている。景気がなかなか好転しないせいなのか。

自分が体を張ってきた職務には限界がある。無意味だったのではないか。そうした徒労感がいたずらに膨《ふく》れ上がり、ひどく気が滅入《めい》った。

そもそも風見は、警察社会の閉鎖的な空気に馴染《なじ》めなかった。わずか千数十人の警察官僚《キャリア》が、職員を含めれば二十九万人もいる巨大組織を支配していること自体に問題があると考えていた。

組織には、ある程度の統率は必要だろう。とはいっても、軍隊そっくりな階級社会は前近代的すぎる。弊害《へいがい》ばかりが目立つ。

腐敗の元凶と言っても、過言ではないだろう。機構そのものを変えなければならないのではないか。何とかしたい。

そうは思うのだが、個人の力は情けないほど非力だ。自分ひとりで声高《こわだか》に改革の必要性を叫んでも、同調者は現われないだろう。一般警察官の大半は骨抜きにされていて、イエスマンに成り下がっている。周囲を見回してみても、腰抜けしかいない。

風見は停職処分を受けたことで、依願退職して生き直す気になった。

実際、密かに再就職口を探しはじめた。しかし、あいにく希望する仕事は見つからなかった。心が挫《くじ》けそうになったとき、人事異動の内示があった。

異動先は、二年四ヵ月前に結成された特命遊撃班だった。特命チームを束《たば》ねている成島《なるしま》誠吾《せいご》警視とは旧知の仲である。

二人は年に四、五回、酒を酌《く》み交わしていた。捜査一課の管理官だった成島は口こそ悪いが、俠気《おとこぎ》のある好人物だ。他人の悲しみや憂《うれ》いに敏感な人情家でもあった。

風見は尊敬している成島警視に自分が引き抜かれたことを知り、幾日も悩んだ。気心の知れた成島に協力したいという気持ちはあったが、ためらいが強かった。特命遊撃班はあまりにも評判が悪かったのだ。

はみ出し者たちの吹き溜《だ》まりと陰口をたたかれていた。それだけではない。窓際部署と蔑《さげす》まれ、墓場とさえ言われていた。

まだ四十前だ。人生を棄《す》てるには早すぎる。

風見は辞表を懐《ふところ》に忍ばせて、特命遊撃班の刑事部屋を訪れた。すると、メンバーの中に飛びきりの美女がいた。セクシーでもあった。

はるか年下の有資格者《キャリア》だったが、まったく驕《おご》りは感じさせなかった。謙虚そのもので、第一印象は清々《すがすが》しかった。

控え目ではあったが、他者に媚《こ》びているのではない。どこか凛《りん》としていた。知的でありながら、くだけた面もうかがえた。好みのタイプだった。

惚《ほ》れっぽい性質《たち》の風見はたちまち転職する気をなくし、特命遊撃班の新メンバーになった。それから、はや一年四カ月が経《た》つ。

風見は美人警視とペアを組みながら、冗談めかして言い寄りつづけてきた。だが、そのつど軽くいなされた。脈はなさそうだ。

風見は去年の暮れに智沙と親密な関係になったせいか、最近は美しい相棒刑事を別の目で眺めるようになっていた。年齢の離れた従妹《いとこ》に接しているような気分だ。

そのくせ、たまに相棒を口説《くど》きたくもなる。もともと風見は女好きだが、ただの好色漢ではない。根はロマンチストだった。本気で理想の女性を追い求めていた。

交際中の智沙はいとおしく、大事な存在だ。

しかし、人の心は不変ではない。熱くハートを寄り添わせている男女であっても、行く末はわからない。気が多すぎるだろうか。

ふたたび銃声が轟《とどろ》いた。

野次馬たちが怯《おび》えた表情で、一斉《いっせい》に身を屈《かが》めた。現金輸送車らしいワンボックス・カーの運転席のドアは、いつの間にか大きく開かれていた。車内から硝煙が薄く洩《も》れている。偽警官がドライバーを撃ったようだ。

風見は身構えながら、灰色のワンボックス・カーに接近しはじめた。

その直後、ワンボックス・カーの後ろから二つの人影が現われた。片方は、警察官の制帽と制服を着用している。やはり、ハンドガンを手にしていた。

アメリカ製のコルト・ディフェンダーだった。コンパクト・ピストルながら、四十五口径だ。装弾数は七発だが、予《あらかじ》め薬室《やくしつ》に初弾を送り込んでおけば、フルで八発になる。

共犯者と考えられる男は、青い制服に身を包んだガードマンの片腕を摑《つか》んでいた。仲間に何か話しかけたが、風見には聞き取れなかった。

二十代後半に見える警備員が急に路上にうずくまり、涙声で訴えた。

「逆《さか》らいませんから、どうか撃たないでください。来月、結婚するんですよ」

「…………」

二人組の片割れは無言で、警備員の右の肩口に銃弾を撃ち込んだ。警備員が呻《うめ》いて、横倒れに転がった。

ほとんど同時に、二弾目が脇腹に見舞われた。ガードマンが唸《うな》って、体を丸める。

「警察の者だ。二人とも、すぐに拳銃を捨てろ！　さもないと、反撃するぞ」

風見は怒鳴《どな》って、上着の中に手を突っ込んだ。丸腰だったが、とっさに拳銃を携行している振りをしたのである。

二人組が怯《ひる》むことを願っていた。しかし、その期待は裏切られた。

ワンボックス・カーの際《きわ》に立った男が体の向きを変えるなり、無造作にピストルの引き金を絞った。

コルト・ディフェンダーではなかった。シュタイアーS40だった。オーストリア製のコンパクト・ピストルだ。銃把《グリップ》はプラスチック・フレームで、重量は七百グラムと軽い。四十口径だ。

乾いた銃声の残響が長く尾を曳《ひ》いた。

風見は姿勢を低くした。恐怖心に取り憑《つ》かれることはなかった。組対第四課にいたころ、暴力団組員に何度も発砲されている。

二十メートル以上離れていれば、めったに拳銃弾は的《まと》には当たらない。無風状態でない限り、どうしても弾道が逸《そ》れてしまうからだ。

放たれた九ミリ弾は、風見の頭上を疾駆《しっく》していった。

衝撃波は感じなかった。髪の毛もそよがなかった。

遠くからパトカーのサイレンが風に乗って流れてきた。やはり、誰かが一一〇番してくれたらしい。

シュタイアーS40を持った男が左腕を一杯に伸ばし、運転席からドライバーを引き落とした。

路面に落とされた警備員は頭部を撃ち砕《くだ》かれ、微動だにしない。もう息絶えているのだろう。

「お願いだから、殺さないでください」

二発も被弾したガードマンが哀願し、道の反対側に転がりはじめた。コルト・ディフェンダーを握った男がワンボックス・カーを回り込み、素早く助手席に乗り込んだ。

逃げる気になったらしい。

風見は路面を蹴った。ワンボックス・カーに向かって、全速力で駆ける。前髪が逆立った。スラックスも脚《あし》にまとわりつく。

ドライバーを射殺した男が、また風見に銃口を向けてきた。風見は走ることをやめ、やや腰を落とした。

銃口炎《マズル・フラッシュ》が連続して、二度瞬《またた》いた。

野次馬たちがどよめき、女の悲鳴が夜気《やき》をつんざいた。

最初の弾丸が、風見の右耳の横を掠《かす》めた。一瞬、聴力を失った。耳鳴りもした。強烈な衝撃波のせいだ。

風見は反射的に横に跳《と》んでいた。

無意識のリアクションだった。考える前に、自然に体が動いていた。

二発目は、左側にある居酒屋の軒灯《けんとう》に当たった。プラスチック・カバーが飛散した。

風見を狙い撃ちした男が、あたふたとワンボックス・カーの運転席に腰を沈めた。半ドアのまま、車を急発進させた。タイヤが軋《きし》んだ。無灯火で猛進してくる。

風見は通りの真ん中に躍《おど》り出た。

わざとジグザグに動いた。ハンドル操作の誘発を狙ったのだ。ワンボックス・カーがガードレールに接触すれば、隙を衝《つ》くチャンスが訪れるかもしれない。

だが、相手は挑発には乗ってこなかった。まっしぐらに突っ込んでくる。

風見は撥《は》ねられる直前に体《たい》を躱《かわ》した。

ワンボックス・カーは風圧を置き去りにして、明治《めいじ》通り方面に走り去った。風見は、路上で唸っている警備員に駆け寄った。

「じきに救急車が来るはずだ。しっかり気を張っててくれ」

「ぼ、ぼく、死んじゃうの？」

「急所は外れてる。命を落とすことはないさ」

「うーっ、痛い！　血もなかなか止まらないんです」

ガードマンが喘《あえ》ぎながら、掠れた声を絞り出した。

「会社の車には、丸越《まるこし》デパート新宿店の売上金が積んであったんだね？」

「そ、そうです。日本橋店の分も併《あわ》せて、車には約三億四千万円の売上金が積んでありました。ああ、撃たれた所が火傷《やけど》したみたいに……」

「もう少しの辛抱だよ。二人の偽警官には、売上金を積み終えたときに襲われたんだね？」

風見は訊《き》いた。

「そうです。塩見《しおみ》が先に運転席に入ったんだけど、そのときに拳銃を持った二人組が暗がりから急に出てきたんですよ」

「塩見というのは、射殺された同僚のことだね？」

「はい、そうです。塩見賢太《けんた》という名で、まだ二十五だったんです。かわいそうに……」

「きみの名は?」

「今西貴志《いまにしたかし》です。二十八で、十全《じゅうぜん》警備保障の社員なんです。なんだか息苦しくなってきました。ぼく、まだ死にたくありません。早く救急車を……」

「それだけ喋《しゃべ》れれば、大丈夫さ。すぐに戻ってくるから、なるべく動かないようにな」

「は、はい」

今西と名乗ったガードマンが目を閉じた。

風見は、流れ弾を左腕に受けた通行人のいる場所に向かって走りはじめた。

被弾した初老の男は舗道に坐り込み、銃創《じゅうそう》にハンカチを当てている。ハンカチは鮮血を吸って、ほぼ真っ赤だった。

怪我人の周囲には、通行人の男女が心配顔でたたずんでいる。風見は、とばっちりを受けた男を力づけつづけた。

そんなとき、テナントビルから智沙が走り出てきた。

「わたしに何か手伝えることはない?」

「せっかくだが、何もしないでくれ。初動捜査の連中が臨場するまで余計なことはしないほうがいいんだよ」

「そうなの。現金輸送車が強奪されたようだけど、車内にお金は?」

「丸越デパートの売上金三億四千万円あまりが積んであったらしい」

「そんな大金が持ち去られたの!?　二十数日前にも、西口にある家電量販店の売上金およそ二億七千万円を載《の》せた警備保障会社の車が、警官を装った二人組に強奪されたんじゃなかった？」

「そうだね」

風見は相槌《あいづち》を打った。手口の酷似した売上金強奪事件は先月の中旬に起こった。二人組はガードマンのひとりを射殺して、売上金ごと現金輸送車を奪った。

新宿署に強盗殺人事件の捜査本部が設置され、本庁殺人犯捜査九係の者たちが所轄署員と捜査をしてきた。しかし、まだ捜査線上に容疑者は浮かび上がっていない。

「二つの事件の犯人たちは偽警官だったから、同じ二人組の仕業《しわざ》なんじゃないかしら？」

「その可能性はあるね」

「パトカーと救急車が到着したら、わたしは先に帰宅したほうがいいんじゃない？」

「そうしてくれないか。おれは現場検証に立ち会ったほうがよさそうなんでな」

「わかったわ。竜次さん、遅くなっても家に来てね」

智沙が甘やかに囁《ささや》いた。

風見は笑顔でうなずいた。智沙の自宅は世田谷区桜《さくら》三丁目にある。戸建て住宅だ。母親が入院中とあって、風見は週に三日は恋人の自宅に泊めてもらっていた。

ほどなく数台の覆面パトカーが到着した。降り立ったのは、新宿署刑事課の捜査員たちだった。その多くは顔見知りだ。

やや遅れて、本庁機動捜査隊初動班の車輛が現場に着いた。五台の救急車と夥《おびただ》しい数の白黒パトカー、鑑識車が裏通りに集まった。

「それじゃ、後でね」

智沙が軽く片手を挙げ、JR新宿駅に足を向けた。野次馬の数は何倍にも増えていた。

風見は本庁機動捜査隊初動班の主任を見つけ、大股で歩きだした。

2

愛人は全裸だった。

どういうつもりか、白いシャギーマットの上でヨガのポーズをとっていた。

代官山《だいかんやま》にある彼女の自宅マンションの寝室だ。十二畳ほどの広さで、出窓寄りにはダブルベッドが据《す》え置かれている。

男は黒いバスローブのベルトを結びながら、ベッドルームに足を踏み入れた。シャワーを浴びた直後だった。

「麻里《まり》、はしたないぞ。最初っから素っ裸じゃ、味も素っ気もないじゃないか」

「ごめんなさい。でも、熱めのシャワーを浴びたんで、体が火照《ほて》ってたの。だから、バスローブを脱いじゃったのよ」

「そうか。それより、何の真似だ？」

「セックスの前のストレッチ体操のつもりなの。パパはわたしが全身をしならせると、とってもエロチックだと言ってくれたじゃない？」

「そうだったかな」

「やだ、忘れちゃってるみたいね。わたし、パパに大事にしてもらってるから、ベッドで満足してほしいのよ。だからね、パパが望むことは叶えてあげたいの。これも感謝の気持ちから……」

　麻里が自分の下腹部を指さした。飾り毛はなかった。数日前、男が面白半分に剃《そ》り落としたのである。

　愛人の矢代《やしろ》麻里は二十五歳だが、ベビーフェイスだ。それでいて、肉体は熟《う》れていた。乳房は豊満で、ウエストのくびれが深い。腰は張っていて、腿《もも》はむっちりとしている。砂時計のような体型だった。

だが、和毛《にこげ》が消えた秘部は妙に初々《ういうい》しく見える。シェイブド・プレイに耽《ふけ》っているうちに、男はいつになく欲情を煽《あお》られた。もう五十代の半《なか》ばだが、青年のように麻里を荒々しく抱くことができた。

愛人は元テレビ・タレントだ。クイズ番組のアシスタントや旅番組のレポーターを務めていたようだが、それだけでは贅沢《ぜいたく》な暮らしはできなかったのだろう。

麻里は二年ほど前から、銀座の高級クラブで週に二日だけ働くようになった。男をその店に連れていってくれたのは、東大法学部の先輩である遣《や》り手の弁護士だった。

男は、麻里に一目《ひとめ》惚《ぼ》れしてしまった。彼女のいるクラブにちょくちょく通い、親密になりたかった。しかし、男は国家公務員である。大企業の重役や実業家ではない。自分の金で高級クラブで飲むだけの余裕はなかった。

男は大学在学中に国家公務員上級甲種試験に合格した。現在のI種である。公務員になり、順調に出世街道を歩んでいた。五年前には局次長のポストに就《つ》いた。キャリア官僚の中でも出世頭だった。

しかし、人生には落とし穴があった。三年数カ月前、母方の従弟《いとこ》が殺人事件を引き起こした。縁者が殺人犯として逮捕されたら、一族の恥になる。男は身内に泣きつかれたこともあって、従弟の国外逃亡を手助けしようとした。

そのことが上司に知られ、人生の歯車は狂いはじめた。男の不祥事は揉《も》み消されたのだが、露骨に出世コースから外された。関連省に出向《しゅっこう》させられ、降格に甘んじなければならなかった。

出向先には居場所がなかった。大学の後輩の官僚たちの部下にされ、君《くん》づけで呼ばれたり、呼び捨てにもされた。死にたくなるほど屈辱的だった。連日のように自尊心を傷つけられた。

男は島根県の片田舎《いなか》育ちだった。家具職人だった父親は働き者だったが、偏屈《へんくつ》な面があった。町工場でパート工員をしていた母も、器用な生き方はできなかった。

男は五人弟妹《きょうだい》の長男だった。家族が貧乏生活から抜け出すには、自分が一角《ひとかど》の人物になるほかないと小学生のころから考えるようになった。

男は、ひたすら勉学に励んだ。だが、ひ弱な学校秀才にはなりたくなかった。スポーツにも打ち込み、文武両道に秀《ひい》でることをめざした。

中学時代に全国学力テストで全科目満点を採《と》り、地元紙の取材を受けた。高校生のときは、走り幅跳《と》びで国体にも出場した。ボランティア活動でも表彰された。

東大には予備校にも通わずに、現役合格を果たした。長男の頑張りに刺激されたのか、弟や妹もアルバイトで学費を工面《くめん》し、それぞれ有名大学に入った。そして、弟妹は安定した大会社に就職して、健《すこ》やかに暮らせるようになった。

男は国家公務員になると、さらに上昇志向を強めた。単に高い社会的地位を得て、安逸《あんいつ》な暮らしを求めたかったのではない。

自分にはトップになるだけの才覚が備わっていると確信するようになっていた。知力、体力はもちろん、人を束《たば》ねる能力もあると信じて疑わなかった。

裕福な家庭で甘やかされて成長したわけではない。一般庶民や底辺で生活苦に喘《あえ》いでいる人々の気持ちはよくわかる。有産階級はほんのひと握りだ。

多くの国民の気持ちを汲《く》み取れる人間が国の舵取《かじと》りをしなければならない。自分こそ、うってつけだろう。

男は独身のころから、そういう思いを懐《いだ》いていた。手初めに自分が属していた組織のトップに立ち、改革を推《お》し進める気でいた。さらに社会の歪《ゆが》みをすべて正すことを真剣に考えていた。

私利私欲でうまく立ち回っている多くのエリート官僚たちとは、志《こころざし》が違う。彼らは真のエリートではない。悪賢いエゴイストだ。

優秀なリーダーは社会に貢献すべきである。私欲を棄《す》て、世の中のために汗水を垂らす。それでこそ、舵取りをする資格があるというものだろう。

男は職場で敬愛される指導者になる日を夢見て、仕事に励んできた。ステップ・アップにつながる事柄は、たいてい無条件で受け容《い》れてきた。

キャリアの先輩に勧められるままに三つ年下の妻と見合い結婚したのも、出世欲からだった。妻の小夜子《さよこ》の実父は法務省の赤レンガ派の元高級官僚で、いまは国会議員だ。

小夜子は名門女子大出身で、容姿も悪くない。しかし、性格はわがままだ。高慢だった。親や周《まわ》りの大人たちにちやほやされて大きくなったからか、他者に対して思い遣《や》りがない。成功者たちには平気でおもねったりするが、力を持たない人々には冷ややかだ。

男は一男一女の父親だが、妻に深い愛情を感じたことはなかった。家庭を守らなければならないという意識はあったが、もう何年も前から仮面夫婦と言える状態だった。

もともと大恋愛の末に結ばれたわけではない。どちらも打算絡みで夫婦になったようなものだ。新婚時代から、互いにどこかぎこちなかった。

それでも子宝に恵まれると、男は妻との距離がぐっと縮まった気がした。小夜子も心を開いてくれた。

しかし、所詮は計算や思惑《おもわく》が働いた結びつきだった。価値観の違いから、よく衝突するようになった。男は家庭は安らぎの場所であってほしいと願っていた。寛《くつろ》ぎたかった。

だが、妻のぎすぎすした態度に接すると、早く帰宅する気持ちにはなれなかった。下の娘が生まれた翌年、男は弾みで浮気をした。ほんの遊びだった。戯《たわむ》れの相手が取柄《とりえ》のない女だと知ると、小夜子は烈火のごとく怒った。

あらゆる面で自分よりも劣《おと》っている女性と寝たことがどうしても赦《ゆる》せないと真顔で喚《わめ》き、二人の子供を連れて都内にある実家に帰ってしまった。男は、妻の思い上がった考えに憤《いきどお》りを覚えた。

女の価値は学歴、容貌、家柄などで決まるわけではない。男たちは、気立てのいい優しい女に癒《い》やされる。勘違いも甚《はなは》だしい。

男は夫婦喧嘩の種を蒔《ま》いたのは自分と知りつつも、本気で妻と離婚する気になった。だが、子供たちにはそれなりに愛情を感じていた。息子と娘に悲しい思いをさせるのは罪深いことだろう。

男は妻とその両親に詫《わ》びを入れ、小夜子と子供たちに家に戻ってもらった。それ以来、大きな波風は立っていなかった。

しかし、男が関連省に出向になると、妻は厭味《いやみ》たっぷりに貧乏くじを引かされたと口にするようになった。それも一度だけではなかった。息子や娘の前でも何回となく口走った。

男は腹立たしかったが、あえて何も言い返さなかった。黙って自分の書斎に引き籠《こ》もった。

て、必死に荒ぶる心を鎮《しず》めた。

出向先から元の職場に戻れる見込みはなさそうだ。仮に古巣に戻れたとしても、もう出世はできないだろう。

だからといって、出向先で惨《みじ》めな思いをしつづけていたら、いつか精神のバランスを崩すことになるだろう。負け犬のままで終わりたくない。哀《かな》しすぎるし、癪《しゃく》でもある。

男の気持ちは少しずつ屈折した。

表社会でリーダーシップを発揮できなくなっても、それで人生は終わりではない。開き直って、裏社会の支配者になればいいのではないのか。歪んだ形だが、暗黒社会を牛耳《ぎゅうじ》る立場になれば、虐《しいた》げられた男女や社会的弱者の味方になることもできるだろう。

征服の歓《よろこ》びも味わえそうだし、反社会的な行為にも少しは意義があるにちがいない。市民の暮らしを脅《おびや》かしているのは、政治家の無策ぶりや利潤追求に走っている大企業のせいばかりではない。法律の向こう側で暗躍している闇社会の人間たちも、庶民をさまざまな形で喰《く》いものにしている。まさに悪人だ。

総じてインテリたちは、暴力に弱い。政治家、財界人、役人たちも黒い紳士たちには恐ろしさを感じていて、まともに闘おうとしない。このままでは、この国はいつまでも民主的な社会にはならないだろう。

悪は、悪を以《もっ》て制す。日本の暗黒社会を誰かがいったん叩き潰《つぶ》して、新たな秩序でコントロールする必要がありそうだ。

やくざ者や麻薬中毒者をゼロにすることなどできない。しかし、一定のルールで無法者たちを縛《しば》ってしまえば、堅気《かたぎ》に迷惑をかける輩《やから》は激減するはずだ。

男はそんな想念に取り憑《つ》かれ、一年数ヵ月前から密かに非合法な手段で悪銭を集めまくっていた。

少し悪知恵を働かせれば、面白いように大金が転がり込んでくる。そうして得た汚れた金で男はせっせと麻里の店に通い、彼女のパトロンになったわけだ。

「パパ、また仕事のことを考えてるんでしょ？　わたしと二人きりのときは、麻里のことだけを考えてほしいな」

愛人が不満を洩らした。

「ごめん、ごめん！」

「依頼人が裁判に負けそうなの？」

「勝訴させるさ」

男は弁護士になりすましていた。もちろん、麻里に詳しいことは教えていない。携帯電話のナンバーしか伝えていなかった。本名も伏せ、偽名を使っている。

「パパ、すぐにメイク・ラブする？」

「いや、その前に麻里にお土産《みやげ》を渡してやろう」

「何かしら？」

「ちょっと待っててくれ」

「ずっと前から欲しいと思ってたバセロンの腕時計をプレゼントしてくれるのかな？　でも、五百万円もする超高級品だから、違うわよね？」

「もっと価値のある物だよ」

「うわっ、最高！」

麻里が子供のようにはしゃいだ。

男は寝室から居間に移り、コーヒーテーブルに置いてある黒いアタッシェ・ケースを取り上げた。

中身は三千万円の現金だった。帯封は掛かっていない。配下の者が二十何日か前に不正な方法で手に入れた大金の一部だ。

手下の者たちが奪った家電量販店の売上金は、二億七千万円あまりだった。その大金を手に入れるため、実行犯のひとりは警備保障会社のガードマンを射殺してしまった。

人殺しは避けてほしかったが、やむを得なかったのだろう。売上金を現金輸送車ごと強奪した二人の男は計画通りに待機していた大型キャリーカーの荷台にワゴン車を手早く積み、すぐにシートを被《かぶ》せてくれたらしい。

おかげで、捜査の手は実行犯の二人には伸びていない。すでに解体済みのワゴン車から足がつくこともないだろう。そんなわけで、二人組は今夜も次の仕事を完璧に遂行してくれた。

男はアタッシェ・ケースを抱えて、ベッドルームに戻った。

「もしかしたら、中身はお金なんじゃない？」

「なぜ、そう思った？」

「時計や宝石だったら、化粧箱に入ってるでしょ？」

麻里が答える。

「なるほど、そうだな」

「それに、紙束の匂《にお》いがしたのよ。いまのは冗談だけどね」

「麻里はいい勘してるな。このアタッシェ・ケースには三千万円入ってる。万札が三千枚入ってるから、けっこう重いよ」

「三千万円もいっぺんに貰えるの⁉　なんか信じられなーい。パパ、何か危《ヤバ》いことをしたんじゃないわよね？」

「ばかを言いなさい。わたしは現職の弁護士だよ。悪いことをしたわけじゃない。遺産相続に関する揉めごとを和解に持ち込めたんで、少しまとまった額の報酬が入ったんだ」

「そうだったの。それなら、安心して貰えるね」

「麻里はポルシェを欲しがってたんじゃなかったか？」

「ええ。買っちゃってもいいの？」

「ああ、買えばいいさ。普通の渡し方じゃ面白くないな」

男はアタッシェ・ケースの蓋《ふた》を開けると、無造作に一万円札を鷲摑《わしづか》みにした。それを床一面に撒《ま》き散らす。

ひらひらと乱舞する紙幣は美しかった。ダブルベッドの上にも散らした。

「すごい！　お札の海ね」

「そうだな。麻里は嗅覚《きゅうかく》が鋭いんだから、犬になってみてくれないか」

「え？」

「獣《けもの》みたいに床に這《は》って、札束を口一杯にくわえてみてくれ」

「そんな恰好《かっこう》をしたら、お尻《しり》の穴までパパに見られちゃう。恥ずかしいわよ、いくら何でも」

「尻《けつ》めどまで舐《な》め合った仲じゃないか。いまさら恥ずかしがることはないだろうが？」

男はサディスティックな気分を募《つの》らせはじめた。

「だけど、あさましい姿を見せるのは抵抗あるわ」

「なら、万札を拾い集めて、アタッシェ・ケースの中に戻すか」

「パパったら、意地悪ね」

麻里は頬を膨らませたが、すぐに床を這いはじめた。

果実を連想させる胸の隆起がゆさゆさと揺れている。秘めやかな亀裂も肛門《アヌス》も丸見えだった。若い娘も金の魔力には克《か》てなかったのだろう。

麻里は万札を何枚かくわえたまま、寝室を這い回った。男は歪《いびつ》な勝利感を覚え、思わず口許を緩《ゆる》ませた。

「パパ、ありがとう」

麻里が男の足許にひざまずき、口から紙幣を吐き出した。万札は唾液で濡れていた。

「うん、うん」

「恥ずかしい後ろの部分、しっかりと見たでしょ？」

「ちらりと見ただけだよ。でも、刺激的だった」

「パパは、ちょっと変態っぽいな。でも、わたしによくしてくれてるんで、たっぷりと返礼するね」

「どんなお返しをしてくれるのかな？」

男は笑いかけた。

麻里が目でほほえみ、バスローブの裾《すそ》を大きく割った。ペニスの根元をリズミカルに握り込みながら、舌の先で亀頭をなぞりはじめる。

巧《たく》みな舌技だった。麻里は、男の体を識《し》り抜いていた。性感帯を的確に刺激してくる。

男は昂《たか》まった。

いつもよりも雄々《おお》しく反《そ》り返った。麻里が男根《だんこん》を浅く含《ふく》み、生温かい舌を閃《ひらめ》かせはじめた。舌は目まぐるしく形を変えた。

男は麻里の頭を両腕で引き寄せ、自《みずか》ら腰を躍《おど》らせはじめた。久々のイラマチオだった。

3

柔肌が張り詰めた。

裸身が急に縮まった。智沙の愛らしい乳首は硬く痼《しこ》っている。沸点《ふってん》が近いようだ。

風見は智沙の官能的な唇を吸いつけながら、律動《りつどう》を速《はや》めた。

ワイルドに突くだけではなかった。腰に捻《ひね》りも加えた。智沙が喉の奥で、切なげに呻きはじめた。結合部の湿った音が高くなった。

根上宅の階下の客間だ。二人は蒲団《ふとん》の中で体を重ねていた。正常位だった。

丸越デパートの売上金が強奪された翌朝である。まだ七時前だった。

前夜、風見は現場検証が終わると、すぐにタクシーで智沙の自宅を訪れた。軽くワインを飲んでから、いつものように彼は智沙と睦《むつ》み合うつもりでいた。

しかし、昨夜の事件を話題にしているうちに肌を重ねる機会を逸《いっ》してしまった。二人は枕を並べて眠りに落ちた。どちらからともなく求め合ったのは、小《こ》一時間前だった。

風見は情熱的に神々《こうごう》しいまでに白い肌を貪《むさぼ》った。智沙も狂おしげに風見の体を愛撫《あいぶ》した。

すでに風見は二度、智沙を極《きわ》みに押し上げていた。快感の高波に呑《の》まれると、智沙はしどけなく乱れた。息を詰まらせ、淫蕩《いんとう》な呻き声を零《こぼ》した。

全身をリズミカルに硬直させるたびに、風見はきつく締めつけられた。そのたびに果てそうになった。だが、気を逸らして堪《こら》えた。

持ち前のサービス精神を発揮しただけではない。智沙の痴態《ちたい》を幾度も眺めたかったのである。それほど悩ましく妖《あや》しかった。

「ね、追ってきて！　最後は一緒に……」

智沙がわずかに顔をずらし、甘くせがんだ。吐息がくすぐったい。

風見はそそられた。自然に体が反応していた。ゴールに向かって疾走しはじめる。

数分が流れたころ、背筋が立った。かすかな痺《しび》れを伴《ともな》った快感が頭まで一気に駆け上がった。

一瞬、脳天が白く霞《かす》んだ。射精感は鋭かった。体の底が引き攣《つ》れた。

ほぼ同時に、智沙も頂《いただき》に達していた。憚《はばか》りのない声をあげた。

ペニスに愉悦《ゆえつ》のビートがはっきりと伝わってきた。風見は搾《しぼ》られ、絡みつく襞《ひだ》に揉み立てられた。ひとりでに、声を洩らしてしまった。

智沙が控え目に臀部《でんぶ》をもぞもぞとさせた。そのサインは、すぐにわかった。風見は下腹を密着させ、敏感な突起を圧迫しはじめた。むろん、強弱をつけた。

ほどなく智沙が腰をくねらせながら、啜《すす》り泣くような声を発しはじめた。煽情的《せんじようてき》な声だった。

二人はたっぷりと余韻《よいん》を味わってから、ゆっくりと体を離した。

智沙は肌の火照《ほて》りが消えるまで、素肌を風見に寄り添わせていた。それから彼女は夜具を抜け、浴室に向かった。

風見は腹這いになって、キャビンをくわえた。

情事の後《あと》の一服は、いつも格別にうまい。風見はたてつづけに二本の煙草を喫《す》ってから、仰向《あおむ》けになった。天井をぼんやりと見上げていると、瞼《まぶた》が重くなった。

智沙に揺り起こされたのは、午前八時四十分ごろだった。

「気持ちよさそうに眠ってたんで、起こすのは気の毒だと思ったんだけど……」

「もう起きるよ」

「そう。朝ご飯の用意はできてるの」

「いつも悪いな」

風見は畳の上のトランクスを摑み、寝具の中で穿《は》いた。

「シャワーを浴びたら、食堂に来てね」

智沙が言って、十畳の和室から出ていった。

風見は夜具を離れると、浴室に向かった。頭から熱めのシャワーを浴び、手早く全身を洗う。ついでに、伸びかけている髭《ひげ》も剃った。

先月、中目黒の自宅マンションから当座の着替えや洗面用具などを根上宅に運んでいた。

入院中の智沙の母親は、娘が風見を週に三日も自宅に泊めていることを薄々知っている様子だ。しかし、智沙をふしだらだと咎《とが》めたことはない。風見に、けじめをつけろとも言わなかった。

だが、彼女は二人が早く結婚することを望んでいるにちがいない。智沙も、そうしたいと思っている節《ふし》がある。

風見のほうは、まだ踏ん切りがつかなかった。智沙は、理想の女性に近い。そろそろ年《ねん》貢《ぐ》を納めるべきなのだろう。そうは思いながら、決心がつかない。

智沙と結婚してからも、絶対に別の女性に魅《み》せられないとは言い切れなかった。より理想に近い女がいたら、移り気を起こしそうな気もする。

一途《いちず》に自分を慕《した》ってくれている智沙を泣かせたくはない。このまま曖昧《あいまい》な関係をつづけるのは、あまりにも無責任だ。罪作りだろう。いずれ決断するつもりでいるが、もう少し時間が欲しかった。

智沙の母親は、余命いくばくもない。いつまでも待たせるのは酷《こく》だ。といって、適当に妥協《だきょう》したら、智沙に失礼だろう。

場合によっては、自分も後悔することになるかもしれない。男の狡《ずる》さをもろに出しているようだが、いましばらく猶予を与えてもらいたいものだ。

風見は浴室を出た。

脱衣所には、下着や衣服が用意されていた。智沙のかいがいしさには、頭が下がる。風見は身繕《みづくろ》いをすると、食堂に直行した。

ダイニング・テーブルには、伝統的な和風朝食が調《ととの》っていた。

「パン食のほうがよかった？」

智沙が問いかけてきた。薄化粧をしている。きょうも美しかった。

「いや。できれば、和食がいいと思ってたんだ」

「本当に？」

「ああ。西京漬《さいきょうづ》けは鰆《さわら》かな？」

「そう。塩鮭もあるけど、焼こうか？」

「鰆をいただくよ。明太子、厚焼き玉子、鮪《まぐろ》の角煮、胡麻豆腐《ごまどうふ》、蒲鉾《かまぼこ》、筑前煮《ちくぜんに》、味付け海苔、お新香と盛りだくさんだな」

「納豆《なっとう》も買ってあるけど、どうする？」

「そんなに喰《く》えないよ」

風見は笑って、食卓についた。智沙が炊《た》き立てのご飯と味噌汁を用意する。

二人は差し向かいで朝食を摂《と》りはじめた。

智沙は少し照れ臭そうだった。はにかむ姿を見るのは嫌いではなかった。

「こんなふうにして朝飯を喰ってると、早く所帯を持ったほうがいいのかもしれないと思えてくるな」

「竜次さん、あんまり無理をしないで。早く母を安心させたいという気持ちはあるけど、結婚のことはわたしたち二人の問題だもの」

「そうなんだが……」

「わたし自身は結婚という形態にさほど拘《こだわ》ってないの。竜次さんとできるだけ長く恋仲でいたいとは思ってるけどね」

「しかし、おれたちは六月に三軒茶屋《さんげんぢゃや》の写真館で新郎新婦の礼服をまとって写真を撮ってもらったんだから、そのうちけじめをつけなきゃな」

「母にわたしのウエディング・ドレス姿を見せてやりたかったことは確かだけど、別に竜次さんをせっついたわけじゃないのよ。だから、あんまり悩まないで」

「とにかく、もう少し待ってくれないか」

「ええ、わかったわ。そんなことよりも、先月の中旬に新宿西口の『ラッキー電機』の売上金が強奪されたけど、第一期捜査では二人組の犯人は捕まえられなかったのよね？」

「そうなんだ」

「なら、竜次さんたちのチームに出動指令が出そうね」

「昨夜《ゆうべ》、同じ新宿署管内でデパートの売上金が強奪されて、ガードマンのひとりが射殺された。同僚の警備員は二発撃たれたが、救急病院で一命を取りとめた」

「そういう話だったわね。どちらの事件も犯人たちは警察官を装って、犯行に及んだ。しかもガードマンを撃ち殺して、現金輸送車を乗り逃げしてる。手口がほとんど同じだから、同一の二人組の仕業《しわざ》っぽいわね」

「そう見てもいいだろう」

「竜次さんたちが側面支援をするようになったら、一日も早く犯人たちを突き止めてあげて。車ごと売上金を奪うなんて凶悪すぎるわ。持ち去られた売上金も巨額だけど、ガードマンが二人も射殺されて、肩とお腹を撃たれた方もいるし、流れ弾に当たった通行人もいたのよね。そんな凶悪犯罪が続発したら、市民は外出もできなくなっちゃう」

「そうだな」

「治安を守ることが竜次さんたちの役目なんだから、ぜひ頑張ってね」

「もちろん、ベストを尽くすさ」

風見は言葉に力を込めた。

朝食を済ませ、洗面所で歯を磨く。ボタンダウンの長袖シャツの上にテンセルの黒いジャケットを羽織《はお》る。下は白のチノクロス・パンツだった。いつも風見はラフな身なりをしている。ネクタイはめったに締めない。

智沙に見送られて根上宅を出たのは、九時半過ぎだった。

風見は田園都市線《でんえんとし》と地下鉄を乗り継《つ》いで、桜田門《さくらだもん》の職場に向かった。登庁したのは、およそ四十分後だった。

風見は、いつものように通用口から本部庁舎に入った。地上十八階建てで、エレベーターは十九基もある。一万人近い警察官や職員が働いているが、誰もが顔見知りというわけではなかった。

その理由は簡単だ。エレベーターは低層用、中層用、高層用に分かれている。利用階数が異《こと》なれば、関わりのない人間とはまず庁舎内で同じ函《ケージ》に乗り合わせない。

風見は中層用のエレベーターに乗り込んだ。

六階でケージから出る。同階には、刑事部長室、刑事総務課、捜査一課、組織犯罪対策部第四・五課、捜査一課長室などがある。特命遊撃班の刑事部屋は、わかりにくい場所にあった。エレベーター・ホールから最も遠い。給湯室の並びだった。

プレートは掲《かか》げられていない。

ドアにも室名は記《しる》されていなかった。本部庁舎の九階には、記者クラブがある。新聞社やテレビ局の記者たちは庁舎内を自由に歩き回っている。彼らに特命チームのことを覚《さと》られては何かと都合が悪い。

風見は特命遊撃班の小部屋に急いだ。

出動指令が下されなければ、特命遊撃班にはこれといった職務はない。それでも原則として、メンバーは登庁することを義務づけられていた。

しかし、登庁時刻までは定められていなかった。午前九時半までに顔を出す者が多い。退庁時刻はまちまちだった。

風見はアジトに入った。

二十五畳ほどの広さだ。出入口の近くに四卓のスチール・デスクがブロックを形づくり、正面の奥に班長席がある。その斜め前に、五人掛けのソファ・セットが置かれていた。壁際には、スチール・キャビネットが並んでいる。

成島班長は自席で、いつものようにヘッドフォンを使って古典落語のカセット・テープを聴いていた。志《し》ん生《しょう》の大ファンだった。

成島は先々月、五十五歳の誕生日を迎えた。ボスは特命遊撃班が結成されるまで捜査一課の管理官を務めていた。ノンキャリア組の出世頭だった。

捜査一課を仕切っているのは、言うまでもなく一課長である。ナンバーツウが理事官だ。理事官の下には八人の管理官がいて、それぞれが各捜査係を束《たば》ねている。

捜査一課の課員数は現在、三百五十人を超えている。大所帯だ。管理官になれる者は限られている。成島班長は順調に出世してきたわけだ。

だが、班長は管理官だったころに暴走をした。連続殺人犯のふてぶてしい態度に理性を忘れて、相手を張り倒してしまったのである。よっぽど腹が立ったのだろう。その不始末で、成島警視は降格になった。

しかし、当の本人はまったく意に介していない。かえって現場捜査に携われることを喜んでいるようだ。成島は二十年以上も殺人犯捜査に関わってきた。

神田《かんだ》で生まれ育ったボスは、江戸っ子そのものだ。

何よりも粋《いき》を尊《たっと》び、野暮《やぼ》ったいことを嫌う。事実、当人は実にいなせだった。竹を割ったような気性で、権力や権威にひれ伏すことを最大の恥と心得ている。物欲はなく、気前がよかった。

ただし、外見は冴《さ》えない。

ブルドッグを想《おも》わせる顔立ちで、ずんぐりむっくりとしている。短く刈り込んだ頭髪は、だいぶ薄い。酔いが回ると、べらんめえ口調になる。気が短く、喧嘩《けんか》っ早い。

決しておべんちゃらは言わない。めったに部下たちを誉《ほ》めることもなかった。だが、いつも肚《はら》の中は空っぽだった。親分肌で、頼りにもなる。ジャズと演歌をこよなく愛している変わり者だ。

妻とは三年半ほど前に死別している。文京区本郷《ほんごう》三丁目に自宅がある。二十八歳の息子や二十六歳の娘と一緒に分譲マンションで暮らしていた。長男は予備校講師で、長女はフリーのスタイリストだ。

「おっ、色男！　きょうも重役出勤か。つき合ってる彼女としっぽりと濡れてやがったな。図星だろ？」

成島が茶化した。

「窓から覗《のぞ》いてた出歯亀《でばがめ》は、やっぱり班長だったか」

「くそっ、バレてたか」

「例によって、志ん生を聴いていたんでしょ？」

「そう」

「同じ噺《はなし》を繰り返し聴いて、どこが面白いのかな。どうせ下げはわかってるのに」

「それでも、笑えるんだよ」

「信じられないな、おれには」

風見は肩を竦《すく》めた。成島がふたたびヘッドフォンを両耳に当てた。

紅一点の八神佳奈《やがみかな》はコーヒーテーブルを挟んで、佐竹義和《さたけよしかず》巡査部長とトランプ・ゲームに興じていた。二人は、よくポーカーやブラックジャックをしている。金は賭《か》けていないようだが、敗者は缶コーヒーを奢《おご》らされていた。

佳奈は並の女優よりも美しい。綺麗《きれい》なだけではなかった。頭も切れる。

東大法学部出身で、国家公務員試験Ⅰ種合格者だ。つまり、警察官僚《キャリア》だ。早くも職階は警視である。

地方の所轄署なら、署長になれる階級だ。超エリートと言ってもいいだろう。来月で満二十八歳になるはずだが、まだ二十七だ。

佳奈は警察庁長官官房の総務課時代に有資格者の上司の思い上がった考えを手厳しく詰《なじ》り、警視庁捜査二課知能犯係に飛ばされた。彼女は出向先でも、理不尽な命令や指示には従わなかった。女性ながら、気骨がある。

佳奈は転属先でも生意気な女というレッテルを貼られ、職場で疎外されていた。厄介者扱いされ、いじめの標的にもされていたらしい。

成島は、反骨精神の旺盛な人物を高く評価している。異端者を庇《かば》う気質でもあった。成島は佳奈を逸材《いつざい》と見て、特命遊撃班で引き取った。前例のない人事だった。

佳奈は、高校を卒業するまで札幌《さっぽろ》の実家で暮らしていた。社長令嬢だ。父親は大きな洋菓子メーカーの二代目社長で、佳奈の実兄は役員を務めている。

美人警視は、父や兄とは肌合いが違う。親の財力に甘えることなく、我が道を歩いているわけだ。若いながらも、芯《しん》のある生き方をしている。その点も好ましい。

「あら、ずいぶんすっきりとした感じですね。湯上がりでしょ？」

佳奈が振り返った。

「女の匂いをまとわりつかせたまま、登庁するわけにはいかないからな」

「根上智沙さんの家にお泊まりだったんですね？」

「ジェラシーを感じちゃうか？　そのうち八神の麻布《あざぶ》十番のマンションにも泊まってやるよ」

「イケメンが二枚目ぶると、すっごく厭味《いやみ》になりますよ。それより、なんで風見さんをわたしの部屋に泊めなきゃならないんです？」

「おれたちは、運命の赤い糸で結ばれてるからさ。いずれ二人はくっつく宿命なんだ。八神にだって、赤い糸が見えてるはずだがな」

「見えてません！　彼女がいるのに、よくそういうことが言えますね。呆れちゃうわ。わたし、多情な男性はノーサンキューですっ」

「冗談だよ」

風見は相棒刑事に言って、佐竹に顔を向けた。

「また、ドボンで負けてるようだな？」

「ええ、まあ。でも、いいんです。そろそろ缶コーヒーを飲みたいと思ってたころだから」

「負け惜《お》しみの強い男だ」

「年下の娘《こ》に負けっ放しじゃ、カッコがつかないでしょ？　少しは見栄を張らせてくださいよ」

佐竹が口を尖《とが》らせた。

風見は吹き出しそうになった。四日前に三十三歳になった佐竹は、かつて本庁警務部人事一課監察室の室員だった。要するに、元監察係員だ。監察係員たちは、警察官の不品行や犯罪に目を光らせている。

彼らは警察庁の特別監察官と力を合わせて、毎年五、六十人の悪徳警官を摘発している。懲戒免職者のことは、あまり新聞やテレビで報じられない。警察の上層部が威信《いしん》を失いたくなくて、不祥事を伏せることが多いからだ。

佐竹は監察係員でありながら、警察学校の同期だった所轄署風紀係刑事の収賄に目をつぶってしまった。致命的な失点だ。

同期の刑事は管内の風俗店やストリップ劇場に手入れの情報を事前に洩らし、そのつど数十万円の謝礼を貰っていた。

その風俗刑事の父親は町工場の経営者だったが、倒産の危機に直面していた。借金だらけで、喰うにも困った状態だったらしい。息子は親にひもじい思いをさせたくなくて、ついつい手を汚してしまったようだ。

気のいい佐竹は、情《じょう》に絆《ほだ》されたのだろう。しかし、弁解の余地はない。本来なら、懲戒免職になっていたはずだ。

しかし幸か不幸か、たまたま前年度の免職者が多かった。そうした裏事情があって、佐竹は刑事総務課に預けられた。

だが、特に仕事は与えられず、成島が見かねて、佐竹をチームのメンバーに入れたのである。

佐竹は確かにお人好しだ。結婚詐欺《さぎ》に引っかかっても、相手を憎み切れない男だった。好漢は好漢である。

佐竹は背が高い。大学時代はバスケットボール部の主力選手だったらしい。独身で、新宿区内にある官舎で暮らしている。

未婚の警察官は原則として、待機寮と呼ばれている単身用住宅に入らなければならない。しかし、あまり快適ではないということで、もっともらしい理由をつけて民間のアパートやマンションに移る者が多かった。

風見も二十代の半ばに待機寮を出て、ずっと中目黒の賃貸マンション住まいだ。湯河原の実家には、年に数回しか帰省《きせい》していない。両親は健在だが、跡取りの兄とは気が合わなかった。風見は次男である。二人兄弟だった。

佳奈も、何年か前に国家公務員住宅を出てしまった。やはり、官舎は暮らしにくいのだろう。

「遅くなりまして、すみません。歯医者に寄ってきたもんで……」

岩尾健司《いわおけんじ》警部がそう言いながら、刑事部屋に入ってきた。風見は笑顔で挨拶を交わした。

「虫歯の治療でしたね？」

「そう。神経を抜いてもらったから、もう大丈夫だよ」

岩尾が自席についた。

来月、四十七歳になる。哲学者めいた風貌で、物静かだった。

岩尾は三年四カ月前まで、本庁公安部外事一課に属していた。公安刑事として、有能だったようだ。三十代のとき、ロシア漁業公団の下級船員になりすました大物スパイの正体を見破り、根室《ねむろ》市内で検挙した。大手柄だ。

だが、その後がよくない。岩尾はロシアの美人工作員ナターシャの色仕掛け《ハニー・トラップ》に嵌《は》められ、公安関係の重要機密を教えてしまった。取り返しのつかないミスだ。

岩尾は本庁捜査三課のスリ係に異動させられた。露骨な厭がらせだ。上層部は、岩尾が自発的に退官すると読んでいたのだろう。

しかし、岩尾のほうが一枚上手だった。死んだような表情で、淡々と職務をこなしていたそうだ。成島班長は岩尾をスリ係で終わらせるのは惜しいと考え、自分の部下にしたらしい。

岩尾は美人スパイとの一件を妻に勘づかれ、我が家から叩き出された。後ろめたさがあって、開き直ることはできなかったのだろう。やむなく元公安刑事は、ビジネスホテルやウイークリー・マンションを転々と泊まり歩いていたという。

サウナで朝を迎えたこともあったようだ。そんなことで、口さがない連中は岩尾のことをホームレス刑事《デカ》と呼んでいたと聞く。

知り合ったばかりのころの岩尾は、ひどく表情が暗かった。他人を寄せつけないような気配を漂わせていた。ロシアの女スパイにまんまと騙《だま》され、人間不信に陥《おちい》っていたのだろう。

岩尾は、風見の挨拶にも実に素っ気ない応じ方をした。無礼だと感じたほどだ。てっきり岩尾は人間嫌いだと早合点してしまったが、そうではなかった。単に社交下手だったのである。

そもそも岩尾は、人見知りする性質《たち》らしい。自分から進んで他人に話しかけることは苦手だという。しかし、打ち解《と》けてみれば、思い遣《や》りのある人間だとわかる。温かみがあって、常に理知的だった。

岩尾夫婦はしばらく別居していたが、去年の十月によりを戻した。ひとり娘が両親に離婚する意思がないことを感じ取り、わざと無断外泊したのだ。父母はうろたえ、協力し合って娘の行方を必死に追った。

ひとり娘は、父方の伯母宅に身を寄せていた。夫婦は愛娘の仕組んだ芝居に引っかかり、元の鞘《さや》に納まったというわけだ。現在、岩尾は自宅で妻子と和《なご》やかな日々を送っている。

「おっ、そうだ！」

成島がヘッドフォンを外して、風見に視線を向けてきた。

「班長、急にどうしたんです？」

「昨夜《ゆうべ》の丸越デパートの事件《ヤマ》の現場にそっちは居合わせたんだってな？　今朝《けさ》、捜一の理事官から、その話を聞いたんだよ」

「ええ、その通りです。現場検証にも立ち会いました。先月中旬に売上金強奪事件を引き起こした偽警官の二人組が、老舗デパートの売上金をかっさらった疑いが濃いですね」

「こっちも、そう思ったんだ。うちのチームに出動指令が下りそうだな」

「そうなるかもしれませんね」

風見は応じた。そのとき、班長席の上で内線電話が鳴った。

「桐野さんからの電話だろう」

成島が受話器を取り上げ、すぐに二度うなずいた。出動要請だろう。

風見は自分のデスクに向かい、通話が終わるのを待った。

早くも気が逸《はや》りはじめていた。退屈な日々がつづくと、無性に現場捜査に出たくなる。

やはり、自分は根っからの刑事なのだろう。

4

死体写真が回ってきた。

十数葉《よう》あった。風見は、かたわらに坐った岩尾から手渡された鑑識写真に目を落とした。

被写体は、九月十五日の夜に『ラッキー電機』新宿西口店の前の路上で射殺された牧田《まきた》朋広《ともひろ》だ。享年三十二だった。

被害者は十年ほど前にグロリア警備保障に入社し、もっぱら銀行、大型スーパーマーケット、家電量販店、ホームセンター、パチンコ店などの売上金の輸送業務に従事していた。

風見は鑑識写真を長くは正視できなかった。

拳銃弾を側頭部に撃ち込まれた牧田は、顔面まで血塗《まみ》れだった。頭部は欠損している。恨《うら》めしそうに白目を剝《む》いていた。痛ましい死に顔だ。

風見は死体写真にざっと目を通し、左隣の佐竹に手渡した。

刑事部長室である。チームの五人は横一列に腰かけていた。ソファ・セットは十人掛けだった。

桐野刑事部長は、成島と向かい合っていた。

ソファ・セットの右端だ。桐野は八月に満五十七歳になった。髪はロマンス・グレイで、知的な風貌だった。

桐野刑事部長は、国家公務員II種を通った準キャリアである。I種有資格者に次ぐエリートだが、〝準キャリ〟と呼ばれているII種合格者は多くない。I種合格者ほどスピード出世するわけではないが、もちろんノンキャリア組よりははるかに早く昇進している。

佐竹が鑑識写真の束を左端にいる佳奈に渡した。

風見は、先月の中旬に発生した強盗殺人事件第一期捜査資料に目を通しはじめた。捜査一課の担当管理官が新宿署に置かれた捜査本部から取り寄せ、復写した物の一部だ。刑事部長室に入って間もなく、桐野が特命遊撃班のメンバー全員にコピーした資料を配ったのである。

本庁殺人犯捜査第九係は所轄署の刑事たちと地取《じど》りと鑑《かん》取りに励んだ。複数の目撃証言で、警官を装っていた犯人の二人組は犯行時、短い日本語しか喋らなかった。どちらも少々、アクセントに癖があった。一見、日本人のように映ったが、東洋系の外国人と思われる。

捜査本部は『ラッキー電機』の新宿西口店から借り受けた防犯ビデオの画像を分析したが、逃走した二人組の身許は割り出されていない。

二億七千万円の売上金を載せたワゴン車の逃走経路は笹塚《ささづか》付近までしかたどれなかった。甲州《こうしゅう》街道から脇道に数百メートル入った地点で、グロリア警備保障の車は消えてしまった。その後、売上金も盗まれたワゴン車も見つかっていない。

事件当夜、殺害された牧田は同僚の佃 豪《つくだすぐる》という二十六歳のガードマンと売上金を回収した。二人組に襲われたとき、佃は『ラッキー電機』のトイレにいた。そんなことで、被害者の同僚は犯行を目撃していない。

ビデオ画像には、犯行の一部始終が映っていた。二人組のひとりは、ワゴン車の横で同僚の佃を待っていた牧田に近づき、いきなり拳銃で頭部を撃ち抜いた。二人組はワゴン車に慌《あわ》ただしく乗り込み、売上金を持ち去った。

司法解剖によって、凶器はオーストリア製のシュタイアーS40と判明した。警察は事件現場で空薬莢《からやっきょう》を見つけ、被害者の頭部から摘出した弾頭も得た。だが、どちらにも射殺犯の指掌紋は付着していなかった。

犯行現場で二人組の足跡は採取できた。靴のサイズは二十五センチと二十七センチだった。しかし、両方とも大量生産されていた。履物《はきもの》から加害者を割り出すことは難しい。盗難車輛の周辺から二十数本の頭髪が採取されたが、加害者の二人の毛が混じっているかは不明だった。

第一期の捜査結果だけでは、容疑者をとても特定できない。正規捜査員には怒られそうだが、事件の手がかりは少ないほうが士気《しき》が上がる。謎だらけなら、一層、ファイトが湧くというものだ。

「新任の九係の仁科《にしな》敬《たかし》係長は優秀な警部なんだが、残念ながら、第一期では二人組の割り出しもできなかった。そこで、成島警視のチームにまた支援してもらいたいんだ。成《なる》さん、ひとつよろしく頼みます」

桐野が頭を下げた。

「わかりました。ワゴン車が笹塚付近で忽然《こつぜん》と消えてしまったとは、いったいどういうことなんだろうか。まさか大型ヘリで車ごと二人組を吊り上げたんじゃないでしょうね？」

「成さん、それは考えられないでしょ？　そんなことをしたら、必ず複数の目撃証言が出てくるはずだ」

「そうでしょうね。二人組はどんな消失トリックを使ったんだろうか。誰か見当がつくかい？」

成島が前屈《まえかが》みになって、四人の部下を見た。

風見は誰も発言しないことを確認してから、口を開いた。

「売上金を載せたワゴン車を大型コンテナ車の荷台に隠したのかもしれないな。いや、それは無理か」

「コンテナを道路に置いて、その中にワゴン車を入れ、クレーンでトレーラーの荷台に上げたんじゃないのかね？」

「班長、それも難しいでしょ？　二人組の仲間が笹塚のどこかに車輛運搬専用トラックを待機させといて、ワゴン車を荷台に載せたのかもしれないな」

「それ、考えられるね。シートでワゴン車を覆ってしまえば、緊急配備《キンパイ》前なら、なんとか都内から抜けられるだろうからな」

「ええ、そうですね。で、郊外のどこかで乗り逃げしたワゴン車を解体してしまう。売上金のナンバーは控えられてたわけじゃないから、当分、加害者に捜査の手が伸びる心配はないわけだ」

「そうだな。犯人どもは、そういうトリックを使ったのかもしれない」

「ええ、そうですね」

「きのうの夜、丸越デパートの売上金を強奪した二人組も警察官に化けて犯行に及んだ」

「しかも、その片割れは十全警備保障の塩見賢太というガードマンをシュタイアーS40で射殺した。二件の強奪殺人事件は、同一の二人組《ヤマ》による犯行なんでしょう」

「そうなんだろうな」

「塩見を撃ち殺した男の共犯者は、コルト・ディフェンダーで警備員の今西貴志の肩と脇腹を撃ってます」

「そうか、風見君は昨夜《ゆうべ》、事件現場に居合わせたんだったな。理事官から、そういう報告も受けてたんだ」

桐野が会話に加わった。

「そうですか。こっちが見た犯人たちはほとんど口を利かなかったな。喋《しゃべ》ると、日本語のイントネーションがおかしいことがバレると思ってたんですかね。二人とも、見た目は日本人のようだったんですが……」

「肌は浅黒かったのかね？」

「いいえ。東南アジア系の顔立ちではありませんでしたよ。顔の造りは日本人とほとんど変わらないようだったから、中国系か韓国系だったのかもしれません」

「日本で暗躍してる中国人マフィアが家電量販店と老舗デパートの売上金を強奪したんだろうか。被害額はえーと……」

「二億七千万円と三億四千万円ですから、併《あわ》せて六億一千万になりますね」

「巨額だな。被害額は大きいし、手口から察して犯罪のプロの犯行《ヤマ》と思っていいだろう。首都圏で悪さをしてるチャイニーズ・マフィアの動きをまず探《さぐ》ってみてくれないか」

「刑事部長、捜査に予断は禁物だと思います」

佳奈が口を切った。

「その通りだが、ちょっと見は日本人のように映る東洋人で、拳銃を大胆にぶっ放したとなると、不良中国人が怪しくなってくるんじゃないのか？」

「ま、そうですね。ですけど、妙な先入観に囚《とら》われたりすると、誤認逮捕につながりかねません。捜査本部の情報を分析して、白紙に近い状態で事件の新しい手がかりを得るべきなのではないでしょうか」

「一本取られたな。八神警視の言う通りだ。なまじ捜査のキャリアを積んでると、つい経験則に引きずられてしまう。反省しないと、いけないな」

「わたし、生意気でしたでしょうか。まだ刑事歴が浅いのに、口幅ったいことを言ってしまったようですね。言い訳になるかもしれませんが、誰に対しても思っていることを自由に発言しないと、閉塞感に満ちた警察社会はよくならないんではありませんか？」

「わたしも、そう思うね。風穴を開けるべきだろうな。しかし、階級社会だから、多くの者は上司や先輩につい遠慮してしまう。しかし、きみはI種合格者だから……」

「桐野部長、わたしは自分がキャリアだからって、大きな顔をしたわけじゃありません。仮にノンキャリアであったとしても、自分の考えははっきりと申し上げたでしょう」

「きみはそうだろうが、若い一般警察官はどうしても相手の職階のことを考えて、場合によっては萎縮《いしゅく》してしまう」

「それがいけないんです。相手がどんなに偉くても、自分の意見をきちんと述べるべきですよ。警察官が長い物に巻かれるようでは、わたし、まずいと思います」

「そっちの言ってることは正論だけど、なんか話が脱線しそうだな」

佐竹が笑顔で言った。岩尾が労《いたわ》るような眼差《まなざ》しを佳奈に注《そそ》いだ。

美人警視はその場の空気を読み、それ以上は持論を語らなかった。刑事部長が気分を害した様子はうかがえない。内心、佳奈を頼もしいと高く評価しているのではないか。

「九係の仁科係長は三係の滝《たき》係長や五係の文珠《もんじゅ》君と違って、特命遊撃《うち》班に妙な対抗心なんか持ってませんよね？」

成島が桐野に確かめた。

「仁科警部は大人だから、子供じみた敵愾心《てきがいしん》なんか持ってない。むしろ、成さんのチームを頼りにしてる感じですよ」

「なら、メンバーもやりやすいな。二期目の追加投入班は、もう決まったんでしょ？」

「理事官は七係を投入させたがってるんだが、まだ別件の捜査に完全には片がついてないらしいんだ。重要参考人の証拠固めが甘いとかで、小隊を丸々、新宿署の捜査本部《チョウバ》に送り込むことは当分の間、無理みたいだな」

「それなら、うちのチームがつなぎをやりましょう。うまくすれば、九係とうちのメンバーだけで落着させられると思うな」

「そうしてほしいね。捜査資料を読み込んだら、岩尾君たち四人を新宿署に向かわせてください」

桐野が両手で膝を軽く叩き、ソファから立ち上がった。

風見たち五人は刑事部長室を出て、同じフロアにある自分たちのアジトに戻った。各自が席につき、改めて第一期捜査情報を読み込みはじめる。

昨夜の強盗殺人事件の初動捜査の情報は、わずかに伝えられているだけだった。捜査本部には、新事実に関する情報が集まっているだろう。

風見たち四人は捜査資料を読み終えると、一階の大食堂で早めの昼食を摂《と》った。大食堂を出て、地下二階の車庫に降りる。

いつものように、岩尾・佐竹コンビが灰色のプリウスに乗り込んだ。運転席に腰を沈めたのは佐竹だった。

「わたしが運転します」

佳奈がオフブラックのスカイラインに駆け寄って、運転席に入った。

サンド・ベージュのパンツ・スーツ姿だ。シャツは白と黒の縞柄だった。

ストライプは太い。ファッション・センスがないと、大胆な縞柄のシャツは似合わないものだ。妙に野暮ったく見えてしまう。佳奈は粋に着こなしていた。

風見はスカイラインの助手席に坐った。

ちょうどそのとき、プリウスが先に走りだした。スカイラインは、佐竹の車に従う形で進んだ。

赤坂見附《あかさかみつけ》を回り込んで、新宿通りに出る。新宿署は西新宿の高層ビル街の外れにあって、青梅《おうめ》街道に面していた。新宿大ガードから、それほど離れていない。

都内で最大の所轄署である。

地上十三階、地下四階だ。オフィスビルのような外観だった。署員六百数十人のほかに、本庁第二機動隊と自動車警邏《けいら》隊のおよそ三百人が常駐している。扱う事件数も、東京で一番多い。

刑事生活をスタートさせた所轄署だ。

風見は新宿署を訪れるたびに、懐《なつ》かしさを覚える。ルーキーだったころに担当した事案《じあん》の数々を思い出したりもするが、かつての上司や同僚は誰も刑事課には残っていない。

二台の覆面パトカーが新宿署の地下車庫に潜《もぐ》り込んだのは、午後一時十分前だった。

風見たち四人はエレベーターで七階に上がった。

捜査本部は、広い会議室に設置された。四十人以上は入れそうだ。

最年長の岩尾が先頭に立って、捜査本部に入る。後は年齢順だった。

人影は疎《まば》らだ。三人の刑事しかいない。ほかの者は聞き込みに出ているのだろう。

九係を率《ひき》いている仁科警部は、左手にある予備班のブロックにいた。警察電話の受話器を耳に押し当てている。捜査一課の理事官か、管理官に捜査状況を報告しているようだ。

仁科は四十三歳だった。サラリーマンにしか見えない。中肉中背で、縁なし眼鏡をかけている。

通話が終わった。

風見たちは仁科警部に歩み寄った。仁科が如才《じょさい》なく先に会釈《えしゃく》をした。

「われわれが側面支援させてもらうことになりました。目障《めざわ》りでしょうが、よろしくお願いします」

岩尾が仁義を切った。

「こちらこそ、よろしく頼みます。岩尾さんたちのチームが助《す》けてくれるんだから、実に心強いですよ。第一期の捜査報告書には目を通していただけました？」

「ええ。桐野刑事部長から各自コピーを渡されましたんで、全員、読み込んできました」

「そうですか。わたしたちなりに力を傾けたんですが、二人組の正体もまだわからないんですよ。ガードマンの牧田朋広を射殺して、『ラッキー電機』の売上金二億七千万円を奪った二人の男は少し日本語がたどたどしかったんで、東洋系の外国人と思われるんですがね」

「昨夜の事件の二人組が『ラッキー電機』の売上金を強奪した可能性はあると思うんです

が、本庁機捜初動班《ホンブ》の聞き込みで有力な手がかりは？」

風見は口を挟んだ。

「現在のところ、これといった手がかりはないんだよね。きのう射殺された十全警備保障の塩見賢太がシュタイアーS40で頭部を撃たれてるんで、本部事件の犯人たちが同じ手口の犯行を重ねたと直感したんだが……」

「こっちはきのうの夜、たまたま事件現場にいたんですよ。丸越デパートの売上金三億四千万円を積んだワンボックス・カーは明治通り方向に逃走したんだが、その後のルートはわかったんですか？」

「そのワンボックス・カーは神宮《じんぐう》球場の近くに乗り捨てられてたんだ。しかし、売上金は消えてた。二人組の遺留品《リュウ》は車内から発見されなかったんだ。指紋や掌紋も出なかったんだよ」

仁科が溜息《ためいき》混じりに答えた。

「そうですか。第一期の捜査によると、被害者《ガイシャ》の勤務ぶりは真面目で、特に私生活に乱れはなかったようですが、牧田朋広が何か弱みを握られて、犯人たちを手引きさせられた疑いはないんですかね？」

「そういうことはないと思うな。ただ、捜査班のメンバーが少し気になることを言ってたな」

「どんなことを言ってたんです？」

「牧田の会社の人間と友人たちは、被害者をやたら誉《ほ》めてたらしいんだ。どんな人間にも、必ず短所や欠点があるものだよね？」

「ええ」

「それなのに、誰もが決して牧田の悪口を言わなかったそうなんだよ。陰口なんか言ったら、とんでもないことになると恐れてるような気配がうかがえたらしいんだ」

「牧田はちゃんと仕事はしてたが、裏で何か危《ヤバ》いことをしてたんだろうか。あるいは、柄の悪い奴らとつき合ってたのかな。そうだとしたら、被害者が二人組に弱みを押さえられて、手引きしたとも考えられるんじゃないですか？」

「そうだね。特命遊撃班《そちら》にそのあたりのことを探《さぐ》ってもらうかな」

「わかりました。被害者と関わりのあった人間に再聞き込みをしてみますよ。それはそうと、仁科さん、『ラッキー電機』から借りた防犯カメラの録画をちょっと観《み》せてくれませんか」

　風見は頼んだ。

　仁科が快諾《かいだく》し、すぐさまビデオ映像を再生した。風見は二人組の顔をじっくりと観察した。

どちらも背恰好は前夜の事件の犯人たちに似ていた。だが、ともに警察官の制帽を目深《まぶか》に被《かぶ》っていて、額や眉《まゆ》は判然としない。目のあたりも鮮明には映っていなかった。

「どうなんだい？」

岩尾が風見に問いかけてきた。

「二件の事件の実行犯は同じように見えるが、断定はできないな。どっちの男も制帽を深く被ってたんで、目許がはっきりしなかったんですよ」

「そう。なら、きみと八神さんは牧田朋広の交友関係を洗い直してくれないか。わたしと佐竹君は昨夜《ゆうべ》の強盗殺人事件の聞き込みに回るよ」

「わかりました」

「特命遊撃班のご協力に感謝します。どうか力を貸してください。お願いしますね」

仁科がメンバーひとりひとりに握手を求めてきた。

風見は何やら面映《おもはゆ》かった。四人は仁科に見送られながら、捜査本部を出た。

第二章　偽警官たちの正体

1

捜査車輛が路肩《ろかた》に寄せられた。

風見は先にスカイラインの助手席を離れた。

目の前に、グロリア警備保障新宿営業所の建物がそびえている。間口は狭いが、六階建てだった。ビルの地階は駐車場になっていた。

営業所は新宿区大京《だいきょう》町《ちょう》にある。新宿御苑の近くだった。

相棒の佳奈が覆面パトカーの運転席から出てきた。

「最初に所長の中根光夫《なかねみつお》さんに会って、被害者の同僚の佃豪さんに話を聞かせてもらいましょうよ」

「そうするか」

風見たちペアは営業所の一階ロビーに入り、受付カウンターに歩《ほ》を進めた。

ＦＢＩ型の警察手帳を呈示《ていじ》して、受付嬢に所長との面会を求める。受付嬢はにこやかに応じ、すぐに内線電話をかけた。

遣《や》り取りは短かった。

「中根は六階の所長室でお待ちしているとのことでした」

「ありがとう」

風見は受付嬢に礼を言って、エレベーター乗り場に足を向けた。

佳奈が小走りに追ってくる。

二人は最上階に上がった。相棒が所長室のドアをノックし、大声で名乗った。

室内で応答があって、じきに中根所長が姿を見せた。五十二、三で、小太りだった。

風見は自己紹介し、来意を告げた。中根は快く二人を所長室に招き入れ、応接ソファに坐らせた。風見たちは並んで腰かけた。

中根が風見と向かい合う位置に坐った。

「九月十五日は厄日《やくび》でしたね」

風見は言った。

「とんだ災難でしたよ。『ラッキー電機』の売上金を奪われただけではなく、社員の牧田朋広が殺されてしまったわけですから」

「ええ。これまでの聞き込みによると、被害者の牧田さんは仕事熱心で、人望もあったようですね？」

「牧田は真面目で、実に誠実な男でした。思い遣りもありました。自分のことよりも、他人のことをまず先に考える奴だったんですよ。実際、同僚たちの受けはきわめてよかったな」

「いまどき珍しいですね。景気がなかなかよくならないんで、多くの人間は利己的になってます。それだけの好人物は、めったにいないんじゃないのかな」

「そうですね、少ないと思います」

「牧田さんは真面目一方だったんですか？　職場では猫を被ってたなんてことは……」

「彼は裏表のない人間でしたよ。酒は嫌いではないようでしたが、乱れて同僚に絡んだことは一度もないはずです。煙草は二年ほど前にやめましたし、ギャンブルや女遊びもしてなかったと思うな」

「捜査員の中には、牧田さんの評判がよすぎることに引っかかるものを感じてる者がいるんです」

「そう言われても、牧田は出来た奴でしたから、悪口は出ませんよ」

中根所長が喋りながら、徐々に目を伏せた。何か後ろめたさを感じているようだ。

風見は直感した。刑事の勘だった。

「これは単なる想像なんですがね、案外、被害者は鼻抓《つま》み者だったんじゃないんですか。真面目人間を装いながら、実は職場の者たちに迷惑をかけてた。傍若無人《ぼうじゃくぶじん》ぶりを発揮してた牧田朋広には誰もが苦り切ってたが、逆《さか》らえない事情があった」

「牧田は誰からも好《す》かれてましたよ、本当に」

「そんなふうに職場のみんなが被害者のことを誉《ほ》めるのが、なんだか不自然なんだよな」

「そうおっしゃられても……」

「牧田朋広は会社の社長か重役の女性スキャンダルを知ってて、実は職場で好き放題をしてたんじゃないのかな？　あるいは、グロリア警備保障の経理の不正を知ってたのかもしれない」

「風見さん！　根拠があるわけじゃないのに、そこまで言うのは失礼ですよ」

佳奈が諫《いさ》めた。

「確かに、無礼だよな。しかし、三十二、三で周囲の人間に誉めちぎられてる奴がいること自体がどうも信じられないんだよ」

「だからといって、殺害された牧田さんをそこまで悪者扱いするのはよくないわ」

「おれは優等生じゃないからな。それに、ひねくれ者でもある。それだから、他人の話を鵜呑《うの》みにはしないんだよ」

「そうだとしても……」

「八神は黙っててくれ」

風見はいったん言葉を切って、中根を見据えた。

「所長、本当のことを教えてくれませんか。牧田朋広は実はかなりの厄介者だったんでしょ？」

「いや、彼は善人でしたよ」

「口が堅いんだな。ま、いいでしょう。事件当日、被害者と一緒に仕事をしてた佃豪さんからも改めて聞き込みをさせてもらいたいんですが、外でノルマをこなしてるんですか？」

「あいにく佃は、きょうは有給休暇を取ってるんですよ。下高井戸《しもたかいど》の自宅アパートにいると思いますけどね」

「そうですか。いま営業所にいるのは？」

「経理課と総務課の者だけです。多くは女性社員ですんで、牧田の私生活のことは知らないはずです。ですから、特に新しい事実は出てこないと思いますよ」

中根所長が、わざとらしく左手首の腕時計に目をやった。長居は迷惑だということだろう。

「お忙しいようだから、退散しましょう」

風見は苦く笑って、ソファから立ち上がった。中根は黙したままだった。佳奈も腰を浮かせた。

風見たちは暇《いとま》を告げ、営業所を出た。

すると、美人警視が風見の片腕を軽く摑んだ。

「わたしも牧田朋広の評判がよすぎることが少し不自然とは思ってましたけど、さっきの発言は問題ですよ」

「おまえさんは根が優等生なんだな。現役で東大に合格するような娘《こ》は、不良刑事にはなれないんだろう。けどな、おれは八神とは違うんだよ。まともな聞き込みでは収穫を得られないと思ったら、ためらいなく揺さぶりをかける。場合によっては、反則技も使う。それが気に入らないんだったら、コンビを解消してもいい。おれたちは特殊チームのメンバーなんだ。単独捜査もできるわけだからな」

「そんなにむきになって怒らなくてもいいでしょ？　わたし、何か間違ったことを言いました？」

「いや、八神が言ったことは正しいよ。でもな、スクエアすぎるんだ。相棒が四角四面なことを言ってると、なんか苛《いら》ついちまうんだよ」

「風見さん、今朝《けさ》、智沙さんと口喧嘩でもしました？」

「してないよ」

「それなら、彼女との今後のことで少し悩んでるのかな？　いつもの風見さんらしくないわ。わたしが正論を口にしたからって、ふだんは突っかかったりしないのに」

「おれ、ちょっと大人げなかったな。言われてみれば、目くじら立てるようなことじゃなかった。おれたちは赤い糸で結ばれてるんだから、離れ離れになっちゃいけない」

「かわいげがないって言われそうだけど、赤い糸でなんか結ばれてませんから！　ステディがいるんだから、もう浮気心は封じないと」

「男と女のことは予測できない。おれは、智沙に棄《す》てられるかもしれないじゃないか」

「その手には引っかかりませんよ」

「やっぱり、八神は不良になれないんだな。当分、ただの相棒でいいよ。冗談はさておき、佃豪《ヤサ》の家も確か第一期の捜査資料に記《しる》されてたな？」

「ええ、下高井戸二丁目に住んでるアパートがあるはずです」

「よし、行ってみよう」

風見はスカイラインに足を向けた。

佳奈の運転で、佃の自宅アパートに向かう。目的の軽量鉄骨造りの二階建てアパートを探し当てたのは、三十数分後だった。

覆面パトカーをアパートの前の路上に駐《と》め、風見たちは外階段を上がった。

佃の部屋は二〇五号室だ。奥の角部屋である。

佳奈がインターフォンを鳴らす。

ややあって、若い男の声で応答があった。佃本人だった。佳奈が刑事であることを明かし、捜査に協力を求めた。

待つほどもなくドアが開けられた。佃は茶色いスウェットの上下を身につけていた。二十六歳にしては、少し老《ふ》けて見える。苦労してきたのだろうか。

風見たちは二〇五号室に請《しょう》じ入れられた。

といっても、三和土《たたき》に並んで立っただけだ。佳奈と体をくっつける形だった。悪い気分ではない。

間取りは1DKだった。居室《きょしつ》から、テレビ・ゲームの音声がかすかに響いてくる。

「事件当日のことは、新宿署の刑事さんに詳しく話しましたけどね。それから、射殺された牧田さんの人柄についても」

玄関マットの上に立った佃は、当惑した様子だった。

「ここに来る前に会社に行って、中根所長と会ってきたんだ」

風見は意識的にくだけた喋り方をした。相手が二、三十代の場合は、そのほうが手がかりを得やすい。

「そうですか」

「牧田朋広は、職場ですごく評判がよかったみたいだな」

「ええ、その通りでした。ぼくも牧田さんには仕事のことを親切に教えてもらいましたし、目もかけてもらってたんです」

「そう。被害者は好人物だったんだろうが、少し誉められすぎなんじゃないか。誰からも好かれる奴がいることはいるが、その数はきわめて少ない。すべての面でパーフェクトな人間なんて、そうそういるもんじゃないからな。そうは思わないかい？」

「でも、牧田さんは特に欠点はなかったですよ。長所ばかりでした」

佃が中根所長と同じように話しながら、なぜか伏し目になった。何かを隠そうとしている疚《やま》しさがあるからなのではないか。

「こっちは被害者の死体写真しか見てないんだが、善人顔じゃなかったな。どっちかと言えば、悪人顔の部類に入るだろう。それは言い過ぎだとしても、なんか一癖ありそうな面《つら》構《がま》えをしてた」

「そうですかね。牧田さんは色黒で濃い顔をしてましたけど、みんなに好かれてましたよ。本当です」

「所長もそう言ってたが、被害者はどこかふてぶてしい顔つきだったな」

「拳銃で頭を撃たれたんだから、安らかな死に顔にはならないでしょ？　ぼくが『ラッキー電機』のトイレで用を足して表に出たときは、もう売上金を積んだ会社の車は消えてたんですけど、路上で息絶えてた牧田さんは別人のように険《けわ》しい顔をしてました。至近距離から撃たれたわけだから、その衝撃は凄《すさ》まじかったんだろうな。顔が歪《ゆが》んでも仕方ないんじゃないですか？」

「ま、そうだが。これまでの捜査情報によると、きみは警官を装った二人組の姿はまったく見てないんだな」

「ええ、そうです。売上金を会社の車に積み終えるまで、ぼくはずっと尿意を堪《こら》えてたんですよ。でも、もう限界だったんで、牧田さんにワゴン車の横で待っててもらって、手洗いに駆け込んだんです」

「牧田が故意にきみを現金輸送車から遠ざけたなんてことは考えられない？」

「刑事さん、何を言ってるんですかっ。それじゃ、まるで牧田さんが犯人の二人組を手引きしたんではないかと疑ってるみたいでしょ？　牧田さんは射殺されたんですよ。犯人たちを手引きしたなんて考えられません」

「そうだろうか。仮に牧田朋広が逃亡中の二人組を手引きしたとしても、消された可能性はあるよ」

　風見は言った。

「えっ、どういうことなんです⁉」

「利用価値がなくなった人間は、もう邪魔になるだけだ。犯行の手引きをした者に分け前を与えたくないと二人組が思ったとしたら、逃げる前に始末したとしてもおかしくはないじゃないか」

「牧田さんは別にお金に困ってなかったんですよ。だから、現金強奪犯たちを手引きする必要なんかなかったはずです。牧田さんは、割にリッチだったんですよ」

「リッチだったって？」

「ええ。会社の連中には黙ってろと言って、牧田さんはぼくに高いステーキや鮨《すし》をご馳走《ちそう》してくれたり、六本木の白人ホステスを揃えたクラブに連れてってくれたんですよ」

　佃が言ってから、すぐに悔やむ顔つきになった。

「ガードマンたちの給料が驚くほどいいなんて話は聞いたことがないがな。牧田の茨城の実家は専業農家だが、大規模経営をしてるわけじゃないはずだ。被害者は何かで臨時収入を得てたようだな」

「牧田さんは、別にバイトの類《たぐい》はやってませんでしたよ」

「裏で何か危《ヤバ》いことをやってたんで、言えなかったんだろう」

「ま、まさか!? 牧田さんは以前、ジャンボ宝くじをちょくちょく買ってたから、特賞でも射止《いと》めたんじゃないのかな？」

「それで大金が転がり込んできた？」

「ええ、多分ね。そうじゃないとしたら、何か心境の変化があって、こつこつと溜《た》めてた預金をぱーっと遣《つか》いたくなっちゃったのかもしれません」

「そうじゃないと思うな」

　風見は口を結んだ。話が途切れると、ずっと黙っていた佳奈が佃に声をかけた。

「捜査本部の調べによりますと、被害者が借りてた新井薬師《あらいやくし》の自宅マンションには二通の預金通帳があったらしいんですよ。でも、どちらも大きな金額は引き下ろされてはいないんです。残高は両方で一千万円弱でした。三十二歳の勤め人の預金額としては、少し多い気もしますけど」

「ま、そうだろうな。ジャンボ宝くじの特賞を射止めたんだったら、もっと残高が多くないと変ですね。牧田さんは宝くじの賞金を現金で自宅に保管してたんじゃないのかな？」

「自宅マンションには、まとまった現金はなかったらしいんですよ」

「そうなんですか。だけど、牧田さんが不正な方法で荒稼ぎして、ぼくに奢《おご》ってくれたとは思えないな」

「でも、佃さんに大盤振る舞いしたんだったら、牧田さんは何かで副収入を得てたのかもしれませんよ」

「そうなんですかね。けど、やっぱり牧田さんが法に触れるようなことをして、臨時収入を得てたとは思えないな」

「そうですか。佃さん、被害者は生前、何か〝おやっ〟と思うようなことを言ったりしなかったかしら？」

「そういえば、半年ぐらい前に一緒に飲んだとき、牧田さんは自分は五年以内には重役にはなれるだろうと言ってました。牧田さんは高卒だし、まだ三十二だったでしょ？　大卒の四、五十代の社員が六、七十人いるのに、そんなスピード出世できるわけないですよね。ぼく、最初は冗談だと思ったんです。だけど、牧田さんは真顔《まがお》でした」

「そう。被害者は、グロリア警備保障の社長の弱みを握ってたのかしら？　半分、冗談ですけどね」

「あっ、もしかしたら……」

佃が何か思い当たったような顔つきになった。

風見は相棒を手で制し、先に口を開いた。

「牧田朋広は、社長の弱みを知ってるかもしれないと思ったんだね？」

「ええ、まあ。去年の暮れに社長からの通達が営業所長にあったとかで、牧田さんを将来の幹部社員候補者として扱って、彼を怒らせるようなことは絶対にするなと部下たちに言い聞かせておけと……」

「きみも、中根所長にそういう意味のことを言われたのか？」

「ええ、遠回しにね。所長は牧田を怒らせたら、リストラ解雇の対象になるかもしれないぞと言いました。それから、営業所内で牧田さんの悪口を言うなとも……」

「牧田朋広は、社長の致命的な弱みを押さえたようだな。そして口留《ど》め料をせびって、自分をいずれ重役にしろとも威《おど》してたんだろう」

「そ、そうなんですかね」

「職場の連中は被害者のことを不自然なほど誉めてたが、実際の牧田は厭な野郎だったんじゃないのか。え？」

「それは……」

　佃が口ごもった。

「きみに迷惑はかけないよ」

「本当に？」

「ああ、約束する」

「そういうことなら、こっそり教えちゃいます。牧田さんは職場で嫌われてましたね、本当は。気分がむらだし、仕事もいい加減でした。何かミスがあって顧客にクレームをつけられると、必ず同僚たちのせいにしてたんですよ。ぼくも何度か牧田さんのミスを肩代わりさせられました。腹が立ちましたけど、まともに文句を言ったら、ぶっ飛ばされそうだったんでね。牧田さんは十代のころ、けっこうワルガキだったみたいですよ。二つ年上の幼馴染《おさななじ》みは、俠友会《きょうゆう》千本木《せんぼんぎ》組の幹部なんだと牧田さんはよく自慢してました」

「そいつの名前、きみは憶《おぼ》えてるかい？」

「沖崎《おきざき》、沖崎貴明《たかあき》です。盛り場でどこかの組員に因縁をつけられたら、その幹部の名を出せば、殴られたり、金を脅し取られることはないはずだと言ってましたよ。牧田さんは短気で、乱暴だったんです」

「しかし、怒らせたら、会社にいられなくなるかもしれないと思って、ずっと我慢してたわけか」

「そうです。ほとんどの同僚は、そうだったんですよ。だから、牧田さんが殺されたと知って、赤飯を炊くかなんて言った奴もいたんです。ぼくも口にこそ出しませんでしたけど、嬉しかったですね。というか、安心しました。社長も、ほっとしてるかもしれないな」

「グロリア警備保障の社長は、なんて名だったかな？」

風見は、横にいる佳奈に訊《たず》ねた。

「捜査資料によると、小山内克巳《おさないかつみ》、六十二歳ですね」

「そうか」

「佃さん、小山内社長はどんな方なの？」

佳奈が問いかけた。

「一代でグロリア警備保障を急成長させたんで、ワンマンですね。それに、女好きみたいだな。常に愛人を囲ってるらしいのに、摘《つま》み喰いもしてるようです。服役中の大阪の極道の情婦《いろ》に手をつけたときは、子分たちが上野《うえの》の本社ビルの社長室に乗り込んできて、小山内社長の眉間に銃口を突きつけたって話でしたよ。五千万円の詫《わ》び料を払って、社長は土下座したそうですが……」

「そう」

「父親がそんな具合だから、三十過ぎの長男は無職で麻薬《クスリ》に溺《おぼ》れてるみたいですよ。息子の覚醒剤常習の件でも、社長はどっかの組員に口留め料をたかられたって話だったな」

佃の語尾に、風見は言葉を被せた。

「牧田は社長か倅《せがれ》のスキャンダルの証拠をちらつかせて、甘い汁を吸ってたんだろう。千本木組の沖崎が共犯者とも考えられるな」

「社長が牧田さんに脅迫されつづけていたんなら、うちの会社のトップが逃亡中の二人組のひとりに……」

「牧田を葬《ほうむ》ってもらったかもしれないと考えたんだろうが、それはあり得ないだろう。家電量販店の売上金を強奪させたら、グロリア警備保障の信用はガタ落ちになる」

「あっ、そうか。ええ、そうですよね」

「ただ、沖崎が偽警官の背後にいる可能性はゼロじゃないだろうな。牧田とつるんで小山内社長から口留め料をちょくちょくたかるのは面倒臭いと感じはじめたんで、沖崎というヤー公は牧田に手引きさせ、二人組に『ラッキー電機』の売上金をかっぱらわせたとも考えられなくもない」

「ちょっと待ってください。牧田さんと沖崎貴明は幼友達なんですよ。利用だけしといて、牧田さんを始末させるなんてことは……」

佃が異論を唱《とな》えた。

「やくざでのし上がっていく奴は、平気で友達や愛人たちを裏切ってる。それだけ非情にならなきゃ、幹部にはなれないいんだ。欲と欲がもろにぶつかり合う世界だからね。情を捨てなきゃ、大物にはなれない」

「それにしても、沖崎はそこまでやらないでしょ？」

「そのあたりのことを少し調べてみるよ。邪魔したね。ありがとう！」

風見は謝意を表し、二〇五号室を出た。佳奈も部屋から出てくる。

「古巣の組対《そたい》四課で沖崎に関する情報を貰ったら、少し揺さぶってみよう。それから、小山内社長にも探《さぐ》りを入れてみる必要があるな」

風見は佳奈に言って、階段の降り口に向かった。

2

車が新宿区役所通りに入った。

風見は覆面パトカーの助手席で、左手首のオメガを見た。もうじき午後三時半になる。

東中野《ひがしなかの》にある沖崎の自宅マンションを訪ねたのだが、留守だった。そこで、歌舞伎《かぶき》町二丁目にある侠友会千本木組の組事務所を覗《のぞ》いてみる気になったのだ。

侠友会は、首都圏で四番目に勢力を誇っている暴力団だ。千本木組は中核組織で、武闘派揃いだった。

組対第四課の情報によると、沖崎は十八歳の初夏に殺人罪で少年刑務所に入っている。対立していた不良グループのリーダーを、金属バットで撲殺してしまったのである。地方公務員だった父親は息子の犯罪を恥じたらしく、妻と倅《せがれ》の五つ下の妹を道連れに無理心中を図った。当時、十三歳だった娘は逃げ出し、死なずに済んだ。

沖崎の妹の華恵《はなえ》は親類の家に預けられ、茨城県内の中学を卒業した。だが、居候の身は肩身が狭かったのだろう。華恵は義務教育を終了すると、単身で上京した。そして和菓子店で働きながら、定時制高校を出た。

沖崎は少年刑務所を仮出所して間もなく東京に居《きよ》を移し、千本木組の部屋住みの若い衆になった。組長に腕力と度胸を買われて、ボディーガードのひとりに抜擢《ばってき》された。それが出世のきっかけだった。

沖崎は妹に辛い思いをさせたことで、負い目を感じていたようだ。何かと華恵を気遣《きづか》った。しかし、妹のほうは家族を不幸にした兄を憎み、心を開かなかったらしい。兄妹は何年か疎遠になっていたようだが、数年前から行き来するようになっているという話だ。妹思いの兄が泣いて詫びたのだろうか。

沖崎兄妹が和解したきっかけについては、組対第四課も把握していなかった。

「沖崎は成人になってからも恐喝と傷害で服役してるという情報でしたね？」

佳奈がステアリングを操《あやつ》りながら、風見に声をかけてきた。

「そう。沖崎は十代のころに殺人《コロシ》もやってるから、捨て身で生きてるんだろう」

「そうなんでしょうね。凶暴なやくざなんだろうけど、兄妹愛は失ってないんだろうな。男を見る目がなくて水商売の世界に入った華恵という妹の面倒を見てたというんだから」

「沖崎はろくでなしなんだろうが、それが救いだな」

「ええ、そうですね。沖崎華恵は二年前にホステスを辞めて、南青山《みなみあおやま》でフラワーショップをやってるんでしょ？」

「ああ。『フローリスト沖崎』という店名らしいよ」

「開業資金は、沖崎が用意してくれたんですかね。それとも、赤坂のクラブ・ホステス時代のパトロンがお金を用意してくれたのかしら？」

「どっちかだろうな。八神、この先の風林《ふうりん》会館の前の花道《はなみち》通りを左に入ってくれ」

風見は指示した。相棒が短い返事をして、左のウインカーを灯《とも》す。

「組事務所に顔を出してないとしたら、沖崎は愛人《レコ》の家《ヤサ》にでもいるんだろう」

「彼女の名前はわかってるんですか？」

「いや、四課も沖崎の現在の情婦《いろ》までは調べ上げてなかったよ。沖崎は幹部だが、千本木組の組長ってわけじゃないからな」

風見は口を閉じた。

佳奈が交差点で一時停止してから、スカイラインを花道通りに乗り入れた。歌舞伎町一帯には、およそ百七十の組事務所がある。関東御三家の直系の二次クラスの組織は、それぞれ自社ビルを持っていた。

しかし、三次や四次団体の大半は雑居ビルのフロアを借りている。弱小団体の組事務所は、たいてい雑居ビルの一室に設けられている。

どこも代紋《だいもん》や提灯《ちょうちん》は掲げていない。暴力団新法で、そのような威嚇《いかく》行為は禁じられたからだ。多くの組事務所は、もっともらしい民間会社のオフィスを装っている。

しかし、組事務所であることはすぐにわかる。出入口に何台もの監視カメラが設置され、建物の前には大型外車がこれ見よがしに駐《と》められている。

窓に防弾ガラスを嵌めている組も珍しくない。むろん、出入りする男たちはひと目で暴力団関係者と知れる。

歌舞伎町の縄張りは基本的にはブロックごとに分かれているが、飲食店ビルの店子はおのおの関わりのある組に用心棒になってもらっている。

したがって、敵対関係にある組同士が同じビルに出入りし、クラブやバーから〝みかじめ料〟を貰ったり、乾き物など酒のつまみを売りつけている。絵画や観葉植物を飲食店にレンタルしている組も少なくない。

「左手にあるココア色のビルが、千本木組の本部だよ。ビルの少し手前で車を停めてくれないか」

風見は言った。佳奈が言われた通りに、捜査車輛を路肩に寄せた。

「そっちは車の中で待機しててくれ」

「なぜ、わたしが同行してはいけないんです?」

「ヤー公どもは、いつも手入れに怯《おび》えてるんだ。二人で組事務所に入ったら、電話番の若い者《もん》が逆上するかもしれない。八神がいきなり日本刀《ポントウ》で片腕を叩っ斬られて、ついでにレイプなんかされたら、こっちは責任の取りようがないからな」

「わたし、そんなにやわじゃありません。チンピラが不穏《ふおん》な動きを見せたら、先に特殊警棒で額をぶっ叩いてやります」

「勇ましいね。沖崎が組事務所にいたら、すぐ八神を呼ぶよ。だから、車の中にいてくれ」

　風見はスカイラインを降り、ココア色の八階建てビルに近づいた。表玄関のプレートには、商事会社、不動産会社、重機リース会社、土木会社、運輸会社、芸能プロダクションの名が並んでいる。いずれも企業舎弟だろう。

　エントランス・ホールの右手に事務所があった。

　風見は事務所のドアを開けた。事務机が十卓ほど並んでいるが、丸坊主の若い男の姿しか見当たらない。二十四、五だろう。眉を剃り落とし、右手の甲に刺青《いれずみ》を入れている。典型的な三白眼《さんぱくがん》で、頬がこけていた。顔色も悪い。

「おまえ、覚醒剤《シャブ》喰《く》ってるようだな」

　風見はのっけに言った。

「誰なんだよ、あんた！」

「桜田門の者だ。沖崎はどこにいる？」

「組対四課じゃねえんだろ？」

「捜一だ。ちょっと沖崎に訊きたいことがあるんだよ。東中野の家《ヤサ》にはいなかった。もう組事務所《こ こ》に来てるんだろ？」

「まだ来てねえよ、沖崎の兄貴は。ちょっと立ち寄るとこがあると言ってたから、七時ぐらいに来るんじゃねえの」

「どこに行くと言ってた？」

「知らねえよ。兄貴は立ち寄り先まで言わなかった。もう消えてくれ。おれは警官《マッポ》が嫌いなんだ。でっかい面《つら》してる奴が多いんで、ぶっ殺したくなるんだよ」

「威勢がいいな。なんなら、相手になってもいいぜ」

「冗談だよ。早く帰ってくれ」

相手が視線を外した。風見が目に凄みを溜めたせいだ。

「おれ、忙しいんだよ」

丸坊主の男が背を向けた。

風見は一気に駆け寄り、相手に組みついた。右腕を男の首に回し、チョーク・スリーパーを掛ける。相手が苦しがって、全身でもがいた。

かまわず風見は、回した腕に力を込めた。相手が奇妙な声を発し、ゆっくりと頽《くずお》れた。気を失ったようだ。

風見は床に尻を落とした相手の腰のあたりを探《さぐ》った。ベルトの下に短刀を差し込んでいる。

匕首《あいくち》を引き抜く。白鞘《しらさや》はだいぶ黒ずんでいた。風見は腰を落とし、坊主頭の男の背中を右の膝頭で力まかせに蹴った。活を入れると、相手が唸《うな》って我に返った。

風見は相手を引き倒し、腹部を右足で押さえつけた。

「あんた、偽刑事だなっ。暴力団系刑事《マルボウ》だって、こんな荒っぽいことはやらねえからな。警察手帳《チヨウメン》なんか、どうせ持ってねえんだろっ」

「持ってるよ」

「なら、見せてくれ」

相手が喚《わめ》いた。風見は短く警察手帳を見せた。

「信じられねえよ、あんたみたいな刑事《デカ》がいるなんてさ」

「時間をかけてられないんだよ。短刀《ドス》を押収した。銃刀法違反で手錠《ワッパ》打たれたくなかったら、沖崎の立ち回り先を言うんだな。愛人《レコ》のとこか？」

「知らねえんだ、本当によ」

丸坊主の男が叫ぶように言った。風見は無言で右足に重心を掛け、左足を浮かせた。

六十八キロの体重を掛けられた相手が乱杭歯《らんぐいば》を剝《む》いて、長く呻いた。

「次は肋骨《ろっこつ》の上に全体重を掛ける」

「お、教えたら、刃物《ヤッパ》の件には目をつぶってくれるかよ？　そうなら、おれ、喋っちまう」

「いいだろう」

「沖崎の兄貴は、妹がやってる南青山の花屋に寄ってから、こっちに来ると言ってた」

「そうかい」

風見は相手の体から降り、短刀の鞘を払った。

「あんた、おれを刺す気なのかよ!?」

「おまえには、刺すだけの値打ちもない」

「なら、どうするんだよ?」

男が右肘《みぎひじ》で上体を起こした。

風見は何も言わずに、匕首の切っ先を斜めにフロアに固定した。柄をしっかと握り、靴の底で刀身を踏みつける。刃は呆気なく二つに折れた。

「なまくらだな」

風見は柄を遠くに投げ放ち、坊主頭の男に背を向けた。千本木組の持ちビルを出て、スカイラインの助手席に乗り込む。

「南青山の『フローリスト沖崎』に行ってくれ」

「沖崎は妹の店にいるんですね?」

「まだいるかどうかわからないが、とにかく行ってみよう」

「了解！」

佳奈が覆面パトカーを走らせはじめた。

『フローリスト沖崎』を探し当てたのは、およそ三十分後だった。花屋はテナントビルの一階にあって、一隅には喫茶室が併設されていた。

風見たちは店の近くに車を置き、フラワーショップに足を踏み入れた。店頭には二十代前半の女性店員たちがいた。二人だった。

「オーナーの沖崎華恵さんは、どちらにいらっしゃるのかしら？」

佳奈が、髪をポニーテールにまとめた丸顔の店員に問いかけた。

「オーナーは喫茶室のほうにいます。失礼ですけど、どちらさまでしょう？」

「ちょっとした知り合いなんだ」

風見は相棒の代わりに答え、店の奥に進んだ。佳奈が従《つ》いてくる。

喫茶室には客はいなかった。カウンターの向こうに、二十八、九の個性的な顔立ちの女性がいた。目が大きく、鼻も高い。白人とのハーフに見えなくもない。

風見はテーブル席の間を通り抜け、カウンターの前で足を止めた。佳奈は半歩後ろにたたずんだ。

「カウンター席でよろしいんですね？　どうぞお掛けになってください」

華恵と思われる女性がにこやかに言った。

「客じゃないんだよ」

「とおっしゃいますと……」

「警視庁の者なんだ。あなたは沖崎華恵さんでしょ？」

「はい、そうです」

「兄貴がここに来たね？」

「ええ。でも、十分ほど前に帰りました。わたしの兄が、また何か事件を起こしたんでしょうか？」

「ある殺人事件に関与してるかどうか知りたかったんだ。あなた、九月十五日に射殺された牧田朋広のことは知ってるよね？」

「ええ、朋広ちゃんはわたしたち兄妹《きょうだい》の幼馴染みだったんですよ。わたしの兄がまさか朋広ちゃんを弟分に殺させたんじゃありませんよね？　ううん、そんなことは考えられないわ。朋広ちゃんと兄は、実の兄弟みたいに仲がよかったんですもの」

「坐らせてもらうよ」

風見は断ってスツールに腰を落とした。相棒が姓を名乗って、風見の横に坐った。

「もうご存じでしょうが、兄は前科歴のあるやくざ者です。十代のころに人を殺してもいます。ですけど、幼友達の朋広ちゃんを殺すはずありません。兄は、わたしや朋広ちゃんのことをいつも気にかけてたんですよ。優しさの示し方が下手ですけどね」

「そう。あなたの兄さんが少年刑務所に入れられて間もなく、親父《おやじ》さんが家族を道連れにして心中を図ろうとしたことも、組対四課の者から聞いてる」

「そうですか」

華恵がうつむいて、下唇を噛んだ。

どう慰《なぐ》さめればいいのか。風見は頭の中で言葉を探した。あいにく適当な言葉が見つからない。

それを察したのか、佳奈がさりげなく華恵を労《いたわ》った。

「辛いことを思い出させてしまって、ごめんなさいね。当時、あなたは中学生だったんでしょ？」

「はい、中一でした。父は先に母の首を電気コードで絞めて、わたしも殺そうとしたんです。泣きながら、一緒に死んでくれと言ったんですよ。わたしはまだ死にたくなかったんで、裸足で家を飛び出したんです。それで、父の妹の嫁ぎ先に走りました。叔母と恐る恐る家に戻ると、父は鴨居《かもい》に電気コードを掛けて首を括《くく》ってました。母は父の考えに反対ではなかったみたいで、抵抗した痕跡はありませんでした」

　華恵の声は、涙でくぐもっていた。

「お兄さんを恨んだでしょうね？」

「ええ。五年は、いいえ、それ以上も恨みましたね。兄が人殺しをしたんで、父と母は生きていられなくなったわけですから。でも、兄は兄なりに反省し、両親を死に追いやってしまったことで自分を責めてました」

「そうですか」

「それが兄の長い詫び状から感じ取れたんで、わたしは赦《ゆる》す気持ちになったんです。ちょうど同棲してた男性に去られた直後だったんで、わたしは誰かに縋《すが》りたかったんでしょうね。そんな経緯《いきさつ》があって、わたしたち兄妹は昔のように……」

「そうなの」

　会話が途切れた。風見は少し間《ま》を取ってから、華恵に話しかけた。

「いろんなことがあって、あなたは夜の仕事をするようになったんだね？」

「警察って怖いですね、そんなことまで調べ上げてたんですか。でも、仕方ありませんよね。わたしの兄は堅気じゃないんですから。ええ、その通りです。赤坂のクラブでしばらく働いてたんですよ。それが何か？」

「あなたほどの美人なら、客がほうっておかないだろうな。リッチな男にだいぶ口説かれたんでしょ？」

「想像にお任せします」

「うまく逃げられてしまったか。立ち入ったことを訊くが、この店の開業資金はご自分で工面《くめん》したのかな？　それとも兄さんか、パトロンに都合《つごう》をつけてもらったんだろうか」

「自分のお金だけで開業したんです。ホステス時代に割に収入がありましたんでね」

「パトロンなんかいなかった？」

「え、ええ」

華恵が視線を泳がせた。

「あなたは嘘をついてるな。クラブ・ホステス時代に世話をしてくれる男性がいたんでしょ？」

「そういう方は……」

「もしかしたら、グロリア警備保障の小山内克巳社長があなたのパトロンだったのかもしれないな」

風見は言った。ただの当てずっぽうではなかった。

殺された牧田朋広は、勤め先の社長の弱みを握っていたようだ。捜査本部事件の被害者は社長の愛人のひとりが華恵であることを沖崎に教えられ、女性スキャンダルを脅迫材料にしたのかもしれないと考えたのである。

　華恵が円《つぶ》らな瞳を大きく見開いたまま、固まっている。図星だったにちがいない。

「そうなんだね？」

「………」

「黙ってないで、何か言ってくれないか」

「小山内さんには四年半ほど世話になっていました、ホステスのころに」

「やっぱり、そうだったか」

「でも、わたしは社長の愛人のひとりにすぎなかったんです。小山内さんが女性関係にだらしないという噂は耳に入ってましたけど、わたし以外の女性を摘み喰いしてる程度だと思ってたんです」

「つまり、ちゃんとした愛人はあなたひとりだけだと思ってたわけだ？」

「ええ、そうです。でも、小山内社長にはわたしを含めて三人も愛人がいたんですよ。そのことを知ったんで、わたしは彼ときっぱりと別れたんです」

「言いにくいだろうが、手切れ金はいくら貰ったのかな？」

「手切れ金なんか一円も貰ってません。こちらから要求もしませんでしたけど、向こうもお金を出す気はなかったんだと思います。小山内さんは釣った魚には餌《えさ》をやらないタイプなんですよ、口説き落とすまではプレゼント作戦の連続でしたけどね」

「根がケチなんだろう。そういうタイプのパトロンは、愛人の月々の手当も徐々に減らしていくんだろうな」

「ええ、その通りでしたね。世話になりたてのころはマンションの家賃のほかに毎月百万円ずつ銀行の口座に振り込んでくれてたんですが、別れる数カ月前から十万円しか入金してくれませんでした。結局、わたしは小山内社長にうまく遊ばれてしまったんでしょうね。わたし、愛人は自分だけだと思ってたんで、精一杯尽くしたんですけど。わたしが愚《おろ》かだったんです」

「あなたと小山内克巳の関係は、兄さんも知ってたのかな?」

「ええ、兄にはパトロンのことを話してありました。小山内さんが手切れ金を出そうとしないと知って、兄はとても腹を立ててました。そのうち何かで懲《こ》らしめてやると何度も言ってましたね。でも、わたしは何も仕返しなんかしなくてもいいと言って、気を鎮《しず》めてもらったんです」

「そう」

　風見は短く応じた。沖崎貴明は、妹のパトロンがグロリア警備保障の社長だったことを幼馴染みの牧田朋広に教えたのではないか。

財力を手に入れた実業家たちが愛人を囲っただけでは、たいしたスキャンダルにはならない。だが、世話をしている愛人が暴力団の幹部の実の妹となったら、話は違ってくる。急成長した警備保障会社は、いっぺんに社会的信用を失うことになるだろう。

牧田はその弱みにつけ込んで小山内社長を脅迫し、五年以内に自分を重役にしろと要求していたのかもしれない。そこまで具体的な要求はしていなかったとしても、自分を厚遇しなければ、身の破滅だと威《おど》していたのではないか。

そうだったとしたら、小山内が第三者に牧田を抹殺させたのかもしれない。そこまで考え、風見ははたと困った。牧田を射殺した偽警官は、仲間とともに『ラッキー電機』の新宿西口店の売上金約二億七千万円を強奪している。小山内社長が顧客の売上金を狙うとは考えにくい。

だとすると、二人組を雇ったのは沖崎なのか。幼友達の牧田から、現金輸送車の巡回時刻や売上金の積み込み方法などを聞き出したのだろうか。そして実行犯の二人組が目的を果たしてから、手引き役の牧田を葬らせたのか。

風見の思考は、ふたたび袋小路に入った。

捜査本部事件の犯人と思われる二人組は、丸越デパートの売上金三億四千万円も奪っている。乗り逃げされたワンボックス・カーはグロリア警備保障の車ではない。十全警備保障のワンボックス・カーだった。

沖崎は牧田から売上金の集配の手順を教えてもらい、警備保障会社各社の現金輸送車を実行犯の二人に襲わせるつもりなのか。そうなら、二件の強盗殺人事件の絵図を画《か》いたのは沖崎なのかもしれない。

「お兄さんは歌舞伎町の組事務所に行くといってました?」

佳奈が華恵に訊いた。

「その前に、二年前、服役中に病死した兄貴分の内縁の奥さんのとこに顔を出すと言ってたわね」

「その方のことを詳しく教えてください」

「お名前は人見亜紀《ひとみあき》さんだったと思います。兄より一つ年下の三十三歳だったんじゃないかしら? JR目白《めじろ》駅の近くで『マドラス』というカレーショップをやってるんです。亜紀さんは十代のころに関東スケバン連合の総長をやってたらしく、背中に緋牡丹《ひぼたん》の彫り物を入れてるという話ですけど、いまは穏《おだ》やかな感じですよ。わたしも兄と一緒にお店に行って、ナン付きのチキン・カレーを食べたことがあるんですけど、とってもおいしかったわ」

「あなたのお兄さんは、その彼女とは恋仲なんですか?」

「まだプラトニック・ラブみたいですね。やくざがプラトニックな関係だなんて信じられないかもしれませんけど、相手は世話になった兄貴分の内妻だったわけだから、なかなか言い寄れないんじゃないのかな？」

「相手の女性は、あなたのお兄さんのことをどう想ってるんでしょう？」

「嫌ってはない感じでした。でも、内縁の夫が亡くなって、まだ二年そこそこですからね。亜紀さんは故人のことをふっ切って、恋愛することにはためらいがあるんでしょう」

「そうなんだろうな。大人同士のプラトニック・ラブって素敵ですよね。恋愛の極致《きょくち》なのかもしれないわ」

「わたしも、そう思ってます。男と女って、体の関係を持ったときが終わりのはじまりでしょ？」

「そうなんですかね。わたしはそれほど多く恋愛をしてきたわけじゃないから、よくわかりません」

「うふふ。くどいようですけど、兄が朋広ちゃんを誰かに殺させたなんてことは絶対にないと思います。兄に直《じか》に訊いてもらってもかまいません。『マドラス』にいなかったら、組事務所にいるでしょうから、本人に直接訊いてください」

華恵が佳奈と風見の顔を交互に見た。佳奈が即座に顎《あご》を引く。

「そうさせてもらうか。兄さんに事前に電話なんかしないでほしいんだ」

風見は華恵に言って、相棒よりも先にスツールから腰を上げた。

3

生欠伸《なまあくび》が止まらない。

男は、目尻に溜《た》まった涙を乱暴に拭《ぬぐ》った。

出向先の総務企画室だ。室長という肩書こそ付いているが、閑職も閑職だった。

与えられた部屋は、西陽だけしか当たらない。

四人いる部下は揃って休職中だった。そのうちの三人は心を病《や》んで、神経科クリニックに通っている。残りのひとりは大腸癌の切除手術を受けたばかりだ。

四人の部下は私大出身の一般公務員だ。公務員になれば、喰いっぱぐれることはない。そんな安易な気持ちで職を選んだのだろうが、賢明とは言えない。

私大出や高卒者がたとえ本省の職員になっても、所詮は駒として使い捨てにされるだけだ。それを承知で、経済的な安定を優先させた小役人がどの官庁にも目立つ。大半だと言っても過言ではないだろう。

彼らには、まったく志がない。あるのは保身本能だけだ。そうしたノンキャリア組は、この国の行く末など考えていない。

ほとんどの有資格者《キャリア》も堕落《だらく》し切っている。本気で舵取りをする気でいる官僚は、きわめて少ない。だが、自分はその少数派のひとりだった。

国を背負って立つ気でいたキャリアをさっさいなことで、冷遇してもよいのか。日本の損失だろう。

母方の従弟を国外逃亡させてやりたいと思ったことは事実だ。しかし、密出国の方法を下調べしただけではないか。実際に従弟を密航船に乗せてやったわけではない。

そもそも従弟の殺人も、正当防衛だったと言えるのではないか。

従弟は、帰宅途中に路上でストーカーと言い争っているＯＬの加勢をしたばかりに相手に一方的に殴打され、揚句《あげく》、ナイフで左の二《に》の腕を刺されてしまった。

抵抗しなければ、おそらく従弟は刺殺されていただろう。

従弟は四十路《よそじ》に入って間がなく、二人の息子は中学生と小学生だった。妻はあまり健康ではない。

従弟は自分が死んだら、妻子を路頭に迷わせることになる。とっさにそう考え、相手の刃物を奪い取ったのだろう。そして恐怖心から逃《のが》れたい一心で、被害者の心臓部にナイフを突き刺してしまったにちがいない。

　従弟は子供のころから人一倍、正義感が強かった。

　公立中学校の熱血教師だった彼は、ストーカーにしつこくつきまとわれているＯＬの不安を取り除いてやりたくて、男を咎《とが》めたらしい。きつい言い方だったのかもしれないが、ストーカーが逆上したのは単なる八つ当たりだろう。

　警察や地検は、従弟が主張する正当防衛をついに認めなかった。ストーカーに手荒なことをされ、殺意が芽生えたと判断した。裁判所も検察側の起訴内容を疑わなかった。

　最高裁まで従弟の主張をしりぞけた。これでは暗黒裁判だ。自分の行動にしても感心はできないことだが、小さな罪だろう。従弟に同情して逃亡の手助けをしかけたことは、人間味のある捜査員ならば、心情的にわかってくれるはずだ。

　なのに、従弟の事件を担当した捜査一課の当時の管理官は、当方の小さな罪まで暴《あば》こうとした。上司が裏で動いてくれたおかげで、自分に刑罰は科せられなかった。

　だが、それで事は収まらなかったわけだ。自分はペナルティーとして、関係省に出向させられる羽目になった。

　籍を置いていた職場では局次長のポストに就いていた人間が、いまでは出向先の総務企画室長にまで落ちぶれてしまった。情けない。悔しくもあった。

現在は警視庁の特殊チームを仕切っている元管理官の子供じみた正義感がなければ、降格の憂《う》き目には遭《あ》わなかったはずだ。逆恨みと謗《そし》られようと、いつか必ず何らかの方法で仕返しをしてやりたい。

男は冷めた緑茶を啜《すす》って、茶色い葉煙草《シガリロ》に火を点《つ》けた。

少々、臭《にお》いに癖がある。以前はショートホープを喫《す》っていた。愛人の矢代麻里に奨《すす》められ、銘柄を替えたのだ。

自宅で葉煙草を吹かすと、妻の小夜子はあからさまに顔をしかめる。娘のみすずも無言で父親から離れることが多い。喫煙者ではない息子の亮《りょう》は、オーバーに咳込む。

男は夫婦仲は冷めても、二人の子供は慈《いつく》しんできた。

しかし、息子も娘も父親を慕っていないようだ。親子である。自分が子供たちに敬遠されていることは感じ取れる。寂しく虚《むな》しい。

メガバンクで働いている亮は、一橋大の商学部を卒業している。息子が中学生のころ、公務員になる気だったら、東大に進んだほうがいいと言った記憶はある。亮は官僚になる気はないときっぱりと答えた。それでも高二までは、東大の経済学部を狙っていた。

しかし、どのテストでも合格ラインに達しなかった。それで志望大学を変え、一橋大に現役合格を果たしたわけだ。

息子が東大に入れなかったことで、厭味《いやみ》めいたことは一度も言ってない。

だが、亮は少しランクの低い国立大学に入ったことで父親に妙な劣等感を持つようになった。大学生になると、息子は明らかによそよそしくなった。それは、いまも変わっていない。

娘は妻の希望に従って、日本女子大の文学部に進んだ。母親の母校である。小夜子は、みすずに勉学にいそしめと言ったことはない。娘を良家の子女として育てたかっただけのようだ。

みすずは母親の希望通りに成長した。大学院の修士課程で英米文学を学んでいるが、別に学者や翻訳家をめざしているわけではなかった。要するに、嫁入り前の時間潰しだろう。

それは、それでいいのではないか。男女同権の民主国家だが、まだまだ日本は男社会だ。

女性が自立することは立派だが、それで幸せになれるという保証はない。保守的だと笑われそうだが、娘には将来性のある男と結婚して、良妻賢母になってほしいと願っている。それが親の本音だ。

ただ、息子には自分の能力を最大限に発揮して、メガバンクの役員にまで登り詰めてもらいたいと密かに思っていた。もちろん、そんなことを亮に言ったことはない。言えば、プレッシャーになるだろう。

それでも、男ならば、どんな職種であっても、指導者的な立場になってもらいたい。下積みのままではフラストレーションが溜まるだけで、労働意欲も湧かないだろう。駒には駒の喜びや達成感もあるだろうが、それは哀《かな》しくなるほど小さなものなのではないか。男として生まれたからには、やはりリーダーをめざしてもらいたい。

男は短くなったシガリロの火を灰皿の底で揉《も》み消した。吸殻の灰が机に零《こぼ》れ落ちた。男は手で、それを床に払い落とした。

そのとき、上着のポケットで携帯電話が打ち震えた。職場ではいつもマナー・モードにしてあった。

男はモバイルフォンを摑み出し、ディスプレイに目をやった。発信者は麻里だった。

「パパ、わたし、どこにいると思う？」

「セレクト・ショップで服でも買ってるのかな？」

「残念でした。外車のディーラーにいるのよ。例のサプライズ・プレゼントで、本当にシャンパン・カラーのポルシェを買っちゃったの」

「そうか」

「諸費用なんか入れると、一千二百万をオーバーしちゃった。一括払いでいいって言ったら、ディーラーの係の人はびっくりしてたわ。契約を済ませて、いまショールームを出たとこなの。一週間ぐらいで納車してくれるって」

「よかったな」

「車が届いたら、パパを真っ先に助手席に乗せてあげるね。サスペンションがいいから、乗り心地は最高よ」

「乗り心地は、麻里の腹の上のほうがいいと思うがね」

「パパも大胆ね。近くに法律事務所のスタッフがいるんでしょ？」

「所長室にいるんだ。わたしのそばには誰もいないんだよ」

「そうなの。そうそう、今朝《けさ》ね、東京弁護士会のホームページをなんとなく覗いてみたのよ。だけど、会員名簿にパパの名前は載《の》ってなかったわ。パパは力石勉《ちからいしつとむ》よね。お店に最初に来たときから、ずっとそう名乗ってた」

「ああ、そうだよ」

男は内心の狼狽《ろうばい》を隠して、努めて平静に答えた。大学の先輩の弁護士に連れられて麻里が働いているクラブに遊びに行ったとき、そういう偽名を使った。官僚であることを知られたくなかったからだ。

店に案内してくれた遣《や》り手の弁護士は、話を合わせてくれた。それ以来、男は赤坂のクラブでは力石で通してきた。

「パパ、本当に弁護士さんよね？」

「ああ、そうだよ。弁護士会は一つだけじゃないんだ。わたしは別の団体に所属してるんだよ」

「そうだったの。疑うようなことを言って、ごめんね」

「別に気にしてないよ」

「本当に？」

「ああ」

「ついでに念を押させてもらうけど、貰っちゃった三千万円、絶対に事件絡みの汚れたお金じゃないわよね？」

「麻里は、わたしを悪徳弁護士と思ってるようだな」

「そういうわけじゃないの。ただね、昔のホステス仲間がパトロンから現金二千万円をプレゼントされて喜んでたんだけど、その彼氏、投資詐欺で捕まっちゃったのよ。それで、ホステス時代の知り合いの娘《こ》は何度も警察の事情聴取を受けたの。わたし、そんなふうになったら、いやだなと思ったんで、またパパに確かめてみたわけ」

「わたしが信用できないんだったら、三千万をそっくり返してもらおう」

「あっ、怒らないで。わたし、根は小心者だから、ちょっと不安になっただけなの。本当にごめんなさい。もうポルシェを買うって契約書に署名捺印《なついん》しちゃったんだから、お金を返せなんて言わないで」

「しかし……」

「パパは、もう麻里のことが嫌いになっちゃったの？　パパはわたしの親よりも年上だけど、ただのパトロンとは思ってない。本気で愛してるの。パパが家庭を棄《す》てる気になったら、わたし、喜んで後妻にしてもらう。本当よ」

麻里が切々と訴えた。男は愛人の言葉を額面通りに受け取ったわけではなかったが、まんざら悪い気持ちではなかった。

麻里は自分の娘とあまり年齢は変わらない。といっても、愛人の瑞々《みずみず》しい肉体に溺れているだけではなかった。頭はシャープとは言えなかったが、麻里は打算だけで生きている女ではない。人柄は悪くなかった。少なくとも、男のささくれだった神経を和《やわ》らげてくれる。

一緒にいるだけで、心の渇《かわ》きを癒《い》やしてくれる女だった。妻の小夜子とは大違いだ。

「わたしは、もう若くない。麻里を二度目の妻に迎えられなくても、きみと別れる気はないよ。麻里は大切な女だからな」

「嬉しい！　わたし、泣きそうになってきたわ」

「いい娘《こ》だ、いい娘だ。麻里は本当にかわいいな」

「パパ、今夜もわたしの部屋に来て」

「行くつもりでいるが、約束はできないな。依頼人が感謝を込めて一献《いっこん》差し上げたいと言ってきてるんだよ。無下《むげ》に断るわけにもいかないんでね。成りゆきで、梯子酒《はしござけ》になるかもしれないいんだ」

「来られたら、代官山に寄ってね。パパ、待ってるから」

麻里が少し間《ま》を取ってから、先に電話を切った。若いながらも、ちゃんと男心の摑み方を知っている。クラブ・ホステス時代に学んだ駆け引きのテクニックなのだろう。

男は微苦笑しながら、折り畳んだ携帯電話を上着のポケットに戻した。

それから間もなく、ドアがノックされた。

「どなた？」

男は誰何《すいか》した。

「土居《どい》です」

「ああ、きみか」

「ちょっと失礼しますね」

土居伸也《しんや》がドアを開け、入ってきた。男よりも二つ若い。同じ大学を出て、やはりキャリアだった。近く事務次官に昇格すると噂されている男だ。

「用件を手短に言ってくれ」

「素っ気ない言い方をなさる。わたしたちは大学の同窓生でしょ？　ぼくはね、あなたのような有能な方を島流しにした××庁に憤《いきどお》りを覚えてるんですよ」

「土居君、話って何なんだい？」

男は促《うなが》した。

「先輩、二人だけのときは君《くん》づけでも結構ですが、周《まわ》りに誰かいるときは土居さんと呼んでもらえませんかね？」

「こっちは二つの年上なんだぞ。しかも、きみは大学の後輩じゃないかっ」

「そうなんですが、ぼくはこの省の生え抜きのキャリアです。あなたは関連省庁からの出向者ですよね」

「次の事務次官と目《もく》されてるきみが出向者ごときに君づけされたんじゃ、示しがつかないってわけか」

「周囲に省の人間がいるときだけでいいんです。先輩、どうか協力してくださいよ。二人だけのときは、呼び捨てでもかまいません。おまえでも結構ですんで、よろしくお願いしますよ」

「こっちが年上でも、出世コースから外れたら、格下になるってわけか」

「先輩は出向されてるわけですからね。ぼくらは、別に同じ土俵に上がってるということではないでしょ？」

「土居君とわたしでは、格が違うと言いたいのかっ。思い上がってるな。周りに誰がいたって、わたしはきみを君づけで呼ぶ。大学の後輩だし、わたしのほうが早く有資格者《キャリア》になったんだから」

「降格されると、狭量になるのかな」

「なんだと!?」

「むきにならないでくださいよ。実はね、いい話を持ってきたんです。ぼくとゼミが一緒だった奴の兄貴が大手商社の新社長になったんですが、その会社は社外重役を探してるらしいんですよ。年俸は七千万円だそうです。うちの省で腐ってるよりも、民間会社に移られたほうがハッピーになるんじゃないですか。籍のある元の職場に復帰できる可能性はゼロに近いでしょ、はっきり言って。いっそ転職されたほうがいいと思うな。なんか先輩が哀《あわ》れで仕方ないんですよ」

「哀れだと⁉　きさま、何様のつもりなんだっ。年上のわたしを上から目線で見るんじゃないっ」

「ちょっと失言だったかな。哀れという言い方はありませんよね。撤回しますよ。でも、先輩、よく考えてみてください。古巣に呼び戻してもらえるとでも思ってるんですか？　そう考えてるとしたら、甘いですね」

「古巣に戻れるとは思っちゃいない」

「それでしたら、思い切って大手商社の社外重役になられたほうがいいでしょ？　年俸七千万円は悪くないですよ」

「その程度の端金《はしたがね》で尻尾《しっぽ》は振らない」

「七千万が端金ですか⁉」

土居が声を裏返らせた。

「ああ、小さな金だな」

「先輩、頭は大丈夫ですか？」

「無礼なことを言うなっ。きさまはＩＱいくつなんだ？　わたしは同期入学の法学部学生の中で、二番目にＩＱが高かったんだぞ」

「変ですよ。先輩はどこかがおかしくなってますね。ええ、間違いありません」

「偉そうに、何なんだっ。出てってくれ。痩《や》せても枯れても、きさまの世話になんかならない！」

男は、固めた拳《こぶし》で机を強く叩いた。

土居が飛びすさった。気圧《けお》されたまま、すごすごと退散した。男は椅子から立ち上がって、近くにある屑《くず》入れを蹴った。紙屑が飛び散った。

ほとんどの官僚が高い役職に就くと、舞い上がってしまう。まるで天下をとったような錯覚に陥って、礼節を忘れがちだ。

そんなキャリアたちが無能な国会議員たちと組んだところで、国家の舵取りなどできるわけがない。政官財の実力者たちはさらに癒着《ゆちゃく》し、この国を私物化するだろう。もはや絶望的だ。たとえ古巣に戻れたとしても、孤軍奮闘は虚《むな》しいだけだ。表社会を牛耳ることは、夢のまた夢だろう。

だが、闇社会の支配者になることはできるにちがいない。一般市民は脅《おびや》かさない裏社会の新ルールを作れば、この国はいつか再生できるのではないか。自分にはそれを実行し、闇社会をコントロールする能力が備わっているはずだ。

男は、決意を新たにした。

そのすぐあと、また携帯電話が上着のポケットの中で身震いした。電話をかけてきたのは、密かに〝参謀〟と呼んでいる高校時代の後輩だった。忠犬のような男で、律儀《りちぎ》そのものだ。

「ブレーン集めは順調か？」

男はモバイルフォンを耳に当てるなり、先に口を開いた。

「ええ。表舞台で活躍の場を失った元公認会計士、元弁護士、経済アナリスト、ジャーナリスト、相場師など八人をスカウトしました」

「ご苦労さん！」

「はい。使えるかどうか先輩にひとりずつ面談していただきたいんですが、今夜のご都合はいかがでしょう？」

「都合をつけるよ。しかし、今夜中に八人と面談するのはきついな」

「ええ、そうでしょうね。今夜は三十分ずつ時間をずらして、四人を例の場所に呼びますか？」

右腕の男が提案した。

「そうしよう」

「わかりました。デパートの売上金の二割を実行犯の二人に手渡して、残りはいつもの場所に保管しましたんで、ご安心ください」

「警察の動きは？」

「まだ怪しまれてはいません」

「そうか」

「先輩、次の計画は予定通りに進めてもかまいませんね？」

「捜査の手が追ってこなければ、スケジュール通りに……」

「了解です」

「くれぐれも油断するなよ。面談の時刻が決まったら、また連絡してくれないか」

男は終了キーを押し込んで、携帯電話を閉じた。盗聴防止装置付きのモバイルフォンだった。

4

写真メールが送られてきた。

発信元は、本庁組織犯罪対策部第四課だった。

風見は、官給品の携帯電話のディスプレイに視線を落とした。

沖崎貴明の正面写真は鮮明だった。風見は、運転席の佳奈に沖崎の顔写真を見せた。スカイラインは、カレーショップ『マドラス』の斜め前のガードレールに寄せてある。

「やっぱり、店でビールを傾けてた男は沖崎でしたね」

「ああ、間違いないよ」

二人は少し前にいったん覆面パトカーを降り、通行人の振りをしてカレーショップの店内をさりげなく覗いた。沖崎のほかには客はいなかった。

『マドラス』の経営者の人見亜紀はカウンターを挟んで、沖崎と何か談笑している。やや目に険《けん》があるが、美人と呼んでも差し支えないだろう。

「どうしましょう？　警察手帳を見せて、職務質問の形をとりますか？」

「いや、その手は避けよう。おれが客に化けて、うまく沖崎を店の外に連れ出すよ。八神は車の中にいてくれ」

「はい」

佳奈が短く応じた。

風見は捜査車輛の助手席から出た。夕色が漂いはじめていた。カレーショップはJR目白駅から百数十メートルしか離れていない。しかも目白通りに面した飲食店ビルの一階にあった。

人の流れは途切れることがない。この時間帯で客の入りが少ないのは、カレーがうまくないからなのか。それとも、女店主が無愛想すぎるのだろうか。

風見はそんなことを考えながら、『マドラス』に入った。

「いらっしゃいませ」

亜紀が笑顔を向けてきた。

風見は出入口の近くのカウンター席に坐り、ナン付きの野菜カレーを注文した。カウンターはL字形になっている。沖崎とは対角線に向かい合う恰好《かっこう》になった。

「お客さん、ここのカレーは絶品だよ。オーナーは麻布のインド料理店で一年間修業して、この店をオープンしたんだ。インド人シェフはだいぶ厳しかったみたいだけどさ、本場の味を惜《お》しみなく教えてくれたそうだ」

「オーナーは美人だからな。脱サラした中年男が弟子入りしても、親切に教えてくれないんじゃないですか?」

「そうかもしれないな。よかったら、おたく、毎日この店に通ってやってよ」

沖崎が言った。

「たまたま通りかかっただけで、職場が近くにあるんじゃないんですよ。毎日は通えないな、味はよくてもね」

「そう言わずに通ってよ」

「沖崎さん、あまりお客さんを困らせないで」

亜紀が、千本木組の幹部を睨《にら》む真似をした。沖崎が頭に手をやった。母親にやんわりと叱《しか》られた子供のようだった。沖崎は女店主にぞっこんなのだろう。

「おたくとどこかで会ってるような気がするな。サラリーマンじゃないようだな」

「ええ、自由業です」

「おたく、色男だね。でも、オーナーに言い寄ったりしちゃ駄目だぜ」

「あなたにぶっ飛ばされちゃいそうだな。オーナーに気があるみたいだからね」

「おい、おい、やめてくれ。オーナーは、おれが世話になった方の奥さんだったんだ。その方が亡くなったんで、恩返しのつもりで店にちょくちょく寄らせてもらってるんだよ」

「そうなんですか。なんかいい話だな」

「よかったら、ビールを飲《や》らないか。もちろん、こっちの奢《おご》りだ。少しでも売上に協力したいんでね」

「これから仕事の打ち合わせがあるんですよ。せっかくですが、遠慮しておきます」

風見は言い繕《つくろ》い、キャビンをくわえた。

「一杯だけでも、つき合ってよ。ビールの栓を抜きゃ、それで少しは売上がアップするんだからさ。おたくに迷惑かけないって」

「まだ仕事の途中だから……」

「下戸《げこ》じゃないんだろ？」

「ええ、酒は好きなほうです」

「だったらさ、ビールの一、二杯飲んでも顔に出たりしないはずだ」

「ええ、それはね」

「オーナー、あちらの方にビールを抜いてあげてよ」

「沖崎さんの気持ちは嬉しいけど、お客さんに無理強《じ》いするのはやめてちょうだい」

亜紀がやくざをたしなめ、目顔で風見に詫びた。

風見は笑顔で、手を左右に振った。沖崎がうなだれる。

キャビンを喫《す》い終えて一分ほどすると、ナンと野菜カレーが運ばれてきた。

風見は千切《ちぎ》ったナンで、ルウごと具を掬《すく》った。香辛料がたくさん使われているようで、味は濃厚だった。辛味は強いが、切れがいい。喉がひりつくようなことはなかった。

「いかがでしょう？」

亜紀が問いかけてきた。

「すごくうまいですよ」

「正直におっしゃって」

「嘘じゃないですよ」

「そう。わたしも味付けは悪くないと自信を持ってたんですけど、お客さんがあまり来てくれないんですよ。だから、日本人向けに少し味をマイルドにしようと思ってたの。ナンのほうは、どうでした？」

「焼き加減がほどよくて、おいしかったですよ。ナンがピザ生地みたいになってる店もありますけどね」

「それなのに、なぜ店が流行《はや》らないのかな？　わたしの愛想が足りないんでしょうか？」

「味やオーナーの接客ぶりには問題ないと思うな。しかし、ビールを飲んでる旦那は凄みがあるから、店に入りかけた客たちがビビっちゃうんでしょう」

風見はペーパー・ナプキンで口許を拭いながら、大声で言った。

挑発だった。案の定《じょう》、沖崎の表情が険《けわ》しくなった。

「それじゃ何かい、このおれが営業妨害してるってか？」

「だろうな。あんたは、とても堅気には見えない。筋者《すじもの》だよね？」

「だったら、何だってんだ。やくざはカレーショップに入っちゃいけねえって法律でもできたのかい？　あん？」

「チンピラみたいな凄み方すんなって。三十過ぎのヤー公が『あん？』じゃ、貫目《かんめ》がないな」

「てめえも筋嚙んでやがるんだろ？　どこの身内なんでえ？　足《ゲソ》つけてる組の名を言いな」

「沖崎さん、やめなさいよ。お客さんは、男稼業張ってるんじゃないと思うわ。堅気《ネス》だと思う」

亜紀が小声で沖崎に言った。

「いや、素人《トウシロ》じゃないな。筋者じゃないとしたら、暴力団系刑事《マルボウ》だね」

「そんなふうにも見えないけど……」

「優男だが、徒者《ただもの》じゃねえな」

沖崎が椅子から勢いよく立ち上がった。風見はほくそ笑《え》みながら、カウンターに代金を置いた。

「おい、待ちな」

「逃げやしないよ」

「そうかい。なら、表で話《ナシ》つけようや」

沖崎が肩をそびやかして、カウンターを回り込んできた。風見は先に『マドラス』を出た。

すぐに沖崎が店から飛び出してくる。

「住川《すみかわ》会の者か？　それとも、稲森《いなもり》会の身内かい？　城西《じょうさい》会のガキかよっ」

「関東御三家とはなんの関わりもない」

「ひょっとしたら、てめえ、関西の極道なんじゃねえのか。標準語で喋ってるけどよ」

「おれは、やの字じゃない」

風見は言った。そのとき、沖崎が右足を浮かせた。風見は、わざと前蹴りを躱《かわ》さなかった。

沖崎の靴の先が風見の右脚の向こう臑《ずね》に当たった。さほど痛みは感じなかった。

「公務執行妨害だな」

風見はにっと笑って、沖崎に組みついた。素早く沖崎の体を探《さぐ》る。物騒な物は何も所持していなかった。

「刑事《デカ》だったのか。あっ、思い出したぞ。おたくは以前、本庁組対四課にいたんじゃねえか。そうだよな？」

「ビンゴだ」

「おれは最近、おとなしくしてるぜ。逮捕《パク》られるようなことは何もやってねえ」

沖崎が言った。その直後、『マドラス』から亜紀が走り出てきた。新聞紙にくるんであるのは庖丁だろう。

「警視庁の者だ。あんたは、店の中に戻っててくれ。ちょっと沖崎の旦那に質問したいことがあるだけだからさ」

「本当に刑事さんなの？」

「そうだ。早く引っ込んでくれないか」

風見は亜紀に言った。女店主は迷っているらしく、突っ立ったままだった。佳奈がスカイラインを降りてきて、亜紀に走り寄る。

相棒が女店主に警察手帳を呈示し、『マドラス』の中に引き取らせた。

「なんの事件《ヤマ》を調べてるんでえ？」

「あんたの幼馴染みの牧田朋広が九月十五日の夜、『ラッキー電機』の新宿西口店の前で射殺されたよな？」

「ああ。朋広が殺されたなんて、いまでも信じられねえよ」

「事情聴取につき合ってもらうぞ」

風見は沖崎を覆面パトカーの後部座席に押し込み、横に腰かけた。相棒が駆け戻ってきて、沖崎の向こう側に坐る。

「警視庁の八神といいます」

「桜田門にこんなマブい女刑事がいたなんて知らなかったぜ」

「八神は組対四課に配属されたことがないからな。それはそうと、本題に入るぞ。あんた、牧田を唆《そそのか》して、グロリア警備保障の小山内克巳社長を強請《ゆす》らせてなかったか？」

「な、何を言ってやがるんだ。朋広が勤め先の社長にたかってたとでも思ってるのかよっ。寝呆《ぼ》けたことを言ってんじゃねえや」

「あんたの妹はクラブ・ホステスをやってるころ、小山内社長に囲われてた。つまり、愛人だったわけだ。実はな、目白に来る前に南青山の『フローリスト沖崎』に行ったんだよ。あんたとは行き違いになってしまったがな」

「おたくたち、華恵に会ったのか」

「そうだ。あんたの妹は、小山内に四年半ほど世話になったと言ってた。小山内にはだいぶ尽くしたようだが、ほかにも愛人が二人いたそうだ。それで、パトロンとは別れる気になったらしい」

「そうなんだよ」

「小山内社長は根がケチなのか、華恵さんには手切れ金をまったく出そうとしなかったんだってな。で、あんたは怒ったらしいね？」

「当たり前だろうが！　妹は四年半も、おっさんに体を弄《もてあそ》ばれたんだぜ。月々の手当だけで、一円も迷惑料を払わねえのは汚《きたね》えよ。少なくとも、数千万の手切れ金は出すべきだ。妹は欲なしだから、小山内に銭をくれとは言わなかったようだけどさ」

「あんたは、小山内を取っちめてやるという意味合いのことを妹に言ってたそうじゃないか」

「ああ、言ったよ。けど、おれは妹のパトロンだった小山内を恐喝なんてしてねえぞ」

「あんたが自分で動いたら、また刑務所《ムショ》に入れられることになる。そう考えて、幼友達の牧田朋広を〝恐喝代理人〟にしたんじゃないのか？」

「おれは、そんなことしてねえ」

「空とぼける気か。殺された牧田は、ある同僚に自分は五年以内に重役になれるだろうと言ってたらしいんだ。グロリア警備保障の社員たちは、誰も決して牧田の悪口を言わなかった。どうやら小山内社長のお達しがあって、社員たちはトップの言うことを聞いてるようだな」

「そうなのかね？」

「あんたは小山内の愛人たちのことを詳しく調べて、その情報をそっくり牧田に流したんじゃないのか？　牧田はそれを脅迫材料にして、自分を優遇し、五年以内に役員にしろと要求したのかもしれない。それだけじゃなく、少しまとまった額の口留《ど》め料もせしめたんだろうな。それで、その一部をあんたは貰ったんじゃないのかい？」

「おれは、朋広に小山内社長の女性スキャンダルに関する情報《ネタ》を流したことなんてねえぞ」

　沖崎が言い返した。すると、佳奈が早口で確かめた。

「それは本当なんですね？」

「ああ。正直に言うと、妹の手切れ金を小山内からぶったくってやろうと思ったことはあるよ。だけど、おれがそこまでやったら、華恵は、やっぱり兄貴は屑《くず》だと軽蔑すると思ったから恐喝《カツアゲ》はしなかったんだ。それに下手打ったら、前科歴が増えちまうからな」

「ええ、そうでしょうね」

「もう知ってるかもしれねえけど、おれは十代のころに金属バットで反目してたグループの頭を撲殺して、少年刑務所にぶち込まれたんだ。息子が大それたことをやっちまったんで、親父はおふくろと華恵を道連れにして無理心中をしようとした」

「その話は知ってます。苦い思い出をわざわざ話さなくてもいいんですよ」

「あんた、優しいね。マブい女は案外、情《じょう》がないもんだがな。あんたは違うようだ。妹は親父に首を絞められる前に逃げ出したんで、死なずに済んだ。でもさ、親父とおふくろを死に追い込んだのはおれなんだよ」

「あんまり自分を責めないほうがいいわ」

「いや、おれがいけねえのさ。少年刑務所を出たばかりのころは本気で心を入れ替えて、真面目になろうと思ったんだ。けど、遊び癖は直らなかった。意志が弱いんだろうな、おれはさ。結局、やくざ者《もん》になっちまって、さらに二つも前科《ホシ》をしょってしまった。妹が呆《あき》れて、しばらくおれから遠ざかったのは当然だと思うよ。でも、血がつながってるんで、華恵はおれを赦《ゆる》してくれた。嬉しかったよ。今度こそ、身内を悲しませちゃいけねえと心に誓った」

「そうなんですか」

「だからさ、おれは小山内克巳から妹の手切れ金を脅し取ることは諦めたんだ。なんか忌々《いまいま》しかったけどな」

「妹さんが、パトロンから一銭も手切れ金を貰わなかったことを牧田朋広さんに話したことはあるんですか？」

「一度話したな、朋広に。あいつは華恵を自分の妹みてえにかわいがってくれてたんで、薄情な小山内社長に対して怒《いか》ってたよ。半殺しにしてやりたいなんて言ってたな。朋広はそんな素振りも見せなかったけど、本当は華恵が好きだったのかもしれねえな。妹があいつの初恋の相手だとしたら、勤め先の社長でも憎らしく思うだろう」

「そうでしょうね」

「くどいようだが、おれは朋広に小山内の愛人たちのことなんて教えてない。ただ沖崎が言い澱《よど》んだ。風見は目顔で佳奈を制して、先に口を開いた。

「……」

「ただ何なんだ？」

「それはちょっと喋《ベシャ》るわけにはいかねえな」

「捜査に協力する気がないんだったら、とりあえず公務執行妨害罪で身柄を押さえて、九月の強盗殺人事件のことで本格的に取り調べることになるぞ。そっちが幼馴染みを焚《た》きつけて、牧田に小山内克巳を脅迫させた疑いが完全に消えたわけじゃないからな。それだけじゃない。あんたが牧田に手引きさせて、家電量販店の売上金を知り合いの二人組に盗《ギ》らせたと疑えなくもないんだ。牧田の口を封じさせたのも、そっちかもしれない」

「冗談じゃねえ！　朋広は、おれの弟みたいな奴だったんだ。そんな人間を利用だけして消しちまうわけねえだろうが！　おれは、それほどの屑じゃねえ。十代のころに殺人《コロシ》をやってるからって、色眼鏡で見るなっ」

沖崎が息巻いた。

「牧田に女性スキャンダル以外の小山内の弱みを教えてやったんだな？　そうなんだろ？」

「やっぱり、言えねえな」

「そっちは、『マドラス』のオーナーの人見亜紀さんに惚れてるんだよな？　身柄をいったん確保されたら、勾留期限の二十三日間は留置場《タマリ》から出られないだろう」

「こっちの弱みにつけ込みやがって」

「そっちがそう出てくるなら、それでもいいさ。八神、車を出してくれ」

風見は相棒に指示した。佳奈がリア・ドアを開ける。沖崎が焦《あせ》って佳奈を引き留めた。

「待ってくれや」

「喋る気になってくれたんですね？」

「ああ」

「それなら、事情聴取を続行させてもらいます」

佳奈がリア・ドアを手繰《たぐ》った。

「小山内社長の長男は、ぐうたらなんだ。まともな職に就《つ》かないだけじゃなくってさ、コカイン中毒なんだよ。覚醒剤《シャブ》に嵌《は》まってるより少しは増しだけど、そのうち廃人になっちまうだろう」

「コカインは、千本木組から手に入れてるんだな？」

風見は訊いた。

「千本木《うちち》組は麻薬《クスリ》は御法度《ごはっと》なんだ」

「表向きはどの組織もそういうことになってるが、ドラッグの密売に手を染めてないのは大正か昭和初期から代紋張ってる老舗の博徒一家だけじゃないか！」

「とにかく、小山内の倅《せがれ》にコカインを回してるのは千本木《うちき》組じゃない。売ってるのは関東一心《いっしん》会の老沼《おいぬま》組だよ」

沖崎が言った。

老沼組は、歌舞伎町二丁目の一部を縄張りにしている。構成員は三百人弱だ。千本木組とは敵対関係にある。

「偽情報《ガセネタ》喰わせたら、ただじゃおかないぞ」

「真情報《マブネタ》だって。小山内のドラ息子は老沼組からブラジル製のロッシー626というリボルバーも買ったんだ、三十発の銃弾《コドモ》付きでな。買い値は確か百六十万円だったな。ロッシー626は現地で一万円そこそこで売られてる。かなりボラれたわけだ。どうでもいいことだがな」

「その情報源《ネタモト》は？」

「老沼組の若い組員を三人ばかり抱き込んで、情報を流させてるんだ。間違いないって。その話を朋広に教えてやったから、あいつはそのことをちらつかせて、グロリア警備保障の社長を震え上がらせたのかもしれねえな。朋広が何を要求したかはよくわからねえけど、多分、そうなんだろう。ひょっとしたら、先月の強盗殺人事件の実行犯の二人を雇ったのは、小山内克巳なんじゃねえの？　脅迫者の朋広を片づけてもらったついでに、『ラッキー電機』の売上金をいただいちまった」

「いくら強欲でも、自社の顧客の売上金は狙わないだろうが？」

「わからねえぜ。事業をやってる連中は、どいつも金銭欲が強いからな」

「それはともかく、牧田の知り合いに警察オタクはいないか？」

「何なんだ？　警察オタクって？」

「警官の制服なんかを集めてる連中だよ」

「そういえば、ひとりいたな。朋広の中学時代の同級生で、川瀬悠太《かわせゆうた》って奴だ。そいつは体格《ガタイ》がよくてお巡りになりたがってたんだけどさ、色弱か何かで採用試験を受けられなかったみてえだな。いまは板橋《いたばし》のあたりに住んでて、派遣で短期の工員をやってるらしいよ。朋広の話によると、そいつは高田馬場《たかだのばば》にあるポリス・グッズの店で買い集めた警官の制服や制帽を何十セットもアパートに保管してるんだってさ。もちろん模造のニューナンブM60、警棒、手錠も買って、巡査から警視総監の階級章まで揃えてるそうだぜ」

「そうか」

「あっ、その川瀬って野郎が警察オタク仲間と共謀して、『ラッキー電機』の売上金をかっぱらった可能性もありそうだな。朋広から事前に情報を仕入れて、犯行《ヤマ》を踏んだ。けど、運悪く川瀬は朋広に面《つら》を見られちまった。で、朋広を撃ち殺さざるを得なくなったとも考えられる。どうも小山内克巳と川瀬悠太の二人がなんか臭いね。ちょっと調べてみなよ。ところで、おれはどうなるんだい？」

「役に立ちそうな情報を提供してくれたから、放免してやろう。『マドラス』のオーナーとまた談笑すればいいさ」

風見はスカイラインのリア・ドアを開け、先に外に出た。

沖崎が降りてくる。少し遅れて佳奈も覆面パトカーから姿を見せた。

「早く朋広を成仏させてくれや。頼むぜ」

沖崎がカレーショップに向かった。やくざの後ろ姿を見ながら、美人警視が話しかけてきた。

「小山内社長に揺さぶりをかけてみます？　それとも、息子がコカインを常用してて、老沼組からブラジル製のリボルバーを本当に買ったのかどうか探《さぐ》りを入れてみますか？　あるいは、その前に川瀬という警察オタクのことを調べてみたほうがいいのかな」

「八神、いったんアジトに戻ろう。岩尾・佐竹班が丸越デパートのほうの事件で何か手がかりを掴んだかもしれないからな」

風見は言って、スカイラインの助手席のドアを開けた。

第三章　複雑な背景

1

エレベーターが停止した。

本部庁舎の六階だ。風見は相棒よりも先に函《ケージ》から出た。背後で、佳奈の声が響いた。

「わたし、お手洗いに寄って行きますんで、先に……」

「わかった」

風見は大股で廊下を進み、特命遊撃班の小部屋に入った。

成島班長は自席で電話中だった。耳に当てているのは、私物の携帯電話だ。成島はにやけた顔をしている。

多分、通話相手は行きつけの小料理屋『春霞《はるがすみ》』の美人女将《おかみ》だろう。

その店は日比谷《ひびや》の劇場街の裏手にある。もともと班長がひいきにしていた店だが、チームのメンバーはちょくちょく飲みに行っている。

着物の似合う女将は三十代半《なか》ばで、日本的な美人だ。奥二重の切れ長の目が色っぽい。

妻に先立たれた成島は美人女将に秘めたる想いを寄せているが、店ではいつも無関心を装っていた。そのくせ、部下と酒を酌み交わしつつ、ひっきりなしに美人女将の姿を目で追っている。

風見は足音を忍ばせながら、自分の席についた。煙草に火を点《つ》ける。

「職務の合間にまたママの顔を見に行くよ」

成島が電話相手に言って、モバイルフォンの終了キーを押した。

「友紀《ゆき》ママに温泉に連れてってと甘くせがまれてたのかな？」

「ママは、そんな安っぽい女じゃない」

「冗談ですよ。ママに彼氏はいないようだから、班長、そろそろ求愛してもいいんじゃないんですか？」

「そんなことをしたら、中高年の常連客に袋叩きにされちまう」

「何度も言ったけど、おれがキューピッド役を引き受けてもいいですよ」

「余計なことはしないでくれ。ママは谷間の百合《ゆり》でいいんだ。遠くから眺めてるだけでいいんだよ」

「しかし、まだ現役の男なんだから、美しい花を手折《たお》ってみたいとは思ってるんでしょ？」

風見は訊いた。

「そういう気持ちもないわけじゃないが、ママはおじさんたちのマドンナだからな。独り占めはよくない」

「臆病《おくびょう》だな。ママも、成島さんのことは憎からず想ってるように見受けられます。思い切って胸の熱い想いを打ち明ければいいのに」

「いいんだ、いいんだ。それより、八神はどうした？」

「トイレに寄ってるんですよ」

「そうなのか。それで、聞き込みで何か手がかりを得られたのかな？」

成島が自席から離れ、ソファに坐った。

風見は煙草の火を消し、班長と向き合った。経過を詳しく報告する。

「沖崎はシロだろうな」

成島が断定口調で言った。

「おれも、そういう心証を得ました。八神も同じだと思います」

「だろうね。沖崎が言ったように、グロリア警備保障の小山内克巳社長と警察オタクの川瀬悠太という男の二人が確かに疑わしいな」

「そうですね」

風見は相槌を打った。そのすぐあと、佳奈がアジトに入ってきた。

「お嬢《じょう》、ご苦労さん！」

「班長、わたしに喧嘩を売ってるんですか。わたしは洋菓子屋の娘です。お嬢なんて呼ばないでほしいって、何度も頼んだはずなのに」

「そうだった、そうだった。悪意はなかったんだよ。社長令嬢だから、ついお嬢なんて呼んでしまったんだ。今後は本当に気をつける。ま、勘弁してくれ」

成島が両手を合わせた。佳奈が笑顔を返し、風見のかたわらに腰を下ろした。

「きょうの成果を班長に報告し終えたとこだよ」

「そうですか」

佳奈が風見に言い、成島に顔を向けた。

「岩尾・佐竹班からは、どんな報告が上がってきました？」

「丸越デパートの売上金を強奪した二人組は、犯行の十五分あまり前に追分《おいわけ》交差点の近くで中国語混じりの日本語で何かひそひそ話をしてたそうだ。複数の目撃証言を得られたと岩尾君は言ってたから、新しい手がかりを摑んだことになるな」

「中国語といっても、北京《ぺきん》語、上海《しゃんはい》語、福建《ふっけん》語といろいろありますけど……」

「どの証言者も、そこまではわからなかったらしいよ。しかし、韓国語ではなく、明らかに中国語の単語が会話に挟まれてたそうだ」

「警察官に化けた犯人の二人は、日本にいるチャイニーズ・マフィアのメンバーなんですかね？」

「上海マフィアの連中は荒っぽい犯罪《ヤマ》を重ねてるが、これまでに売上金を輸送車ごと奪った事例は一件もない。それに生粋《きっすい》の中国人同士なら、母国語だけで言葉を交わすだろう」

「ええ、そうでしょうね。日本語と中国語をチャンポンに遣《つか》ってる人たちとなると、日中のハーフなんですかね？」

「もしかすると、二人組は中国残留邦人の家族なのかもしれないな」

風見は口を挟んだ。

「そうならば、年齢から察して犯人の二人は、中国残留孤児と呼ばれていた日本人を祖父か祖母に持つ三世なんでしょうね」

「そうなんだろうか。戦前や戦時中に多くの日本人が開拓団として満州《まんしゅう》、現中国東北部に渡った。しかし、敗戦によって帰国できなくなってしまった人たちが生きるために中国人男性の妻になったり、現地で養子になった子供たちがいた」

「ええ、そうですね。そうした方々は、中国残留婦人とか中国残留孤児と呼ばれてたんでしょ？」

「そう。いまは両方を総称して、中国残留邦人と呼ばれてる。一九七二年の日中国交正常化後に中国残留邦人は帰国できるようになったわけだが、孤児だった男女は日本語を忘れてる者が多かった」

「そうでしょうね。成長した孤児たちの中国人配偶者、子供、孫たちはもっと言葉が不自由だったわけだから、日本での生活に馴染むのは大変だったと思うわ」

「そうだろうな。日本語を学ぶ時間がないほど過酷な労働をつづけなきゃ、一家は喰《く》っていけない。二世、三世に対するいじめなどもあって、中国残留邦人の家族はなかなか安定した暮らしができないままだ。確か二〇〇七年に中国残留邦人支援法が改正されて、中国残留孤児たちには国民年金が満額支給されるようになったと思うが、月額で六万五、六千円じゃ、とても生活できない。日本語を自在には操《あやつ》れない二世や三世には就職口もないわけだから、横道に逸《そ》れる者が出てきても仕方ないよな」

「そうですね」

「数こそ少ないが、中国残留邦人の三世たちで結成された暴走族チームや犯罪集団が凶暴化してることは事実だ」

「『中国帰国者の会』なんかのＮＰＯ法人が中国残留邦人の家族に日本語を教えたり、生活相談をしてるようだけど、国がもっとサポートすべきだわ」

「同感だね。中国残留邦人の三世が二つの強盗殺人事件の実行犯だったら、なんだか遣《や》り切れないな」

「ええ。でも、まだわかりませんよ」

「そうだな」

「それからね、丸越デパートの関係者が二人組を手引きした疑いはうかがえなかったという報告だったよ」

成島が風見に言った。

「そうですか。射殺された塩見賢太にも、不審な点はなかったんですね？」

「ああ、そうらしい。それから入院中の今西貴志は、一カ月ほどで退院できるという話だったな。二人組がどこで模造制服や装備一式を手に入れたか洗えば、捜査は一歩前進するだろう。風見・八神班は警察オタクの川瀬悠太と接触して、探《さぐ》りを入れてくれないか」

「わかりました」

「岩尾・佐竹班には、グロリア警備保障の小山内社長の息子が老沼組からコカインを実際に買いつづけて、さらにブラジル製のリボルバーまで購入してたのかどうか調べてもらう。沖崎の情報通りなら、先月に射殺された牧田は勤め先の社長を脅迫してたんだろう。小山内克巳が二人組に牧田を始末させた疑いもあるわけだから、そのあたりも岩尾君たちに調べさせよう」

「わかりました」

風見は言葉を切って、相棒に命じた。

「川瀬悠太の自宅住所は、警察庁のデータベースから割り出せるはずだ。それから、高田馬場にあるというポリス・グッズの店をすぐにネットで検索してみてくれないか」

「了解！」

佳奈が立ち上がって、無線機の端末に歩み寄った。運転免許所有者リストの中から川瀬の現住所を割り出すのに二分もかからなかった。

沖崎が言った通り、警察オタクは板橋区内のワンルーム・マンションに住んでいた。佳奈が自分のデスクに移り、ノート型パソコンを開いた。

「どうだ？」

風見は数分経ってから、佳奈に問いかけた。

「〝ポリス・グッズ〟で検索してみたんだけど、その種の店は高田馬場にありませんね。

沖崎は適当なことを言ったのかしら？」

「川瀬は本当に板橋区徳丸《とくまる》二丁目に住んでたんだから、いい加減なことを言ったんじゃないと思うぜ。もっとよく調べてみてくれ」

「はい。あっ、きっとこの店だわ。西早稲田二丁目にミリタリー・グッズとモデルガンを売ってる『マグナム』というお店があるんですけど、ポリス・グッズや防犯グッズも売られてるようです」

「多分、その店だろう。よし、先に川瀬の自宅に行ってみようや」

「その前に腹ごしらえしたほうがいいんじゃないか？」

成島が言った。風見は曖昧に答えて、ソファから立ち上がった。佳奈も自席を離れた。

二人は特命遊撃班の刑事部屋を出ると、エレベーターで地下二階の車庫に下《くだ》った。

「おれが運転するよ」

風見はスカイラインの運転席に入った。

佳奈が助手席に坐る。風見は覆面パトカーを発進させた。スロープを一気に登り、本部庁舎を出る。

午後六時を回っていた。道路は渋滞しはじめていた。

「八神、サイレン・ペダルを踏んでくれ」

「緊急じゃないでしょ?」

「のろのろ走ってたら、夜が明けちまう」

「オーバーね。風見さんは本当に不良なんだな。規則は破るためにあると思ってるんでしょ?」

佳奈が笑いを含んだ声で言い、助手席の床《フロア》にあるサイレン・ペダルを踏み込んだ。サイレンがけたたましく鳴り響きはじめた。

風見は前走車を次々にごぼう抜きにしながら、板橋区徳丸二丁目をめざした。

三十分弱で、目的のワンルーム・マンションに着いた。

だが、川瀬が借りている三〇五号室は電灯が点いていなかった。相棒がインターフォンを鳴らしてみたが、応答はない。留守だろう。

「高田馬場の『マグナム』に行ってみよう」

風見は相棒に言って、スカイラインに戻った。高田馬場に向かう。

二十分そこそこで、『マグナム』に着いた。店は早稲田通りと明治通りがクロスする交差点の近くにあった。大通りから一本脇に入った通りに面していた。

倉庫のような造りの建物だった。

店頭には各種の軍服や迷彩服が吊るされ、平台には軍靴が並べられている。ヘルメットの数も多い。

風見たちは捜査車輌を路上に駐《と》め、店内に入った。

陳列ケースにはモデルガンが収まっている。別のケースには、各種の防犯グッズが陳列されていた。

ホームセンターを小さくしたような雰囲気だが、客は若者が圧倒的に多い。奥のコーナーにポリス・グッズが展示されていた。

男性用の制服ばかりではなく、女性警察官の制服まで用意されている。防寒コート類も売られていた。どれも払い下げ品ではなかった。模造服だ。もちろん、手錠、特殊警棒、捕縄《ほじょう》なども本物ではない。

風見は、近くにいる若い男性店員に声をかけた。

「ちょっと訊きたいことがあるんだが……」

「いらっしゃいませ。ポリス・グッズに興味があるようですね。女性の方とご一緒ということは、制服姿で手錠プレイをなさるとか？」

「勘違いするなっ。二人とも警視庁の者だ」

「嘘でしょ⁉」

長い髪を後ろで束ねている店員が、大仰《おおぎょう》にのけ反《ぞ》った。風見は苦く笑って、警察手帳を見せた。

「びっくりだな」

「川瀬悠太って警察オタクは、この店の常連客なんだろう？」

「ええ、上客ですよ。川瀬さんは毎月五、六万は買ってくれてるんです。もちろん、買うのはポリス・グッズだけです。川瀬さんはジャンク・フードで食費をできるだけ切り詰めて、いろんな商品を買ってくれてるんですよ。先月の上旬には、制服、制帽、装備一式を十人分まとめ買いしてくれたんです。ありがたいけど、ちょっと訝《いぶか》しく感じましたね。そんなにまとめ買いしたことは初めてだったんです。川瀬さんはもうフリークですね。同好の士たちも、完全にオタクだな」

「同好の士？」

「ええ。川瀬さんは『TOKYO警察』ってサークルを主宰してるんですよ。メンバーたちと一緒に写ってる記念写真があれです」

長髪の店員が壁面に飾られている写真を指さした。

風見はパネル写真を見上げた。十人近い男たちが警察官に扮して整列している。全員、二、三十代に見えた。

「真ん中で敬礼してるのが川瀬さんですよ。川瀬さんを含めて全員がポリスになりたかったんですよね。でも、身体的なハンディがあったり、身内に前科者がいたりで、誰も採用試験を受けられなかったみたいだな。だけど、未練があるんで、警察オタクになっちゃったんでしょうね」

「この店で、中国系の男性がポリス・グッズを買っていったことはあります？」

　佳奈が口を挟んだ。

「そういう客はいないな。防犯グッズを買うアジア系の外国人は割にいますけどね」

「そうなの。川瀬さんが板橋の自宅にいないんで、ここに来てみたんだけど」

「今夜は巡回日だからね」

「何なの、それは？」

「あっ、いけねえ！　まずいことを言っちゃったな。聞き流してほしいな」

「そうはいかないわね。あなたを困らせたりしないから、こっそり教えてよ」

「まいったな」

　店員が困惑顔になった。風見は、佳奈よりも先に言葉を発した。

「その気になれば、そっちを犯罪者に仕立てることもできるんだぜ」

「そ、そんな!?」

「こっちは本気なんだ」

「負けました。喋っちゃいますよ。川瀬さんたちは都合のつくメンバーと新宿、渋谷、池袋、上野なんかで警察官になりすまして、職務質問ごっこをして愉《たの》しんでるんです。今夜は池袋駅周辺を回って、不審な男女に声をかけてるはずですよ」

「そうか」

「刑事さん、川瀬さんは何か危《ヤバ》いことをやったんですか？　いったい何をやったんです？」

「そういう質問には答えられないな」

「ま、そうでしょうね。川瀬さんにぼくから聞いたなんて絶対に言わないでくださいよね。彼、ちょっと執念深い性格だから、睨《にら》まれると、とんでもないことになりそうなんで。そこんとこ、よろしくお願いします」

店員が頭を深く下げた。

風見は佳奈に目配せして、『マグナム』を出た。小走りに追ってきた佳奈が店の前で問いかけてきた。

「池袋に行ってみるんですね？」

「そうだ」

風見は覆面パトカーに駆け寄った。

相棒が助手席のドアを閉めたのを目で確認してから、スカイラインを走らせはじめる。裏通りから明治通りに出て、池袋に向かった。

道なりに十五、六分走ると、JR池袋駅前に出た。周辺をひと通り巡ってから、風見は捜査車輛を飲食店が連《つら》なる通りの路肩に寄せた。

「八神、ちょっと女優の真似事をしてみてくれないか」

「はあ？」

「街娼を装って、通りかかる男たちをホテルに誘ってくれよ」

「そんなこと、わたしはできません。強引にホテルに連れ込まれそうになったら、どうするんですかっ」

美人警視が語気を荒らげた。

「そんなときは、警察手帳《チョウメン》を取り出せばいい。どんな奴だって、尻《しり》に帆を掛けて逃げ出すに決まってる。売春婦の真似をつづけてりゃ、そのうち偽警官の川瀬がやってきて、そっちに職質するだろう。わざわざ警察オタクを捜し回らなくても済むだろうが」

「だからって、ひどーい！」

「何事も勉強だよ。さ、降りた、降りた！　通りかかる男たちにせいぜい色目を使って、からかってやれ。結構、面白いと思うぜ」

「そうかな？　相手がその気になったら、焦《あせ》りそうだわ」

「そういう場合はショートで十万、泊まりだったら二十万だと吹っかけてやれよ。八神はいい女だが、それだけ金を出せる男はまずいないだろうから、心配することはないさ。相手と揉めたりしたら、すぐにおれが車から飛び出すよ」

「そういうことなら、わたし、女優になっちゃおうかな」

「なっちゃえ、なっちゃえ！」

風見はけしかけた。

佳奈が意を決し、覆面パトカーを降りた。近くの暗がりに立ち、通りすがりの男に声をかけはじめた。

美女に甘い言葉をかけられて、誰もが立ち止まった。だが、遊び代が高いと知って、男たちはすごすごと立ち去った。

三十分ほど過ぎたころ、制服警官が佳奈に歩み寄った。

川瀬悠太だった。風見は静かにスカイラインを降り、川瀬の肩に腕を回した。

「罠に引っかかったな、偽警官！」

「え？」

「川瀬、おれたち二人は本庁捜一の者なんだよ」

「危《ヤバ》い！」

川瀬が全身でもがいた。しかし、無駄だった。

風見は川瀬の利き腕を捩《ねじ》上げ、スカイラインの後部座席に押し込んだ。反対側のドアから佳奈が素早く乗り込む。

風見は川瀬の横に腰を沈め、リア・ドアを閉めた。

「先月、高田馬場でポリス・グッズを一式まとめ買いしたことはもう調べがついてる。警官の制服や制帽を旧友の牧田朋広を射殺した二人組に渡したんじゃないのか。そいつらと共謀して、『ラッキー電機』の新宿西口店と丸越デパートの売上金を車ごと強奪したのかな？」

「な、何を言ってるんだ⁉　おれは牧田の事件にはまったく関与してないっ。あいつが九月十五日の夜に殺されたんで、腰を抜かしそうになるほど驚いたよ。デパートの事件にもタッチなんかしてないって」

「制服、制帽、装備品一式を十セットまとめ買いしたことは認めるな？」

「ああ、それはね。『マグナム』の前で若い男に頼まれたんだよ、自分の代わりに買ってくれって。アマチュア劇団の衣裳として使いたいんだが、自分は日本語が上手じゃないからってさ」

「たどたどしい日本語で、そう言ったのか？」

「そうだよ。いや、そうです。祖母は日本人なんだが、父親は日中の混血で母親は中国人なんだと言ってましたね。両親は中国で育ったんで、片言の日本語しか喋れないと言ってましたよ。本人も日本語は難しいと言ってたな」

川瀬が言った。風見は佳奈と顔を見合わせた。川瀬にポリス・グッズをまとめ買いさせたのは、中国残留邦人の三世ではないのか。

「妙な奴だとは思ったんだけど、十万円の謝礼をくれるって話だったんで、代わりにまとめ買いしてやったんです。その男は乗ってきたワンボックス・カーに制服やポリス・グッズを黙々と積み込んで、あっという間に消えちゃいました」

「その車のナンバーは？」

佳奈が訊いた。

「見なかったんだ。ううん、見なかったんですよ」

「そう。その彼は名乗らなかったの？」

「ええ。日本名と中国名の二つがあるんだとは言ってましたけどね。それから、日本は暮らしにくいとも言ってたな」

「そうなの。遊びで警官の恰好《かっこう》をすることには目をつぶってもいいけど、盛り場で本当に職務質問なんかしたら、法律に触れるのよ。わかってるでしょ？」

「はい、一応。子供のころからポリスに憧れてたんで、なんか歯止めが利かなくなっちゃったんですよ。すみませんでした」

「わたしに謝られても困るのよね。刑事歴の長い同僚に判断をしてもらうことにするわ」

「そうですか。どうか温情のあるご判断を……」

「着替えの私服は？」

風見は川瀬に問いかけた。

「池袋駅のコイン・ロッカーに入れてあります」

「職質ごっこをしてる仲間は何人なんだ？」

「今夜は三人です。彼らも自分の服はコイン・ロッカーに預けてあるんですよ」

「仲間とすぐ私服に着替えて、速《すみ》やかに帰宅しろ」

「お咎《とが》めなしなんですね？」

「今回は大目に見てやろう」

「ありがとうございます」

川瀬が握手を求めてきた。

風見は黙殺し、車から出た。佳奈が反対側から降りる。川瀬は風見のいる側から出て、足早に立ち去った。

「明日、中国残留邦人の二世や三世の不良グループを洗ってみよう。その中に二件の強盗殺人事件の実行犯がいるかもしれないからな」

「そうですね」

風見たちは相前後して覆面パトカーの車内に入った。

2

マグカップが空《から》になった。

風見はコンパクトな食堂テーブルから離れ、マグカップをシンクに移した。中目黒の自宅マンションだ。

池袋で川瀬を締め上げた翌朝である。

まだ九時前だった。前夜は智沙の家には寄らなかった。

使ったマグカップを洗い終えたとき、ダイニング・テーブルの上に置いた職務用の携帯電話が鳴った。

風見はモバイルフォンを手に取った。電話をかけてきたのは、成島班長だった。

「岩尾君たち二人が数十分前にグロリア警備保障の小山内社長の長男の身柄を押さえて、捜査本部の仁科警部に引き渡したそうだ」

「そうですか」

「被疑者の小山内諭《さとし》は午前八時二十五分ごろに恵比寿の自宅マンションを出て近くのコンビニに行ったらしいんだが、挙動不審だったそうだ。それで佐竹が職務質問《バン》かけたら、小山内は慌《あわ》ててポケットに入ってたコカインのパケを捨てたというんだよ。だから、任意で被疑者の自宅に入れてもらったら、パケが十数包見つかったそうだ」

「それだけですか？　ブラジル製のロッシー626は？」

「リボルバーと二十六発の銃弾もクローゼットの中に隠されてたそうだ。小山内社長の馬鹿息子は、関東一心会老沼組からブラジル製の拳銃を三十発の実包付きで百六十万円で買ったという話だったが、四発は山の中か海上で試《ため》し撃ちしたんだろう」

「ええ、そうなんでしょう。麻薬取締法違反及び銃刀法違反で小山内諭を緊急逮捕して、息子の弱みで父親が牧田に脅迫されてたかどうか調べ上げるって筋書きなんですね？」

「そういうことだ。小山内克巳が倅の犯罪のことで牧田朋広に強請《ゆす》られてたんなら、社長が例の二人組を雇って牧田を射殺させ、ついでに家電量販店の売上金をかっぱらわせた疑いもあるからな」

「確かに疑いはあるが、丸越デパートの売上金まで強奪させるだろうか。おれも最初はグロリア警備保障の社長を怪しんだんですが、牧田殺しには関与してないんじゃないかと思いはじめてるんですよ」

風見は言った。

「そうなのかもしれないな。そうなら、それでいいじゃないか。臭い奴が減れば、真犯人《ホンボシ》を絞りやすくなるわけだからさ」

「ええ、そうですね。小山内諭が自分の違法行為のことで父親が牧田に脅迫されてたと認めてたら、当然……」

「ああ。九係の仁科係長は任意で小山内克巳を呼ぶつもりだと岩尾君に言ったそうだ」

「そうですか」

「登庁する前にちょっと新宿署に寄ってもらいたいんだよ」

「わかりました。班長、八神にも声をかけたんですか？」

「いや、彼女まで行く必要はないだろう」

「そうですね」

「岩尾君からの報告を待ってもいいんだが、元公安刑事は強行犯関係の捜査に数多く携わってきたわけじゃないから、小山内諭が嘘をついてても……」

「見破ると思いますよ、岩尾さんなら」

「そうかもしれないが、大事をとって、きみにも取り調べの様子を見てもらいたいんだ」

「わかりました」

「岩尾君や佐竹が頼りないというわけじゃないんだ。二人にそんなふうに受け取られたら、チームワークが乱れる。その点、うまくやってくれないか。頼むぞ」

成島が通話を切り上げた。

風見は急いで身仕度をして、部屋を飛び出した。最寄《もよ》り駅の中目黒駅まで早足で歩く。東急東横線とJR山手線を利用して新宿駅で下車した。

風見は新宿署に着くと、刑事課に直行した。

岩尾と佐竹は取調室1に接した面通し室にいた。目撃者に被疑者を確認してもらうために設けられたスペースだ。取調室との仕切り壁にはマジック・ミラーが嵌め込まれている。警察関係者たちは〝覗き部屋〟と呼んでいた。三畳ほどの広さだ。

「お手柄じゃないですか」

風見は、岩尾に小声で話しかけた。

「たいしたことないよ。小山内諭の違法行為は立件できるが、まだ被疑者はコカインと拳銃を老沼組から入手したとは吐いてないんだ。それから、父親が自分の犯罪のことで牧田朋広に脅迫されてたということもね」

「そうですか」

「仁科警部がもっと厳しく取り調べればいいんですよ」

佐竹が風見に不満を洩らした。

「おれたちは助っ人チームなんだ。正規捜査員に差し出がましいことは言いにくいし、言うべきじゃないだろうな」

「そうなんですが、なんかもどかしくて」

「佐竹、そう言うな」

風見は仲間をなだめ、マジック・ミラー越しに取調室を見た。

灰色のスチール・デスクの右側のパイプ椅子《いす》に、被疑者の小山内諭が腰かけている。腰縄を回されていた。その先端は椅子のパイプに括《くく》りつけられているが、手錠は掛けられていない。

机の左手には、九係の仁科係長がいる。仁科警部の斜め後ろには、記録係の刑事が坐っていた。早坂《はやさか》という名で、二十六か七だ。

「コカインとブラジル製のリボルバーは関東一心会老沼組から買ったんだな？　確かな情報を得てるんだよ。もう観念したほうがいいんじゃないのか？」

仁科の口調は穏《おだ》やかだった。

「コケインとロッシーの入手先は言えないな」

「コカインじゃなく、コケインか」

「英語読みだと、コケインでしょ？」

「そうか、そうだな。学《がく》があるんだね」

「誉められるほどのことじゃないと思うがな」

被疑者が口の端をたわめた。そのすぐあと、早坂刑事が不意に立ち上がった。

「小山内、往生際が悪いぞ！　あんたは老沼組に何か仕返しされるとビビッてんだろうが、どうせ実刑を喰《く》らうんだ。刑務所に入ってりゃ、短刀《ドス》で刺されたりしないよ。潔《いさぎよ》く吐いたら、どうなんだっ」

「やっぱり、入手先は教えられない。コケインと拳銃のことを警察に密告した奴は、どこのどいつなんだよ？」

小山内が早坂に訊《たず》ねた。

「それを聞いてどうする？　服役中に老沼組の組員に密告者を痛めつけてもらう気なんだろうが、あんたはとろいね」

「とろいだって!?」

「そうだよ。そっちのことを密告《チク》ったのは、老沼組の関係者なんだぜ」

早坂が澄ました顔で、もっともらしく言った。仁科警部が驚いた表情で、部下の早坂を振り返った。

「くそっ！　老沼組がおれを売ったのか。コケインを何年も買って、さんざん儲けさせてやったのに」

被疑者が悔しがった。早坂がにんまりとした。

「早坂巡査長、やりますね。うまく被疑者を引っかけたじゃないですか」

佐竹が横に立った岩尾に言った。

「しかし、ルール違反だよ。事実ではない話で揺さぶったわけだからね」

「ま、そうですが。だけど、もう二期目に入ってるんですから、早坂君が急《せ》く気持ちはわかるな」

「その点は、わたしも同じだよ」

岩尾が口を閉じた。ほとんど同時に、小山内が大声を発した。

「そうだよ、コケインとリボルバーは老沼組の舎弟頭補佐の染谷《そめや》哲平《てっぺい》から手に入れたんだ」

「やっぱりな」

早坂が呟《つぶや》いて、記録係の席に戻った。それを待ってから、仁科係長が口を切った。

「おたくの弱みのことを牧田朋広がちらつかせて、父親に何か要求してたんじゃないのか？」

「それについては……」

「もう何もかも白状したほうがいいな。どんなに隠そうとしても、いずれ事実はわかってしまうもんだよ」

「そうだろうな。牧田って社員がおれの弱みのことをちらつかせて、親父から千数百万円の金を毟《むし》り獲《と》ったことは間違いないよ。それから、そいつは自分を五年以内にグロリア警備保障の重役にしろと要求したそうだ。要求を突っ撥《ぱ》ねたら、息子は刑務所に入ることになると威《おど》しをかけてきたらしい。だから、親父は牧田という社員の言いなりになるほかないんだとぼやいてたよ」

「親父さんは牧田の言いなりになってたら、困ることがいろいろ生《しょう》じるよね？　なんとか脅迫者を排除したいと考えても、別に不思議じゃないわけだ」

「な、何だよ!?　おれの親父が、誰かに牧田って奴を殺《や》らせたんじゃないかって疑ってるのかっ」

「どうなんだい？　小山内社長が、『ラッキー電機』の新宿西口店の売上金を強奪した二人組のどちらかに牧田朋広を撃ち殺させたとは考えられないだろうか」

「親父は会社経営者なんだぞ。ギャングの親玉じゃない。牧田のことは苦々《にがにが》しく思ってただろうが、第三者を雇って始末させるわけないじゃないかっ」

「しかし、牧田が生きてるうちは、親父さんはいつまでも安心してられないわけだよね？　そうなら、誰かに牧田を片づけさせる気になったとしてもおかしくはないんじゃないだろうか。わたしが親父さんだったら、自分の社会的地位や会社を守るために、殺し屋を雇うかもしれないな」

「親父は女好きだが、そこまでやれる人間じゃないよ」

「そうかな。小山内社長を任意で呼んで、事情聴取させてもらうことになるな」

「好きなようにすればいいさ。しかし、おれの親父は先月の強盗殺人事件にはタッチしてないはずだ。おれは、そう思ってる」

小山内諭が言って、腕を組んだ。

仁科警部が早坂刑事に何か耳打ちをした。早坂が椅子から腰を浮かせ、取調室1から出ていった。捜査班の者に小山内克巳に任意同行を求めさせるようだ。

「沖崎の情報は事実だったんだな」

風見は呟いた。と、岩尾がすぐに応じた。

「きみこそお手柄じゃないか」

「いや、いや……」

「仁科係長が言ってたように、息子のことで理不尽な要求を呑まざるを得なかった小山内克巳としては牧田のことを忌々《いまいま》しく思ってただろうね。自分の会社の社員に脅迫されてたわけだから、それこそ飼い犬に手を噛まれたようなものだ」

「そうですね」

「牧田をこの世から抹殺したくなる気持ちになったかもしれないな。しかし、実際に第三者に牧田を葬らせたのかどうか……」

「岩尾さんの読みでは、小山内社長は捜査本部事件ではシロなんでしょ？」

「そうだね」

「そっちはどうなんだい？」

　風見は佐竹に訊いた。

「自分は、クロかもしれないと思ってます。一代で築き上げたとはいえ、グロリア警備保障はいまや業界二位の会社です。そこのトップが従業員のガードマンの命令に従うなんて、ものすごい屈辱ですよね。牧田のほうは、下剋上《げこくじょう》の歓びを味わってたんでしょうけど」

「だろうな」

「ただですね、小山内社長が家電量販店や有名デパートの売上金を正体不明の二人組に盗《ギ》らせるとも思えないんですよ。グロリア警備保障は過去十年黒字ですからね。事業家が利潤を追求しつづけたいと思ってることは間違いないでしょうが、危ない橋を渡ってでも資産を増やしたいとは考えないでしょ？　風見さんはどう思ってるんです？」

佐竹が問いかけてきた。

「小山内克巳も怪しいと思ってたんだが、本事案には関わってないのかもしれないな」

「深読みしすぎたってことですね？」

「というより、牧田に小山内社長が致命的な弱みを握られてると直感したんで、それに引きずられて疑惑を懐《いだ》いたんだ」

「そうだったんですか」

「しかし、小山内克巳自身が致命的な罪を犯してたわけじゃない。法を破ったのは倅の論だ。息子に実刑判決が下ることは間違いないから、グロリア警備保障の企業イメージはダウンするだろう」

「そうでしょうね。しかし、それで会社が倒産に追い込まれるなんてことは考えにくいよな」

「佐竹の言う通りだ。小山内社長は長男の不始末で恥をかかされるだろうが、会社そのものを失うわけじゃない。だからさ、誰かに牧田朋広を殺《や》らせたのかもしれないという推測に自信が持てなくなったんだよ」

風見は口を結んだ。

それから間もなく、早坂巡査長が取調室1に戻ってきた。仁科が部下を犒《ねぎら》い、椅子から立ち上がった。

「小山内克巳を任意で引っ張ることになったと教えてくれるんだろう」

岩尾が言って、面通し室を出た。風見と佐竹は、岩尾に倣《なら》った。

通路に出たとき、取調室1から仁科警部が姿を見せた。

「岩尾さん、捜査班の者に小山内克巳を任意で呼んでもらうことになりました。息子がコカインとロッシー626の入手先を自供したと知れば、父親は事情聴取に応じるでしょう」

「そうでしょうね」

「小山内社長が強盗殺人事件に関与してるかどうかわかりませんが、チームのどなたかが経過を見届けたほうがいいでしょ？」

「そうですね」

岩尾がそう応じ、風見を顧《かえり》みた。

「佐竹と一緒に岩尾さんは残ってください。おれは先に桜田門に行って、班長の指示を仰ぐことにします」

「そう」

「仁科さん、そういうことですんで……」

風見は九係の係長に一礼し、刑事課のフロアを出た。

新宿署を後《あと》にして、地下鉄駅に潜《もぐ》り込んだ。丸の内線から有楽町線に乗り換えて、職場に達した。

風見はエレベーターで六階に上がったが、先に組対第四課の刑事部屋に足を踏み入れた。かつての古巣だ。

昔の部下の里吉昌人《さとよしまさと》巡査部長が風見に気づき、蟹股《がにまた》で近寄ってきた。

三十四歳で、巨身だった。派手な身なりが好きで、風体《ふうてい》は組員そのものだ。

「相変わらずヤー公にしか見えないな」

風見は明るく厭味を言った。

「言ってくれますね。きょうは何なんです？」

「ちょっと情報が欲しいんだ。里吉、協力してくれないか」

「いろいろ風見さんには面倒を見てもらったから、全面的に協力しますよ。とりあえず、こちらにどうぞ！」

　里吉が案内に立った。

　導かれたのは、奥にある小会議室だった。十五畳ほどの広さで、長方形のテーブルがほぼ真ん中に置かれている。椅子は八脚あった。

　風見はテーブルの向こう側に落ち着いた。里吉が正面の椅子に腰かけた。

「特命遊撃班は、新宿署に出張《でば》ってる九係の支援捜査に乗り出したようですね？」

「里吉、地獄耳だな」

「茶化さないでくださいよ。同じ六階に刑事《デカ》部屋があるんですから、動きは気配でわかりますよ」

「なら、うちの八神が寿《ことぶき》退職することも知ってるな？」

「えっ、本当なんですか!?　ショックだな」

「三年前に結婚したくせに、何を言ってるんだ」

「でも、美人警視は本部庁舎で働いてる男たちのアイドル的な存在ですからね。で、結婚相手はどんな奴なんです？」

「おれだよ」

　風見は自分を指さした。

「わっ、二重のショックです。美男美女の似合いのカップルなんだろうけど、風見さんは女好きだから。八神さんを不幸にさせそうだな」

「里吉、冗談だよ。八神は当分、誰とも結婚しないだろう。仕事が面白くなってるみたいだからな」

「よかった。本当によかったな。身勝手な言い分ですけど、八神さんには四十五まで未婚でいてもらいたいですね。彼女は、それだけ魅惑的な女性ですから」

「確かに、いい女だよな」

「ペアを組んでる風見さんが妬《ねた》ましくなりますよ。彼女には絶対に手を出さないでくださいよね」

「そのつもりだが、いつも一緒だと情《じょう》が移っちまうからな」

「噂だと、風見さんには親密な女性がいるらしいですね？」

「まあな。しかし、複数の女に同時に惚れてしまうこともあるじゃないか」

「あるでしょうけど、八神さんはいけません。絶対に避けてください」

「八神の人気は大変なもんだな。それはそうと、中国残留邦人の三世たちで結成されてる不良グループで最もマークされてるのは？」

「捜査本部事件に絡んでる疑いがあるんですね？」

「もしかしたらな。首都圏で悪さをしてるグループは、三つか四つだったんじゃなかったか？」

「四グループですが、そのうちの三つは暴走族《マルソウ》に毛が生えた程度の犯罪集団で喧嘩に明け暮れて、恐喝《カツアゲ》や集団万引をしてるだけですね」

里吉が言った。

「チンピラどもの集まりか」

「ま、そうですね。ですが、『白龍《パイロン》』というグループはかなり凶悪な集団です。二十数人の中国残留邦人の三世たちがメンバーなんですが、新宿を根城にしてる上海マフィアのボスの情婦《いろ》を誘拐して、一億円以上の身代金をせしめたようなんですよ。状況証拠は揃ってるんですが、被害者側が身代金を払った事実を認めようとしなかったんで、立件できなかったわけです」

「そうか」

「連中は怖いもの知らずで、日本の暴力団の武器庫に忍び込んで、銃器を盗み出しているんですよ。麻薬もかっぱらって、九州あたりの組に売り捌《さば》いてるようです。しかし、物的証拠が乏しいし、被害届も出されてないんで……」

「立件できないんだな？」

「そうなんですよ」

「グループの中に悪賢い奴がいるようだな?」

「その通りなんです。『白龍《パイロン》』のボスは二世で崔一成《ツイイーチョン》という男なんですが、北京大学を出たインテリなんですよ。五十二だったかな」

「そんなに年喰ってるボスなのか。何か事情がありそうだな。ボスの母親は日本人なのか?」

「そうです。中国人の夫が二十年近く前に病死してから、崔《ツイ》のおふくろさんは望郷の念に駆られて、毎日のように祖国に帰りたいと泣いてたようですね。で、妻と離婚してた崔《ツイ》は母親と一緒に日本に永住する気になったみたいです」

「崔《ツイ》は独りっ子なのかい?」

「いいえ、四つ下の妹がいます。しかし、大連市で中国人の教師と結婚してて、子供も二人いるんですよ。それで、母や兄とは行動を共にしなかったらしいんです」

「そう」

「崔《ツイ》の母親が日本で親類や旧友たちに温かく迎えられたのは、ほんの数年だったみたいですね。人々は次第に遠のき、おふくろさんは五年前に病死したんです。崔《ツイ》も日本語が達者ではなかったんで、労働条件の悪い単純な肉体労働にしか就《つ》けなかったみたいですね」

「二世や三世は、誰も辛《つら》い思いをしてきたようだな」

「そうなんでしょうね。崔《ツイ》は母親が亡くなると、日本で冷遇されてる三世を束ねて悪党《ワル》に撤するようになったんですよ。崔《ツイ》の自宅は江戸川区内の公営団地の一室なんですが、そこが『白龍《パイロン》』のアジトになってるんです」

「里吉、『白龍《パイロン》』に関するデータをすべて提供してもらえないか。こっそり捜査情報のコピーを取るんではなく、堂々と四課の課長におれから頼まれたと言ってもかまわないよ」

「そうですか。ちょっと待ってもらえますか」

「ああ、待つよ」

風見は大きくうなずいて、小会議室を出ていく里吉に両手を合わせた。

3

風が強い。

髪の毛は乱れっ放しだった。衣服も体にまとわりついて離れない。

風見は、江戸川区内にある民間高層マンションの八階の非常階段の踊り場に屈《かが》み込んでいた。組織犯罪対策第四課から『白龍《パイロン》』に関する捜査資料を提供してもらってから、およその四時間が経過している。

捜査本部は午前中に老沼組の染谷哲平を別件容疑で逮捕し、小山内諭に三年以上も前から定期的にコカインを売り、さらにブラジル製のリボルバーを銃弾付きで譲ったことを自白させた。九係は小山内克巳を任意で新宿署に呼び、事情聴取をした。

グロリア警備保障の社長は、もはや言い逃れはできないと観念したにちがいない。牧田に息子の弱みをちらつかされて、千二百万円の現金を脅し取られたことを認めた。さらに脅迫者に五年以内に重役にさせろと要求されていたことも明かした。

だが、先月の強盗殺人事件には関わっていないと強く犯行を否認しつづけた。仁科警部は小山内克巳をシロと断定し、息子と老沼組の染谷の二人を地検に送致することにしたそうだ。

そんなことで、岩尾と佐竹は特命遊撃班の刑事部屋に戻ってきた。成島班長の指示で、メンバーは『白龍《パイロン》』の動きを探《さぐ》ることになったのである。

道路の向こう側に、公営住宅が十棟ほど建ち並んでいた。古びているが、九階建ての賃貸団地だ。

崔一成《ツイイーチョン》は、最も手前の一号棟の七〇五号室に住んでいる。間取りは3DKだ。

相棒の佳奈は、一号棟の七階のエレベーター・ホールのあたりにいるはずだ。彼女は、崔《ツィ》の部屋を訪ねる者をすべて携帯電話のカメラで隠し撮《ど》りし、その画像を成島にメール送信することになっていた。班長は、訪問者の身許の割り出しをする手筈になっていた。

岩尾と佐竹の二人は、団地住民たちから崔《ツィ》の交友関係を探り出しているはずだ。

風見は双眼鏡を目に当てた。

レンズの倍率を最大にして、崔《ツィ》の部屋を覗く。部屋の主は、ダイニング・キッチンにいた。食堂テーブルに向かって、紫煙《しえん》をくゆらせている。

組対第四課から提供してもらった崔《ツィ》の写真は、何年か前に撮られたのだろう。現在は少し老けている。

知的な顔立ちで、中国人の血が半分混じっているようには見えない。亡母の清子《きよこ》似なのだろう。白髪混じりだ。それだけ苦労が多かったのか。

崔《ツィ》は煙草を喫《す》い終えると、椅子から立ち上がった。ダイニング・キッチンに接している六畳の和室に移り、ハンガー・スタンドの前で足を止めた。

居室の窓には白いレースのカーテンが下がっていたが、室内は透けて見える。ハンガー・スタンドには花柄の布が被せてあった。

崔《ツィ》が布を捲《めく》った。ハンガー・スタンドに掛かっていたのは、警察官の制服ばかりだった。

警察オタクの川瀬に十万円の謝礼を払って、ポリス・グッズをまとめ買いしてもらったのは『白龍《パイロン》』のメンバーと考えてもいいだろう。

二件の強盗殺人事件の実行犯の二人は、中国残留邦人の三世と思われる。首謀者は崔《ツィ》なのか。

左耳に嵌めた無線機がかすかな雑音《ノイズ》をたてた。そのすぐあと、佳奈の声でコールがあった。

「七〇五号室に誰か訪ねてきたんだな？」

風見は訊いた。

「そうです。二十七、八の男が対象者《マルタイ》の部屋のインターフォンを鳴らしてます」

「携帯のカメラで、その男を撮ったな？」

「はい。正面写真は撮れませんでしたけど、少し前に横顔は写しました」

「そうか。すぐ班長に写真メールを送信してくれ」

「了解！」

相棒の声が熄《や》んだ。

崔《ツィ》がハンガー・スタンドを花柄の布ですっぽりと覆《おお》い、玄関ホールに足を向けた。来客を迎え入れるのだろう。

ほどなく崔《ツイ》は二十七、八の頬骨の高い男をダイニング・キッチンに案内した。

訪問者は遠慮する様子もなく、椅子に腰かけた。崔《ツイ》が調理台に立ち、二人分の茶を淹《い》れた。急須が日本の物とは少し形が異《こと》なる。淹れられたのは中国茶なのだろう。

それにしても、崔《ツイ》はサービス精神旺盛ではないか。『白龍《パイロン》』のボスなら、手下の者に茶を淹れさせそうだ。来客は配下の者ではないのだろうか。それとも、崔《ツイ》は手下の三世たちを自分の息子か甥《おい》っ子のようにかわいがっているのかもしれない。

組対第四課の資料によると、崔《ツイ》はだいぶ前に離婚していると記《しる》してあった。ただ、詳細は綴《つづ》られていなかった。

元妻は、崔《ツイ》と同じように日中のハーフだったのか。それとも、中国人だったのだろうか。子供はいるのか。いたとすれば、別れた妻に引き取られたのだろう。

崔《ツイ》が二つの湯呑み茶碗を食堂テーブルの上に置き、来訪者と向かい合った。来客は風見に背を向ける形だった。

風見は崔《ツイ》の口許を見た。別に読唇術の心得があるわけではなかったが、口の開閉具合で会話は中国語で交わされていることがわかった。

若い客は何か崔《ツイ》に提案している様子だ。崔《ツイ》は考え考え、短く言葉を返している。来訪者は崔《ツイ》が自分に同調しないことに苛立《いらだ》ったらしく、身ぶりが次第に大きくなった。声も張っているようだ。

崔《ツィ》は冷徹に応じて、何か言い諭《さと》している。若い客は、強奪した総額六億一千万円を持って、『白龍《パイロン》』のメンバーは姿をくらますべきだとボスに訴えているのだろうか。

話は平行線をたどっているようだが、若い訪問者はだんだん冷静になった。少しすると、二人は笑い合うようになった。

ふたたび相棒からコールがあった。

「訪問客の身許が割れました。李富淳《リーフーチユン》という名で、二十七歳ですね。母方の祖母が日本人で、父親は中国人です。つまり、三世ですね。組対四課で班長が確認してくれたんですが、李《リー》は崔《ツィ》の右腕で、三世たちのリーダーです」

「そうか。李《リー》の逮捕歴は？」

「あったそうです。二十一のときに日本人暴走族チームの斬り込み隊長を殴って、傷害で書類送検されてるという話でした」

「そうか。警察庁《サッチョウ》の指紋センターのAファイルに李《リー》のデータが入ってたんだな？」

風見は確かめた。

警察の指紋識別システムは、警察庁刑事局鑑識課指紋センターが管理している。八百数十万人分の指紋が三つのファイルに分類され、磁気ディスクに保存されていた。犯罪者の両手の人差し指の指紋データは、Aファイルにまとめられている。

「そうです。ついでに班長は、崔一成《ツイイーチヨン》のA号照会をしてくれたんですが、犯歴はまったくなかったそうです」

「崔《ツイ》は亡母と日本に来て間もなく、中国籍を捨ててるはずだぞ」

「ええ。帰化して日本国籍を取得し、斉藤一成《さいとうかずなり》になってますね。亡くなったお母さんの旧姓が斉藤だったらしいんです。その名でも、前科歴はないそうですよ」

「そうか。李《リー》も、国籍を日本に変えてるんだな？」

「はい。飯塚淳《いいづかじゅん》という日本人名になってるんですが、中国人の父親を気遣《きづか》ってるみたいで、普段は李富淳《リーフーチュン》で通してるようです」

「そう。八神、崔《ツイ》の部屋には警察官の制服がずらりとハンガー・スタンドに掛けられてたよ」

「やっぱり、そうでしたか。川瀬にポリス・グッズをまとめて『マグナム』で買ってもらったのは、李《リー》なんですかね？」

「川瀬の話では、もう少し若い奴だったみたいだから、李《リー》じゃないんだろう。しかし、そいつは『白龍《パイロン》』の一員にちがいない」

「そうなんでしょうね。あっ、エレベーターから黒人男性が降りてきました。交信を中断します」

佳奈の声が途絶えた。

風見は双眼鏡を持ち直した。その数十秒後、崔《ツィ》が椅子から腰を浮かせた。また客が訪れたようだ。

李《リー》も立ち上がって、玄関ホールに向かった。

来訪者は何者なのか。風見は双眼鏡を目から離さなかった。じきに崔《ツィ》と李《リー》がダイニング・キッチンに戻ってきた。来客は黒人の大男だった。

崔《ツィ》が、黒人男性をさきほどまで自分が坐っていた椅子に腰かけさせた。李《リー》がシンクの前に立って、客にインスタント・コーヒーを淹れた。

黒い肌を持つ巨漢が李《リー》に何か言った。英語ではなく、日本語で話しかけたようだ。李《リー》が笑顔で何か答えた。

崔《ツィ》が黒人の前に坐った。李《リー》がコーヒーカップを来訪者の前に置き、崔《ツィ》のかたわらに腰を落とした。

三人はひとしきり談笑すると、急に前屈《まえかが》みになった。次の犯罪の計画を練っているのか。

そうだとしたら、崔《ツィ》はいったい何を企《たくら》んでいるのか。

『白龍《パイロン》』のボスは、歌舞伎町を根城にしている上海マフィアや日本の暴力団の手先になる気はないようだ。それどころか、既成の犯罪者集団を敵視している節《ふし》がうかがえる。

首都圏では、やくざやチャイニーズ・マフィアのほかに不良イラン人グループが薬物の密売などで甘い汁を吸っていた。イラン人犯罪者集団は暴力団と共存共栄を図っている。チャイニーズ・マフィアたちも同じだ。

だが、不良ナイジェリア人グループ、パキスタン系マフィア、不良コロンビア人グループなどの少数派は日本のやくざやチャイニーズ・マフィアなどの下働きをさせられたり、利用されることが多い。

崔《ツイ》はマイナーな外国人マフィアに呼びかけ、多国籍混成チームを結成する気でいるのだろうか。少数派も結束すれば、大きな力になる。関東やくざや上海マフィアに対抗できるようになるかもしれない。

三度《みたび》、佳奈から無線連絡があった。

「さっきの黒人男性は崔《ツイ》の部屋に入ったんですが、もう確認済みですか？」

「ああ。でっかい黒人は崔《ツイ》や李《リー》と何か密談してる様子だよ」

「そうですか。わたし、その大男が七〇五号室に入るときの写真を盗み撮《ど》りして、成島班長に何者か調べてもらったんですよ」

「不良ナイジェリア人なんじゃないのか？」

「すごい！　そうなんですよ。さすが風見さんね」

「いいから、黒人の大男のことを教えてくれ」

「はい。モロク・セレール・オダニベという名で、三十三です。歌舞伎町のキャッチバーの用心棒をやりながら、いろんな組や上海マフィアの下働きをしてるようです。一年ぐらい前まで風俗嬢と同棲してたそうなんですが、いまは住所不定でアフリカ系黒人の仲間の家を転々としてるらしいの」

「そうか。八神、崔《ツイ》は少数派の不良外国人を集めて、日本の暴力団や上海マフィアを潰《つぶ》す気なのかもしれないぞ。福建マフィアの非合法ビジネスはカード偽造、高級車窃盗、貴金属の故買《こばい》とチンケだから、相手にする気はないようだけどな」

　風見は自分の推測を述べた。

「崔《ツイ》が少数派の外国人犯罪者たちを束ねても、広域暴力団や上海マフィアを潰すことなんかできないでしょ？　多勢に無勢ですから」

「まともにぶつかったら、とても太刀《たち》打ちできないよな。だが、悪知恵を働かせれば、弱者も勝者たちをやっつけられるかもしれない」

「どんな手を使えば……」

「広域暴力団同士が反目しそうな火種《ひだね》を蒔《ま》いて、血の抗争をさせるんだよ。上海マフィアたちに田舎者扱いされつづけた不良福建人グループを焚《た》きつけて、死闘を演じさせる。そうすれば、勢力を誇ってた大きな組織も確実に弱体化するだろう」

「弱ったときに多国籍混成マフィアは、力のあった暴力団や上海マフィアを一気に叩くわけですね」

「そう。崔《ツイ》はそのための軍資金を調達したくて、『白龍《パイロン》』のメンバーに家電量販店と老舗デパートの売上金を強奪させたんじゃないのかな？」

「風見さんの推測が正しいとしたら、グロリア警備保障の牧田朋広と十全警備保障の塩見賢太は単に巻き添えを喰《く》って、撃ち殺されてしまったことになりますね」

「そうだったんだろう。牧田が小山内社長を脅迫してたんで、ついそのことに引っ張られてしまったが、もっと連続強盗殺人事件は単純だったと思うよ」

「そうなんですかね。あっ……」

佳奈が言葉を途切らせた。

「また、不審な外国人が七階で降りたんだな？」

「は、はい」

「うまく写真を撮って、班長にそいつの正体を突きとめてもらってくれ」

風見は交信を切り上げ、踊り場に胡座《あぐら》をかいた。鉄板はひやりと冷たかったが、極力、姿勢を低くしたほうがいいだろう。

手摺《てすり》の間から、崔《ツイ》の部屋をうかがう。李《リー》が立ち上がって、玄関ホールに向かった。

今度の客はインド人か、パキスタン人だろう。彫《ほ》りの深い顔立ちで、色が黒い。口髭《くちひげ》を生やしている。四十年配だった。

来訪者は、にこやかに崔《ツイ》やナイジェリア人と握手を交わした。初対面でないことはすぐにわかる。四人はすでに幾度か顔を合わせているはずだ。

口髭の男は、モロク・セレール・オダニベのかたわらに腰を落とした。李《リー》が手早くインスタント・コーヒーを淹れ、新しい来客に供した。

四人は顔を引き締め、何やら真剣な顔つきで話し込みはじめた。片言の日本語と英語が用《もち》いられているようだ。

数分後、相棒が無線で呼びかけてきた。

「七〇五号室に入ったのは、パキスタン人でした。ナジーム・アヤーズという名で、表向きは中古車販売業者なんですけれど、銃器密売人だそうです。パキスタンに本拠地を置く『地下水脈』という犯罪組織のメンバーで八年数ヵ月もオーバーステイして、アフガニスタンの武器商人から仕入れた短機関銃《サブマシンガン》、自動小銃、拳銃、手榴弾《しゅりゅうだん》なんかを日本の暴力団に売ってたらしいんです。でも、数年前から中国や極東ロシアのマフィアからずっと安い銃器が流れ込むようになったんで、売値を安く叩かれて、あまり儲かってないみたいです。えーと、ナジームは四十一だそうです」

「そうか」

「不良ナイジェリア人や不良パキスタン人が崔《ツイ》の自宅を訪ねたってことは、どうやら風見さんの筋の読み方は正しかったようですね。モロクとナジームの二人を九係の人たちにマークしてもらって、わたしたち四人は崔《ツイ》と李《リー》の動きを探りましょうよ」

「そうだな。成島さんに電話してみるよ」

風見は無線交信を打ち切り、班長に連絡をした。

「おう、ご苦労さん！　崔《ツイ》の自宅に不良ナイジェリア人とパキスタンの『地下水脈』のメンバーが集まってるんだってな」

「そうなんですよ。おれは、崔《ツイ》が少数派の外国人マフィアに団結を呼びかけて、日本の暴力団や上海マフィアを叩き潰す気でいるんじゃないかと睨んだんです」

「その話は、八神から少し聞いたよ。崔《ツイ》が広域暴力団やチャイニーズ・マフィアを反目させるよう仕掛けて、漁夫の利を狙《ねら》ってるんじゃないかってことだよな？」

「ええ、そうです。成島さん、おれの推測は見当外れですかね？」

「いや、そうは思わないよ。考えられることだ」

成島が言った。

「班長にそう言ってもらえると、なんか心強いな。九係の仁科警部に連絡して、モロク・セレール・オダニベとナジーム・アヤーズを正規捜査員にマークしてもらったほうがいいと思うんですよ」

「ああ、そうしてもらおう。うちのメンバー四人は、崔《ツイ》と李《リー》の動きを探る。そうしてるうちに、誰かが尻尾《しっぽ》を出すだろうよ」

「それを期待しましょう。それはそうと、岩尾・佐竹班から何か報告は？」

「聞き込みの途中報告が入ったよ、さっきな。崔《ツイ》のことを悪く言う団地の住民は、ひとりもいなかったそうだ。インテリで物腰が穏やかだから、多くの隣人たちに受けがいいんだろうね」

「そうなんでしょう」

「だがね、崔《ツイ》の自宅に出入りしてる中国残留邦人の三世たちの評判は悪いようだ。祖母は日本人でも、彼らの多くは四分の一しか日本人の血が流れてない。顔立ちも、こっちの人間とは異《こと》なる者もいるんだろう。そんなことで、程度の差こそあっても、日本の学校や職場で差別されたというか、不快な思いをさせられたにちがいない」

「そうなんだろうな。だから、いじめられた二世や三世の中には日本に来たことを後悔してる者もいる。現に中国に戻った家族も何組かいたはずです」

「そうだったな。日本人が自分たちと打ち解《と》けてくれなければ、若い三世たちも心を閉ざしてしまうだろう。自分たちには居場所がないし、明るい将来もないとなりゃ、捨て鉢にもなると思うね」

「ええ、グレたくもなるでしょう。それはよくわかりますよ。だからといって、凶悪犯罪に走っちゃうのは堪《こら》え性《しょう》がないな」

「こっちも、そう思うね。思い通りに生きられないからって、家電量販店や老舗デパートの売上金をかっぱらって、二人のガードマンを虫けらのように殺してもいいことにはならない。一般市民も流れ弾に当たってしまったんだ」

「そうですね。別に優等生ぶるわけじゃないが、絶望感しかないからって、法治国家でとことんアナーキーなことをやってもいいと思うのは身勝手すぎるし、考え方が稚《おさな》すぎる」

「その通りだね。思い通りに事が運ばないのが人生だよ。しかし、それで投げ遣《や》りになったら、そこで敗北だ」

「そうですね。人生に絶望してしまったんなら、自分で誰にも迷惑をかけずに決着《オトシマエ》をつけるべきだよな。たとえば、自ら人生に終止符《ピリオド》を打つとかね」

「風見君、それじゃ哀《かな》しすぎるじゃないか。運というものは、いつ開かれるかわからない。だから、そう安易に人生を棄《す》てちゃ駄目なんだ。愚直に生き抜く。名声や富を得られなくても、とにかくゴールまで走る。それが人間の務《つと》めだよ」

「そうなんだろうな」

「病気や事故で若くして命を落とした者たちがたくさんいるんだ。そうした人々は、もっともっとこの世にいたかったにちがいない。何も報《むく》われることがないからって、人生を投げちゃいけないよ。こんな人生訓を口にするのは野暮ったくて嫌いなんだが、本当にそう思うね」

「勉強になりました」

「茶化すなって。九係の仁科係長には、わたしが直接、電話をしておくよ」

「お願いします」

風見は電話を切り、双眼鏡に目を当てた。

崔《ツイ》たち四人は、まだ密談中だった。尻《しり》が冷たくなってきた。風見は、ふたたび屈《かが》む姿勢をとった。

4

インターフォンが鳴った。

コロンビア人のリカルド・メンテスがようやく来たらしい。

崔一成《ツイイーチヨン》は、李《リー》を目顔で促《うなが》した。李《リー》が玄関ホールに向かった。

午後四時半を過ぎていた。出前してもらったミックス・ピザとシーフード・ピザは、もう四分の一ほどしか残っていない。リカルドのコーラは冷蔵庫の中に入っている。

「崔《ツイ》さん、遅くなってごめんね」

ダイニング・キッチンに入ってくるなり、リカルドが詫びた。

在日十五年のコロンビア人は、新大久保でラテン・パブを経営している。四十八歳で、数年前まで日本人女性と同棲していたらしい。何が原因で別れたのか知らないが、いまは百人町《ひやくにんちよう》の老朽化した賃貸マンションで独り暮らしをしている。

「商売が忙しそうね、それ、いいこと」

「崔《ツイ》さん、そうじゃない。逆よ。お店が忙しくなくなったんで、わたし、コックに辞めてもらった。だから、自分で料理の下拵《したごしら》えしなければならなくなったよ」

「そう。新大久保はコリアン・タウンになって、すっかり街の雰囲気変わっちゃったからね」

「その通りよ。コロンビアやボリビアの女たちが大久保通りに立ってたころは、ラテン料理の店やパブが七軒あった。でも、いまはわたしの店だけ。寂しいね。日本の警察、厳しいよ。どんな時代になっても、売春はなくならない。南米の娼婦たち、新大久保から追っ払っちゃ駄目ね」

「とにかく、坐って」

崔《ツイ》はリカルドを椅子に坐らせ、冷蔵庫からコーラを取り出した。リカルドがモロクとナジームに挨拶し、冷えたミックス・ピザを頬張りはじめた。

崔《ツイ》はリカルドの横に坐った。椅子は四脚しかない。李《リー》は立ったままで、シンクに凭《もた》れかかっていた。

「モロクとナジームは、わたしの計画に賛成してくれた。リカルドも協力する気あるか。わたし、それ、知りたいよ」

「する、する！　わたし、上海マフィアのボスの張《チャン》聖虎《ションフー》とイラン人グループのゴーラム・マグミットに恨みあるよ。張《チャン》は、わたしがコロンビアから仕入れた上質のコカイン五キロの代金払ってくれなかった。ゴーラムは、自分の子分たちにコロンビア人売春婦の用心棒させてた。それ、おかしいでしょ？　彼女たちを最初に管理してたのは、このわたしよ」

「リカルドが張《チャン》にコカインの代金を払ってくれと言ったら、麻薬取引なんかした覚えはないとせせら笑ったんだったね？」

「そう！　めちゃくちゃよ。その上、張《チャン》は子分に牛刀でわたしの首をちょん斬らせようとした。あの男は汚い！　赦《ゆる》せないよ。イラン人のゴーラムは、わたしの店に三人の手下を寄越《よこ》して、おしっこさせたね。お客さん、逃げるように帰ってしまった。営業妨害ね」

「ゴーラムたちのグループは、日本の暴力団とつながってる。だから、彼らは大きな顔してるんだ。上海グループを仕切ってる張《チャン》も、日本のやくざを嫌ってるが、しっかり裏ビジネスをしてる。それで、弱小の外国人グループを抑《おさ》え込んでるんだ」

「崔《ツィ》さん、あの噂は本当なの？」

パキスタン人のナジームが口を挟んだ。

「噂って？」

「とぼけちゃって。『白龍《パイロン》』が張《チャン》の若い愛人を誘拐して、一億円ぐらいの身代金を払わせたって話ですよ」

「ああ、それは事実じゃないね。ただの噂です」

崔《ツイ》は言下《げんか》に否定した。だが、そのことは事実だった。『白龍《パイロン》』のメンバーが上海クラブを任されている張《チャン》の愛人を拉致《らち》し、廃工場に五日ほど監禁して、一億三千万円の身代金をせしめた。実行犯の三人は、日本で最大の暴力団の構成員になりすましていた。

そうさせたのは、むろん崔《ツイ》だった。『白龍《パイロン》』の仕業《しわざ》と知れたら、すぐに報復されていただろう。実行犯たちは関西弁を俄《にわか》勉強させただけだったが、未《いま》だに張《チャン》には怪しまれていない。

崔《ツイ》は何年も前から張《チャン》を快く思っていなかった。自分が面倒を見ている貧しい三世の若者を金で釣って、麻薬の運び屋にしたのである。役目を果たした直後に、張《チャン》は配下の者に三世の青年を始末させた。崔《ツイ》は憤《いきどお》りに駆られ、張《チャン》から一億三千万円をせしめた。身代金は、香典代わりだった。現に身代金はもっともらしい理由を考え、殺された青年の遺族に全額渡してやった。

「おれも、張《チャン》とゴーラムは大っ嫌いね」

ナイジェリア人のモロクが誰にともなく言った。最初に口を切ったのは、李《リー》だった。

「二人に人種差別されたとか言ってたよね？」

「そう、そうね。あの二人、黒人は頭が悪いと思い込んでる。それ、間違いよ。白人、黄色人種、黒人に関係なく、頭のいい奴と悪い奴がいるだけ」

「そうだね」

「黒人だけが劣《おと》ってるなんてことはない。人種とか民族なんて、関係ないね。優《すぐ》れた人間と駄目な奴がいるだけよ。おれたちアフリカ人を一段低く見ること、正しくない。間違ってる。そもそも人類はブラックだった。そこから枝分かれして、白人や黄色人種が誕生したね。おれたちアフリカ人は肌の色がずっと変わらなかっただけよ。どこの国の人たちとも一緒。同じ人間ね」

「モロクの言う通りだ。わたしも、そう考えてる」

崔《ツィ》は同調した。

「あなたはインテリだから、わかってくれる。でも、張《チャン》とゴーラムはただの不良上がりね。あんまり価値がない。ううん、全然ないよ。二人とも、この世に必要ない。あの二人を殺《や》っちゃえば、二つのグループは弱くなる。それ、確実ね」

「上海マフィアもイラン人グループも内部の派閥抗争がつづいてる。張《チャン》とゴーラムがいなくなれば、分裂する思うね。そしたら、細分化したグループを次々に叩き潰せばいい」

「崔《ツィ》さん、頭いいよ。そうだよ、きっとうまくいく。おれ、なんだか愉《たの》しくなってきた」

「モロク、まだ浮かれるのは早いね」

ナジームが話に加わった。

「崔《ツイ》さんの作戦通りにやれば、うまくいくよ。おれは、そう思う。イラン人グループの犯行を装って、まず張《チャン》を始末する。それから上海マフィアの仕業と見せかけ、ゴーラム・マグミットを片づける」

「そういうプランだったね。二つのグループがバトルを開始したら、今度は日本のやくざのせいにして、両方ともぶっ潰しちゃうか？」

「そうだよ。ナジーム、武器はちゃんと揃えてくれよな？」

「任せてくれ。心配ないね。わたし、約束は守る。張《チャン》とゴーラムのグループが新宿から逃げ出したら、わたしたちの混成チームが両グループの領域《テリトリー》に喰《く》い込んで、たっぷりと甘い汁を吸わせてもらう」

「考えるだけで、わたし、わくわくしてきたよ」

リカルドが会話に割り込んだ。ナジームがリカルドの語尾に言葉を被せた。

「それから、わたしたちはタイミングを計って日本の暴力団の縄張りを少しずつ奪っていくわけね。でも、それだと、すごく長い時間がかかる」

「そうだね」

「リカルド、一気に日本のやくざを蹴散らしてもいいんじゃない？」

「それは無理ね。ナジーム、歌舞伎町には百七十ぐらいの組事務所がある」

「知ってるよ、それは。でも、やくざをいっぺんに追っ払う方法もあるね」

「ナジーム、何かアイディアがあるようだな。それ、喋ってもらえるか？」

崔《ツィ》はパキスタン人に言った。

「わたし、ロケット弾も軍事炸薬《さくやく》も手に入れられる。もちろん、ロケット・ランチャーも入手できるね。歌舞伎町の大きな組事務所を爆弾でピンポイント攻撃すればいい。ラジコン・ヘリコプターに高性能の爆薬を載せて、目標物に突っ込む。それしないで、パラ・プレーンで空から爆弾を投下してもいいね」

「パラ・プレーンというのは、パラシュート付きの軽便飛行遊具だったね？」

「そう。上空五百メートルぐらいまで上昇できて、高度は自在に上下できる。もちろん、水平飛行もできるね。操縦は簡単よ。誰でも、すぐパイロットになれる。道路、広場、公園なんかに着陸できるね。小型爆弾なら、パイロットが飛行中にターゲットの建物に落とせるよ。歌舞伎町を焼け野原にすることもできるはず。それで、わたしたちのチームが新宿に拠点を作ることができるでしょ？」

「しかし、それだけでは広域暴力団を壊滅させることはできない。関東御三家の本部を爆破して、総長や会長をはじめ大幹部たちのほとんどを片づけないと、縄張りは奪えないと思うね」

「崔《ツイ》さん、それをやればいい。そこまでやれば、首都圏をわたしたちのチームで支配できるようになるでしょ？」

「そうかもしれない。しかし、まずは張《チャン》とゴーラムの組織を叩き潰すことね。日本のやくざたちをやっつけるのは、その後《あと》にしよう」

「それで、オーケーね。わたし、それでかまわないよ。あなたたちは？」

ナジームが、モロクとリカルドの顔を交互に見た。ナイジェリア人とコロンビア人は別段、異《い》を唱《とな》えなかった。

「そういうことなら、今夜中にちゃんとした作戦プランを練って、みんなにまた連絡をする。それで、いいか？」

崔《ツイ》はナジームたち三人を順番に見た。三人は相前後して、大きくうなずいた。

李《リー》が拍手して、紹興酒《しょうこうしゅ》を用意した。酒の肴《さかな》は中華ハムとチーズだった。崔《ツイ》は五つのグラスに酒を注いだ。五人はグラスを軽く合わせ、思い思いに老酒《ラオチュー》を傾けはじめた。

モロク、ナジーム、リカルドの三人が辞去したのは、午後六時半過ぎだった。

李《リー》が向かい合う位置に坐り、北京語《プートンファ》で話しかけてきた。

「少数派の外国人混成チームはうまくいきますかね？」

「モロク、ナジーム、リカルドは揃って割を喰ってきた。本気で張《チャン》とゴーラムの組織をぶっ潰したいと思ってるだろうから、わたしたちに力を貸してくれるはずだよ」

崔《ツィ》も北京語で答えた。

「そうでしょうね。三人は少数派の悲哀を味わってきたわけですから、のさばってる上海マフィアやイラン人グループをやっつけたいと願ってるにちがいありません。問題は最初の作戦が成功したとき、手柄を立てた者が大きな顔をするようになって、崔《ツィ》さんにあれこれ提案しはじめ、主導権を握りたがるんじゃないかって心配があることです」

「そういう者が出てきたら、どんな手段を使ってでも排除する。われわれは、金と力を欲しがってる無法者の集まりじゃない」

「ええ、そうですね。自分らが心地よく過ごせる共同体《コミューン》を建設するために、一時的にアウトローになってるだけです」

「その通りだ。中国残留邦人の二世であるわたしだけではなく、きみら三世も中国にも日本にも居場所がなかった」

「ええ、そうでしたね」

「中国人の血を半分引いてても、わたしは子供のころから学校で『日本鬼子《リーベングイズ》！』と罵《ののし》られ、石を投げつけられた。日本人の血が四分の一しか混じってない李《リー》君だって、同じように……」

「ええ、いじめられました。それで黒竜江省《こくりゅうこう》から九歳のときに天津《てんしん》に一家で移り住んだんですけど、やっぱり差別されましたね。ほかの三世の連中も似たようなものです」

「そうだろうね。日中のハーフのわたしは、どこでも差別されたよ。日本軍は長年にわたって中国大陸でひどいことをしたわけだから、仕方がないのかもしれない。しかし、中国人の恨みを一身に背負わされてるようで辛かったよ」

「ええ、辛かったでしょうね」

「生き延びるために中国人夫婦の養女になって、中国人と結婚した母親が自分を産んだことを恨んだりもした。日本人残留孤児だった母を妻にした父を憎んだこともあるよ。二人が結婚してなければ、わたしは生まれなかったわけだからね」

「ええ」

「しかし、そんなことを思ってみても仕方がない。わたしは中国人の子供たちにいじめられたくなかったんで、ひたすら勉強にいそしんだ。好成績をとるようになったら、だんだんからかわれることはなくなった。それでも、差別と偏見はなくなったわけじゃない」

「ええ、わかりますよ。クオーターのおれでさえ、微妙に他所者《よそもの》扱いされたりしてましたからね」

「そうだろうな。父母が中国人でなければ、自分たちの同胞とは認めない。ほとんどの中国人はそう思ってるようだった。それだけ国土を日本人に蹂躙《じゅうりん》された悔しさが強かったんだろう。それはともかく、わたしは北京大学を出て、ある国営企業に入った。そして、二つ年下の同僚女性と結婚して、一男一女に恵まれた」

「でも、離婚してしまったんですよね？」

「そうなんだ。元妻の姪《めい》が一緒になった夫の祖父が日本陸軍の憲兵にスパイと一方的に極《き》めつけられて、首を斬り落とされたらしいんだよ。別れた元妻はそのことを知ってから、わたしの母親が日本人であることに拘《こだわ》って、姑《しゅうとめ》に辛く当たるようになったんだ。わたしにも、よそよそしくなったね。そうこうしてるうちに、わたしたち夫婦は背中を向け合ってたんだよ。だから、二人は離婚に踏み切ったんだ」

「そうだったんですか。でも、子供たちは手放したくなかったでしょ？」

李《リー》が訊いた。

「できれば、息子は引き取りたかったよ。しかし、倅は母親と暮らすことを選んだ。子供のころから、お母さんっ子だったからね。それはそれでいいんだが、息子は祖母であるわたしの母親を誇りのない日本人だと罵倒《ばとう》したんだ。わたしの母は中国で孤児になって、仕方なく中国人夫婦の養女になったのに。そうしていなければ、飢え死にしてたか、凍死してたんだよ。母の生き方を否定するなんて、惨《むご》すぎる。思わず頭に血が昇《のぼ》って、わたしは倅の顔面を拳骨《げんこつ》で殴ってしまった」

「そんなことがあったんですか」

「ああ。するとね、息子はわたしに唾《つば》を吐いた。リーベングイズと喚《わめ》いて、わたしを憎々しげに睨みつけてきたんだ。妹である娘も、わたしを罵ったよ。二人の体には、四分の一だけだが、日本人の血が流れてるというのにね」

「悲しい話だな」

「母はわたしに抱きついて、『あんたを産んで、ごめんなさい』と泣いた。わたしはね、親父が死んでから、母を絶対に故国の日本に帰らせてやらなければと思ったよ。わたしの母親は運命に翻弄《ほんろう》されて、好きなように生きられなかったんだ」

「そうですね」

「親孝行のつもりで、わたしは母と一緒に日本に来た。母は故国の地を踏んで、子供のようにはしゃいだよ。しかし、血のつながりの濃い縁者はすでに他界してた。遠い親類や旧友たちも母の帰国を喜んではくれたが、次第に遠のいていった。それぞれ他人の世話をするだけの余裕のない人たちばかりだから、彼らを非難する気はないんだ。でも、日本政府は帰国者に冷たすぎるね。残留邦人たちは、いわば戦争の犠牲者じゃないか」

「ええ、そうですよね」

「もう少し手厚く中国残留邦人を労《いたわ》るべきだよ。二世や三世を受け入れながら、日本政府は本気でサポートする気があるとは思えないね」

「おれも、そう感じてます。二世や三世だって、ただ甘えたいだなんて思っちゃいない。日本語を完璧にマスターして働き口が見つかるまで手助けをしてほしいだけなのに、それすらしてもらえない。おれたちが不貞腐《ふてくさ》れても仕方ないですよ」

「わたしの母は安息できると思っていた故国で失意のまま、生涯を終えてしまった。もう日本を頼りにしちゃいけないんだよ。中国にも日本にも居場所のないわたしたち二世や三世は、国外で自分たちだけの力で生きていかなきゃならないんだ」

「ええ、そうですね。その資金を工面するためには手を汚しても……」

「感心できることではないが、やむを得ない選択だったと思う。しかし、一般の人たちにはできるだけ迷惑をかけてはいけないね」

「方唐冬《ファンタンドン》が暴走したことは、おれの責任です。まさか彼が先月の仕事中にグロリア警備保障のガードマンを射殺するとは思わなかったんですよ。想定外のことでした。しかも先夜、丸越デパート裏で十全警備保障の塩見とかいう警備員まで撃ち殺すとは思わなかったんです。おれの誤算でした」

「もう彼からシュタイアーS40を取り上げたね？」

崔《ツイ》は問いかけた。

「はい。もう方《ファン》を実行グループのメンバーには入れません」

「そうしてくれ。それから、王《ワン》君が使ったコルト・ディフェンダーは次の仕事には用《もち》いないようにな」

「わかりました。崔《ツイ》さん、次の仕事は予定通りにこなしてもいいんですね？」

「ああ、そうしてもらおう。しかし、実行メンバーは再考する必要があるね。冷静に行動できる者を選ばないと、夢を実現させる前に『白龍《パイロン》』の主要メンバーが警察に捕まってしまうかもしれないからな」

「別の実行メンバーをじっくり選ぶことにします」

李《リー》が飲みかけの紹興酒を一気に呷《あお》った。グラスが食卓に戻されたとき、隣室で固定電話機が着信音を発しはじめた。

崔《ツイ》は椅子から立ち上がって、サイドボードに歩み寄った。サイドボードの上に有線電話を載せてある。受話器を取ると、三号棟に住む独居老人の声が流れてきた。安西《あんざい》という名で、七十代の後半だった。

崔《ツイ》は毎朝、団地内で住民たちに太極拳の指導をしている。むろん、ボランティア活動だった。

「安西さん、どうしました？」

崔《ツイ》は日本語で訊《たず》ねた。

「斉藤さんとこに出入りしてる残留邦人の三世たちの誰かが、何かしでかさなかった？」

「そういうこと、ないと思いますよ。なぜ、そういう質問をしたのか、わたし、知りたいですね。教えてください」

「言っちゃっていいのかな。実はね、だいぶ前に警視庁捜査一課の刑事が二人来てさ、あんたの部屋に出入りしてる若い人たちのことを教えてほしいって……」

「そうですか」

「ひとりは岩尾で、もう片方は佐竹という名だったな。あんたが凶悪犯罪に関わってるかもしれないなんて言ってたけど、何か思い当たるかい？」

「思い当たること、わたし、ありません」

「そうなの。斉藤さんが何か悪さするはずはないけど、出入りしてる若い連中は問題児っぽいのが多いからね。あんたの目の届かない所でさ、何か悪いことをしたのかもしれないよ。ちょっと探りを入れてみたほうがいいと思うがな」

安西が言った。

「わたしの部屋によく来てる若い子たち、髪をブロンドにしたり、タトゥ入れたりしてます。見た目は少しおっかなく見えるかもしれませんが、根は割に真面目ね。大きな犯罪事件なんか起こさない。わたし、そう信じてます」

「あんたは善人だから、すぐ他人《ひと》を信じるようだけど、定職に就いてない若い人はストレスの塊《かたまり》だろうから、しっかり監視したほうがいいよ」

「ご忠告、ありがとうございました」

崔《ツイ》は電話を切った。全身から血の気が引いていた。こんなに早く捜査の手が迫ってくるとは夢想だにしていなかった。

場合によっては、ポリス・グッズを焼却したほうがよさそうだ。いよいよとなったら、『白龍《パイロン》』のメンバーともども姿をくらましたほうがいいだろう。

「何かまずいことになったんですか？」

李《リー》が日本語で問いかけてきた。

「そうじゃない」

「でも……」

「心配ないね」

崔《ツイ》は笑顔を見せ、自分の席に歩《ほ》を進めた。笑みが不自然だったかもしれない。

第四章　怪しい多国籍マフィア

1

車内の空気が重い。

もうじき午後七時半になる。風見は、覆面パトカーの後部座席に腰を沈めていた。

スカイラインは公営団地の外周路に停車中だ。

風見の横には、コロンビア人のリカルド・メンテスが坐っていた。相棒が無線でモロク、ナジーム、リカルドの三人が崔《ツイ》の自宅を辞去したと伝えてきたのは、六時半過ぎだった。

風見は佳奈にモロクたちに職務質問するよう指示し、民間マンションの非常階段を一気に駆け降りた。

団地内に走り入ると、佳奈はリカルド・メンテスの片腕を掴んでいた。ナイジェリア人とパキスタン人には逃げられてしまったという。

風見は近くで聞き込み中の岩尾に電話をかけ、手短に経過を伝えた。そしてモロクとナジームの人相着衣を教え、すぐさま二人を佐竹と一緒に追ってほしいと頼んだ。

その後、岩尾・佐竹班からは何も連絡がない。ナイジェリア人もパキスタン人も、まだ身柄は確保できていないようだ。

「わたしがもっと上手に職質してれば、モロク・セレール・オダニベとナジーム・アヤーズに逃げられなかったと思うんですよ。すみませんでした」

運転席で、佳奈が詫びた。

「別に八神に落ち度があったわけじゃない。相手は三人もいたんだ。リカルドを押さえただけでも、上出来さ」

「でも……」

「そっちにミスなんかなかったんだ。自分を責めることはないさ」

風見は言った。そのすぐあと、ずっと黙りこくっていたコロンビア人が癖のある日本語で訴えた。

「この車に乗せられるときに言ったように、わたし、本当にリカルドじゃない。ホセ・ミゲールという名前ね。ボリビア国籍よ」

「ふざけるな。そっちがリカルド・メンテスであることはわかってるんだ。新大久保でラテン・パブをやってるんだよな？」

「わたし、ボリビア人の貿易商よ」

「外国人登録証を百人町の自宅に忘れてきたからって、他人になりすますことなんかできないんだ。警視庁はな、あんたが十年以上も前から不良コロンビア人グループを仕切ってることはわかってるんだよ。いまでも母国の麻薬組織からコカインを流してもらって、日本の暴力団に卸してるんだろうが！」

「それ、正しくない。わたし、そういうことしてないよ。真面目にお店をやってるだけ」

「ついにボロを出したな。貿易商と言い張ってたよな？」

「わたし、ラテン・パブも経営してるね」

「苦しい言い訳だな。外国人登録証不携帯でも、場合によっては強制送還も可能なんだぜ」

「それ、困るよ。わたし、もうコロンビアに戻りたくない」

リカルドが口走ってから、拳で自分の太腿を打ち据えた。

「化けの皮が剝《は》がれちゃったわね。リカルド・メンテスであることを認める気になった？」

　佳奈が上体を捻《ひね》って、南米人に声をかけた。

「仕方ないね。わたし、リカルド・メンテスよ」

「モロクとナジームも不良外国人であることはわかってるの。ナイジェリア人、パキスタン人、コロンビア人が崔一成《ツイイーチヨン》の自宅に集まって、なんの相談をしてたのかな？　どうせ悪巧《わるだく》みだったんでしょ？」

「悪巧み？　それ、意味わからない」

「四人で集まったのは、何か悪いことをするためだったんでしょ？」

「それ、誤解ね。わたしたち四人は友達よ。だから、一緒にピザを食べながら、世間話をしてただけ。ちょっとお酒も飲んだね。崔《ツイ》さん、紹興酒を出してくれた。老酒《ラオチユー》と呼ばれてる中国のお酒ね。結構、おいしいよ」

「ただ親交を深めただけだったら、何もモロクとナジームは逃げることないでしょ？」

「あの二人、オーバーステイしてるね。だから、入国管理局に通報されたくなかったんでしょ？　わたし、そう思うね」

「リカルド、おふくろさんは健在なのか？」

　風見は訊いた。

「元気ね」

「コロンビアには何年か帰ってないんだろ？」

「そう、二年半ぐらい戻ってないね」

「それじゃ、おふくろさんは寂しがってるだろうな。そろそろ国に戻って、母親と一緒に暮らしてやれよ」

「あなた、わたしを強制送還させる気なのか!?」

「その気になれば、そっちが悪さをしてる証拠は簡単に揃えられる。リカルドをコロンビアに帰国させることなんか、いつでもできるんだよ」

「それ、困る。わたし、ずっと日本にいたいね」

「だったら、こっちの質問に正直に答えるんだな」

「警察に協力すれば、わたし、コロンビアに送還されない？」

「ああ」

「それなら、知ってることを話すよ」

「そうか。崔《ツィ》はおたくたち三人に呼びかけて、何をしたがってるんだ？」

「モロク、ナジーム、わたしの組織はあまり大きくない。崔《ツィ》さんのグループも同じね。だから、新宿でのさばってる上海マフィアやイラン人マフィアみたいに甘い汁を吸えない。

それ、面白くないよ。悔しいね。それで、崔《ツィ》さんはわたしたちの四つのグループが一つにまとまれば、上海マフィアを仕切ってる張　聖虎《チャンシヨンフー》もイラン人組織のボスのゴーラム・マグミットもやっつけられると言った。モロク、ナジーム、わたしもそう思ったね。それだから、わたしたちは混成チームを組むことにした」

「それで、最初の計画は？」

「イラン人マフィアの仕業と見せかけて、近いうちに張《チャン》を始末することになったね。それから上海マフィアの犯行と思わせて、ゴーラムも始末してしまうつもり。その作戦は、崔《ツィ》さんが考えることになってる」

「上海マフィアとイラン人マフィアの縄張りを乗っ取るだけじゃなく、その次には日本の暴力団を次々にぶっ潰す作戦なんだろうが？」

「えーと、それは……」

「おふくろさんと一緒に暮らしてもいいと思い直したようだな」

「違う！　そうじゃないね。あなたの言った通りよ。わたしたち、日本のやくざたちもやっつけて、裏社会を支配しようと考えてる」

「その野望を叶える軍資金を調達したくて、崔一成《ツイイーチヨン》は面倒を見てる『白龍《パイロン》』のメンバーに家電量販店と老舗デパートの売上金を強奪させたんだろうな」

「えっ、そうなのか!?　崔《ツイ》さんも李君《リー》も、そんなことはわたしたちに一言も喋らなかった」

「リカルドたちにうっかり話したら、かっぱらった総額六億一千万円の売上金の一部を毟《むし》られると思ったんだろう」

「崔《ツイ》さんはそんな大金を手に入れたのか。わたし、まったく知らなかったよ。モロクやナジームも知らないと思うね」

「だろうな」

「崔《ツイ》さん、欲張りね。そんな大金を摑んだのに、まだお金を欲しがってる。あまり欲のないインテリだと思ってたから、なんか意外な気がしたよ」

リカルドが首を傾《かし》げた。

「崔《ツイ》は中国残留邦人の二世や三世は日本では安定した生活ができないんで、裏社会でのし上がりたいと考えたのかもしれない。だから、上海マフィア、イラン人マフィア、日本の広域暴力団を次々にぶっ潰したいんだろうな」

「そういう気持ちになったことは、わたしもわかるよ。少数派は生きにくい。甘い汁なんか吸えないからね。でも、崔《ツイ》さんはわたしたちに心を開いてないみたい。それ、よくないこと。わたしたちは混成チームを結成した。仲間に隠しごとをするのは、よくないよ。崔《ツイ》さんは、モロク、ナジーム、わたしの三人を利用だけする気なのか。わたしたちが役に立たなくなったら、切り捨てるのかな？」

「そうなのかもしれないぞ。いつか自分らを裏切るかもしれない人間となんか手を結んだら、ろくなことにはならないはずだ。崔《ツィ》のグループには協力しないほうがいいな」

「わたし、考えてみるよ。モロクやナジームと相談してみる」

「そういうチャンスはないだろうな。逃げたナイジェリア人とパキスタン人は時間の問題で捕まるだろう。そうなったら、二人は強制送還される。そっちと会うチャンスはないよ」

風見は言った。そのとき、懐で職務用の携帯電話が身震いした。

モバイルフォンを摑み出す。発信者は岩尾だった。

「モロクとナジームは団地の裏手から東小松川《ひがしこまつがわ》方面に一緒に逃げたんだが、京葉《けいよう》道路の手前で左右に分かれたんだ。モロクは環七《かんなな》通り方向に、ナジームは小松川署の裏手に入り込んだんだよ」

「そうですか」

「わたしはモロク、佐竹君はナジームを追ったんだ。しかし、どちらも見失ってしまったんだよ。班長に電話して、緊急手配《キンパイ》を敷いてほしいと頼んでおいた。八神警視が確保したコロンビア人は何か喋ったのかい？」

「ええ」

風見は、リカルドが自白したことをかいつまんで話した。

「崔《ツイ》は混成チームの仲間たちには、二件の売上金強奪のことを話してないのか。まだリカルドたち三人には気を許してないようだね。ひょっとしたら、崔《ツイ》はリカルドたちをうまく利用して、上海マフィアやイラン人マフィアの縄張りを乗っ取る気でいるのかもしれないな」

「そうなんだろうか」

「佐竹君と合流したら、団地に引き返すよ。リカルドを捜査本部に連行したほうがよさそうだからね。そこで待っててくれないか」

岩尾が電話を切った。風見はモバイルフォンを折り畳んだ。

それから数分が流れたころ、地響きを伴った轟音が耳に届いた。

前方から十数台の単車が爆走してくる。ライダーは一様《いちよう》に黒いフルフェイスのヘルメットを被り、黒っぽい衣服をまとっていた。

スカイラインは、瞬《またた》く間《ま》に大型バイクに取り囲まれた。

「『白龍《パイロン》』の連中なんじゃないのかしら？」

佳奈が緊迫した顔つきで言った。

「挑発に乗るなよ。車から出たら、危険だ」

「ええ。リカルドを奪還して、逃がす気なんでしょうね？」

「そうなんだろう」

風見は言いながら、リカルドに前手錠を掛けた。

「外国人登録証を自宅に忘れてきただけで手錠を掛けるのは、ちょっとひどいね。ううん、とてもひどいこと！」

「そっちに逃げられちゃ、困るんだよ。ちょっとの間、我慢してくれ」

「わたし、逃げないよ。警察に連れていかれてもいい。だけど、過去のことには目をつぶってほしいね。それから、絶対にコロンビアに強制送還しないでください。わたし、日本が大好きね。日本人も好きだから、ずっとずっとこの国にいたいよ」

リカルドが哀願した。

その直後、数台のオートバイがわざと前輪をスカイラインにぶつけてきた。爆竹も投げつけられた。

団地の窓が次々に開けられ、居住者たちが外周路を見下ろす。しかし、すぐにサッシ戸は閉ざされた。誰もが騒ぎに巻き込まれたくないのだろう。

風見たちコンビは、どちらも拳銃は所持していなかった。持っているのは、三段振り出し式の特殊警棒だけだった。

三人のライダーが単車を降り、覆面パトカーを揺さぶりはじめた。バンパーを蹴り、パワー・ウインドーを平手で叩きもした。

「公務執行妨害罪ね」

佳奈が呟き、クラクションを断続的に三度鳴らした。

すると、暴漢のひとりが覆面パトカーのフロント・グリルに上がって、運転席側のシールドを軽く蹴りはじめた。

「もう黙ってられないわ」

「八神、気を鎮《しず》めろ。挑発に乗ったら、向こうの思う壺《つぼ》じゃないか」

「でも、このまま蛮行《ばんこう》を傍観してるわけにはいかないでしょ？　所轄の小松川署に支援要請しましょうよ」

「もう少し待とう。覆面《メン》パトを取り囲んでる奴らは、『白龍《パイロン》』のメンバーにちがいない。しかし、リカルドを逃がす気はないようだ。そうなら、ハンマーで車のシールドを破ってドア・ロックを強引に外すはずだよ」

「そうか、そうでしょうね」

「八神、目的は読めたぞ。崔《ツイ》はわれわれの動きを知ったんだろう。きっと団地住民の誰かが岩尾・佐竹班の聞き込みのことを崔《ツイ》に教えたにちがいない」

「それで、崔《ツイ》は自宅にあるポリス・グッズや秘匿《ひとく》してる強奪金を別の場所に移す時間を稼ぎたくて、バイクの奴らにこの車を取り囲ませたのかしら？」

「ああ、おそらくな。八神は車から絶対に出るんじゃないぞ」

風見は腰から特殊警棒を引き抜き、スイッチ・ボタンを押した。伸縮式の振り出し棒が勢いよく伸びる。

風見はリカルドとは反対側のドアから車を降り、フロント・グリルの上にいる若者の脛《すね》を特殊警棒で強打した。相手が呻き、横倒れに転がった。

風見は若者をフロント・グリルから引きずり下ろし、躍《おど》りかかってきた男の首筋に特殊警棒を叩きつけた。

さらに単車を蹴り倒す。オートバイに打ち跨《また》がっているライダーたちの胸板を特殊警棒の先端で突き、次に胴を払った。

ライダーが単車ごとよろけた。五、六台のオートバイが将棋倒しになった。複数の呻き声が重なった。

「おまえら、『白龍《パイロン》』のメンバーだなっ。全員、公務執行妨害と器物損壊容疑で検挙《アゲ》るからな」

風見は大声を張り上げた。

すると、十数人のライダーが一斉《いっせい》に身を起こした。誰もが単車を置き去りにして、逃げていく。

風見はすぐさま追った。逃げ遅れた若者の背中に飛び蹴りを見舞う。相手が両腕で空《くう》を掻《か》きながら、前のめりに倒れ込んだ。

風見は駆け寄って、転がった男を摑み起こした。フルフェイスのヘルメットを荒っぽく外し、足許に落とす。

ライダーは二十二、三だった。細い目はナイフのように鋭い。

「中国残留邦人の三世だな？」

風見は問いかけた。相手は薄く笑っただけだった。

「おまえらは崔一成《ツイイーチヨン》に言われて、バイクでここにやってきたんだろ？」

「日本語、わからない」

「くそったれ！」

風見は縮めた特殊警棒を腰に戻し、相手の利き腕を肩の近くまで捩《ねじ》上げた。もう片方の手で若者の髪の毛を引っ摑み、膝頭で尻を蹴り上げる。

「スカイラインまで歩くんだ」

「おれ、何も悪くないね」

「いいから、歩きやがれっ」

「わかったよ」

相手が薄笑いをしながら、足を踏みだした。

スカイラインの運転席から佳奈が姿を見せた。

「リカルドを車から出してくれ。この坊主と一緒に崔《ツィ》の部屋に連れて行く」

風見は告げた。相棒がコロンビア人を覆面パトカーの後部座席から降ろした。

一号棟の出入口に近づくと、暗がりから一台のワゴン車が走り出てきた。無灯火だ。あっという間に走り去った。

「いまの車の中にポリス・グッズが積まれてたのかもしれないな」

「わたし、車で追いましょうか？」

「もう間に合わないだろう。崔《ツィ》の部屋に行くぞ」

風見は佳奈に言って、若者の肩口を押した。

ほどなく四人はエレベーターに乗り込んだ。七階でケージを出て、七〇五室の前に立つ。

風見はインターフォンを鳴らした。

ややあって、男の声で応答があった。

「どなたですか？」

「警視庁の者だ。崔一成《ツイイーチョン》さんだね？　いや、斉藤一成と呼ぶべきかな」

「斉藤ですが、用件を教えてほしい。わたし、何か日本の法律を破ったですか？」

「とにかく、ドアを開けてくれないか」

風見は言って、半歩退《さ》がった。

少し待つと、部屋の主が応対に現われた。焦《あせ》っている様子はうかがえない。

「崔《ツィ》さん、わたし、あなたに謝らなければならないね。コロンビアに強制送還されたくなかったんで、警察の人に何もかも喋っちゃった」

リカルド・メンテスが謝罪した。

「何もかも？」

「そう。モロク、ナジーム、わたし、崔《ツィ》さんのグループが一つにまとまって、張聖虎《チャンションフー》やゴーラム・マグミットを片づけて、日本の暴力団もぶっ潰す計画を練ってたことね」

「あんたはそういう野望を実現させるために、軍資金を工面《くめん》しなければならなかった。それで、『白龍《パイロン》』のメンバーを警官に化けさせて、家電量販店と有名デパートの売上金を強奪させたんだなっ」

風見は、リカルドの言葉を引き取った。

「何を根拠に、わたしを悪者にするのか。それ、わかりません」

「白々しいな。おれは、向かいの民間マンションの非常階段から何時間も七〇五号室を双眼鏡で監視してたんだ。ダイニング・キッチンの隣の和室にはハンガー・スタンドがあって、警察官の制服が何着も掛かってた。それからな、モロク、ナジーム、リカルド、あんたがピザを頰張りながら密談してるのを目認《もくにん》してるんだよ。李富淳《リーフーチュン》も同席してた。日本名飯塚淳は、あんたの右腕なんだよな?」

「確かにわたし、モロクさん、ナジームさん、リカルドさんたちと世間話してました。でも、悪い相談なんかしてません」

「空とぼける気かっ」

「嘘ついてません、わたしは。七〇五号室に警察官の制服なんて一着もないね。わたしの部屋に入っても、全然かまわない。自分の目で確かめてください」

崔《ツイ》が余裕たっぷりに言った。

「この坊主たちに故意に騒動を起こさせて、その隙に李《リー》にポリス・グッズと強奪させた売上金をワゴン車で別の場所に移させたんだろうが！　さっきライトも点けずに急いで去ったワゴン車を見てるんだ。ドライバーの顔はよく見えなかったが、李《リー》にちがいない」

「彼は、だいぶ前に新小岩《しんこいわ》にあるアパートに帰っていった。この団地にいるわけありませんよ」

「崔《ツィ》さん、もう観念したほうがいいと思うよ。日本の警察は、ばかじゃない。嘘は通用しないでしょ?」

「リカルドさんこそ、作り話をしないでほしいな。わたし、迷惑してる。あなたは友達だと思ってた。でも、裏切られて、わたし、がっかりしました」

「いい大学出た者は、悪知恵が発達してるな。あんたはインテリだけど、悪人だ。わたし、はっきりとわかったよ」

リカルドが憮然《ぶぜん》とした顔で言った。崔《ツィ》は冷笑したきりだった。

「この坊やと一緒にあんたも警察に来てもらうぞ」

風見は崔《ツィ》を睨《ね》めつけた。

「わたしはもちろん、そこにいる元君《ユエン》も警察に行く必要ないと思うね。元君《ユエン》は真面目な若者です」

「こいつは仲間と一緒に公務執行妨害したんだよ」

「それ、何かの間違いでしょ?」

崔《ツイ》が言い返した。

「日本に居場所がない三世たちを庇《かば》ってやりたい気持ちはわからないでもないが、甘やかしすぎだな」

「わたし、元君《ユエン》を信じてる」

「とにかく、外出の仕度をしてくれっ」

風見は声を張った。崔《ツイ》がいったん奥に引っ込み、各室の電灯を消した。

「一筋縄ではいかない旦那みたいだぞ」

風見は佳奈に耳打ちした。

2

そのころ、男は南伊豆《みなみいず》町にいた。

高級貸別荘の大広間《サロン》で、アメリカ人のマイケル・コナーズと向かい合っていた。マイケルは四十六歳の白人で、天才ハッカーと呼ばれていた人物だ。

一九九〇年代半《なか》ばに米政府機関や富士通《ふじつう》を含む世界の有名企業のサーバーにネットから侵入し、データを盗みつづけていた。マイケルは、匿名の国際ハッカー集団『アノニマス』の主要メンバーだった。

『アノニマス』は、アニメの画像などを投稿していた匿名掲示板を舞台に二〇〇三年に生まれた集団だ。匿名《アノニマス》の表示をそのままグループ名にした。匿名性の徹底を旗印に、政府や大企業による検閲などネット上の自由の制限を阻《はば》むことを目的に掲《かか》げている。人数や活動地域など組織の実態は定かでない。

『アノニマス』の主要メンバーは、十七世紀に英国王の圧政に義憤を覚えて国会議事堂の爆破を企《くわだ》てたかどで処刑されたガイ・フォークスの顔を模した仮面を好んで被っている。反権威主義のシンボルというわけだ。

組織が結成された当初は〝善玉〟と評価されていたが、正義の使者気取りで一方的に政府機関を攻撃したり、グローバル企業の顧客情報を大量に盗み出すなどしたため、次第に評価が落ちるようになった。

マイケル・コナーズは悪質なコンピューター犯罪者として、米連邦捜査局《FBI》に逮捕された。一九九九年の夏のことだ。彼は罪を認め、禁錮およそ四年の刑に服した。

釈放されると、一転して情報保全会社に入り、ハッカー集団退治に励んだ。ところが、三年半前に急に退職して来日した。現在は都内の英会話学校の講師をしながら、地道に暮らしている。

男は資産家の社会運動家を装ってマイケルに巧《たく》みに接近し、東証《とうしょう》一部上場の優秀企業五十社のサーバーに潜《もぐ》り込んでもらい、さまざまな不正や取引上の秘密を手に入れてもらったのである。

それらを恐喝材料にして、複数のブレーンを使い、狙いをつけた各社から数億円ずつ脅し獲《と》っていた。振込先は香港やシンガポールにあるペーパー・カンパニーだった。

百三十二億円の預金は時期をずらして、オーストリアの銀行に移した。もちろん、秘密口座《ナンバード・アカウント》だ。正当な理由がなければ、日本の国税局は預金者の氏名さえ照会できない。

「ミスター力石は尊敬できる方だな」

マイケルが深々としたイタリア製のソファに凭《もた》れ、母国語で言った。二人はロマネ・コンティを傾けていた。

「亡父が遺《つか》い切れない遺産をわたしに与えてくれたんで、社会運動をやれるんだよ。日本には、ろくな政治家がいない。彼らと癒着してる財界人も金を追い求めてるだけで、この国を少しでもよくしたいとは思っちゃいないんだ。官僚どもも　志《こころざし》がないね」

「政官財の黒い関係をなんとかしないと、日本はもっと悪くなるでしょう」

「マイケルの言う通りだ。わたしはね、まず大企業に襟《えり》を正させたいんだよ。政治家や強欲なエリート官僚たちを撥《は》ねつけるだけの気骨を財界人たちが持てば、少しは社会がよくなるはずだ」

「でしょうね。企業が利潤を求めるのは当然ですが、年商をアップさせたいからって、政治家や官僚に袖の下を使ってまで会社の収益を上げようとするのは間違ってますよ」

「そうだね。国会議員たちが大企業からの裏献金を貰えなくなったり、役人が特定の会社に便宜《べんぎ》を図ることがなくなれば、少しは前進するだろう」

「そうですね。ぼくも不正なハッカー行為は二度とやるまいと心に誓ったんですが、力石さんの心意気を知って協力する気になったんです」

「マイケル、きみには感謝してるよ。きみは、悪意の侵入者なんかじゃない。もちろん、コンピューター・ウイルスを撒き散らしてる破壊者《クラッシャー》でもない。きみは、日本の再生に力を貸してくれてる救世主だ」

「救世主はオーバーでしょ？」

「いや、そうだよ。もうじきマイケルへの謝礼金を、わたしのブレーンがここに持ってくる。一社に付き三百万払う約束だったから、五十社分で総額一億五千万円だね。ドル払いじゃなく、日本円で用意させたんだよ。それでかまわないね？」

「ええ」

「一万円札で一千万円だと、約一キロの重さになる」

「一億五千万円ならば、十五キロか。かなり重そうだな」

「サムソナイト製の大型キャリーケースに詰めさせたんだ。キャスターが付いてるから、割に持ち運びやすいと思うよ。当然、明日は東京まで車で送らせる」

「気を遣っていただいて……」

「当然なことさ。マイケル、残りの五十社の不正や取引情報もできるだけ早く集めてほしいんだ」

「わかってますよ。東証一部が二十社で、大証《だいしょう》上場企業が三十社でしたね？」

「そう。残りの五十社分の謝礼はいつでも払えるから、早く仕事をこなしてほしいな」

男はシガリロに火を点けた。

「たいした苦労もしないで、三億円の臨時収入が入るのか。ありがたいな。日本の大手企業のシステムは、ぼくらハッカーに言わせたら、まさに隙《すき》だらけです。侵入《ハック》なんか実にたやすいんですよ。その気になれば、サーバーも簡単に攻撃できます」

「きみは、伝説の凄腕ハッカーだったからね。ハックするようになったのは、十代のころなんだろう？」

「ええ、ハイスクールに入って間もなくでしたね。知的な好奇心とチャレンジ精神に衝《つ》き動かされ、最初は通ってる学校のシステムに潜り込んだんですよ。拍子抜けするほどやすやすと侵入できました」

「それで、セキュリティーのしっかりしてるシステムに侵入したくなったんだね？」

「ええ、そうです。政府機関や企業のシステムに次々に潜りました。パズルを解くのは愉《たの》しかったなあ。大学生になったころには、ほぼハッキング・テクニックをマスターしてましたね。間接的でしたけど、ＣＩＡに入らないかって誘いがありましたよ」

「本当かい？」

「ええ。それから、ロシアの犯罪組織にもスカウトされました。だけど、二十歳《はたち》前後のころは別にお金が欲しいと思ってませんでしたから、はっきりと断りました」

「消されるとは思わなかった？」

「ちょっと不安でしたね。外出したときは、尾行されてるんじゃないかとしょっちゅう後ろを振り返ってましたよ」

「その姿が目に浮かぶね。でも、マイケルは殺《や》られることはなかった。そして、『アノニマス』のメンバーになったわけだ」

「ええ、そうです。『アノニマス』も、しばらくはまともな組織だったんですよ。今年の八月にラスベガスで世界最大のハッカーの祭典『デフコン』が開かれて一万数千人が集まったんですけど、『アノニマス』は非難の的《まと》になってました。それまでは、『ラルズセック』というハッカー集団が槍玉《やりだま》にあげられてたんですけどね。なんだか居たたまれなくなって、途中でフェスティバルを抜けちゃいました。『アノニマス』は、二〇〇八年一月に新興宗教サイエントロジーをサイバー攻撃したからな。今年の四月には、一部のメンバーがソニーへのサイバー攻撃をしたみたいですから、悪者集団と思われてるんだろう」

　マイケルが栗毛の前髪を掻き上げた。青い瞳はビー玉のようだ。肌は白というよりも、ピンクに近い。

　車寄せで物音がした。

　トランクリッドを閉める音がはっきりと聞こえた。参謀が東京からマイケルに渡す一億五千万円を運んできたのだろう。高校時代の後輩でもあるブレーンは、〝中村一郎《なかむらいちろう》〟という平凡な氏名を騙《かた》っていた。

　男は極力、その偽名で呼ぶようにしてきた。

「中村が到着したようだな」

「ええ、そうみたいですね。若い女性の声もしたようですが……」

　マイケルが言った。

　男は聞こえなかった振りをした。参謀が伴っているのは、元女優の娼婦だ。

　今夜、マイケル・コナーズはこの貸別荘に泊まることになっていた。元女優はベッド・

パートナーである。報酬の三十万円は、参謀が前渡ししているはずだ。マイケルの協力には感謝している。といって、単にセックス・パートナーを提供するわけではない。天才ハッカーの弱みを押さえる段取りになっていた。すでにゲストルームには、CCDカメラが仕込んである。リモコン操作で、寝室の映像は自動的に録画される。高級娼婦も自分とマイケルの情事が隠し撮りされることは知らない。

大広間のドアがノックされた。

「中村です。例の物をお届けに上がりました」

「ご苦労さん！　入ってくれ」

男は大声で応じた。

ドアが開けられ、参謀が入室した。マイケル・コナーズと参謀は、すでに面識があった。

「中村さん、重かったでしょ？」

天才ハッカーが日本語で犒《ねぎら》った。中村が曖昧にうなずいて、キャリーケースを引っ張ってくる。

コーヒーテーブルの真横でキャリーケースを寝かせ、静かに上蓋を開けた。ケースの中には札束がぎっしりと詰まっていた。

マイケルが身を乗り出し、感嘆の声をあげた。

「すべてマイケルのお金だ」

男は英語で言った。

「ミスター力石、ありがとう。残りの仕事を片づけたら、独立して英会話学校を経営するかな」

「それも悪くないね」

「領収証というか、謝礼を受け取ったサインは必要でしょ？」

「そういったものはいらんよ」

「いいんですか？」

「わたしは、きみを信用してるからね。マイケルは、謝礼を二重取りするような男じゃない」

「信じていただいて、とても光栄です。こちらも残りの仕事をスピーディーに片づけますよ」

「よろしく頼む。わたしと中村は今夜中に東京に戻らなければならないんだ」

「そうなんですか。力石さんや中村さんとゆっくりとお酒を飲みたかったのに、それは残念だな」

「そう遠くないうちに、必ず埋め合わせをするよ。それはそうと、きみはホモじゃない

「ノーマルですよ。女性は好きです。特に東洋の女性はどこか神秘的ですんで、とても惹《ひ》かれます。日本に来たのも、そのせいかもしれません」

「そうかね。それでは、ちょうどよかった」

「え？」

「ゲストに侘《わ》び寝《ね》をさせるのは気の毒なんで、中村にきみのベッド・パートナーを用意させたんだ。元女優だから、ルックスは悪くないらしい」

「肉体《ボディー》もセクシュアルですよ」

参謀がマイケルに言った。マイケルが好色そうな笑みを拡《ひろ》げた。

「その彼女は、どこにいるんです？」

「二階のゲストルームのバスルームで、シャワーを浴びてます。名前は、瑞穂《みずほ》といいます。二十六ですから、熟《う》れごろですよ」

「瑞穂さんに、わたしが日本人男性じゃないことは……」

「伝えてあります。彼女は少女のころから、白人男性に憧れを懐《いだ》いていたそうですよ。ですんで、コナーズさんに抱かれたら、嬉し涙を流すかもしれません」

「日本の女性、かわいいな。アメリカの女たちは自己主張が強くて、男たちはあまり安らげません」

「それでは、存分に彼女と愛し合ってください。このキャリーケースは、二階のゲストルームのクローゼットに入れておきますね」

参謀が床に片膝を落とし、キャリーケースの蓋を閉めた。それからキャリーケースを引きながら、大広間から出ていった。

もっともらしい口実でゲストルームに入り、CCDカメラを作動させる気なのだろう。参謀は万事に抜け目がない。男が指示を与える前に、いつも自ら動いてくれる。

「ミスター力石、瑞穂さんにどのくらいチップを渡してやればいいんです？」

「チップをあげる必要はないんだよ。すでに中村が相当の金をベッド・パートナーに渡してあるんでね」

「何から何まで恐れ入ります。それにしても、あなたはさばけた社会運動家なんですね。青臭い正義感だけではなく、清濁を併《あわ》せ呑む大人なんだな」

「もう子供じゃないからね。きれいごとばかり言ってたんでは、人間を動かすことはできない。どんなに禁欲的《ストイック》な男も、聖者のようには生きられないものだ」

「ええ、そうですね。所詮、ほとんどの人間は俗物ですから。それ以前に動物ですよね。食欲や性欲を断つことは難しい」

「そうだね。俗人であっても、一点だけピュアな心を持ってればいいんじゃないのかな。わたしは、そう思ってる」

「そうですよね」

会話が途切れた。

そのとき、参謀がサロンに戻ってきた。

「コナーズさん、パートナーはバスルームで待ってるようですよ」

「女性を待たせるのはエチケットに反するな。すぐ二階のゲストルームに行きます」

「そうしてやってください。明日の正午前には、車でここに二人を迎えに来ます」

「お願いします」

マイケルがソファから立ち上がり、いそいそとゲストルームに向かった。

「確認する必要はないだろうが、CCDカメラは作動させてくれたね？」

男は参謀に問いかけた。

「抜かりはありません。ご安心ください」

「そうか。弱みの握り方としては古典的な手口だが、ファック・シーンを盗み撮《ど》りしておけば、マイケルはわたしに協力せざるを得なくなるだろう」

「ええ、そうですね。ハッカーなら、ネットの影響力の凄さは痛いほどわかってるでしょうからね。恥ずかしい画像が裏サイトに流されたら、コナーズさんだって、先輩には逆らえませんよ。残りの五十社から、じきに恐喝材料を盗み出してくれるでしょう」

「ああ、多分ね。これで、軍資金の手当はできそうだ。そろそろ戦士たちに活躍してもらうか」

「ええ、彼らの出番ですね」

参謀が応じた。

男は、数キロ離れた貸別荘に元SP、元陸自のレンジャー隊員、元SAT《サット》隊員、元格闘家、傭兵《ようへい》崩れなど十人を住まわせていた。二十四歳から三十五歳までで、いずれも独身だった。

男は、参謀に二十名の戦士候補者を集めさせた。そして、彼らに一対一の死闘を繰り広げさせた。デス・マッチに敗れた者の多くは、その場で息絶えた。重傷を負った者は、勝者に息の根を止めさせた。

敗者の遺体は大型チョッパーでミンチにし、野犬や猪に喰わせた。屈強の勝者たちにはIT企業で大成功を収めた四十代の起業家の妻と中学生のひとり娘を誘拐させ、八月の初旬に二十億円の身代金をせしめさせた。

被害者一家は報復を恐れたらしく、事件のことは警察に通報しなかった。男は身代金の半分を貰い、残りの金は実行犯に一億円ずつ与えた。

それだけではなかった。十人の戦士たちには毎夜、セックス・ペットを与えている。参謀が集めてくれた売春婦、お座敷コンパニオン、デリバリー嬢たちだった。

荒くれ者たちの合宿生活は、ちょっとしたことが喧嘩の因《もと》になる。チームワークが乱れたら、野望は叶えられない。男はそう考え、戦士たちに夜ごと女を抱かせていた。

「先輩、そろそろ戦士たちの合宿所に行きますか？」

「そうだな」

二人は大広間を出て、玄関ホールに足を向けた。車寄せには、参謀が乗ってきたセルシオが駐《と》められている。

「お先に……」

参謀がセルシオに走り寄って、運転席に入った。男はリア・シートに腰かけた。

セルシオが走りはじめた。家具付きの高級貸別荘を出て、下賀茂《しもがも》温泉方面に進む。

一キロほど走ったとき、男の懐でモバイルフォンが鳴った。

携帯電話を取り出し、ディスプレイを見る。発信者は矢代麻里だった。

「パパ、お仕事が忙しいみたいね」

「そうなんだよ」

「外車のディーラーから電話があってね、明日の夕方にはポルシェを納車してもらえるんだって」

「それはよかったな」

「うん。明日の夜、パパを助手席に乗せてドライブしたいんだけど、都合つく？」

「ちょっと無理だね。大きな民事の依頼が入ったんだよ」

「そうなの。パパ、変なことを訊くけど、怒らないで。わたしにくれた三千万円、もしかしたら、手切れ金だったの？」

「何を言ってるんだ。気まぐれなプレゼントだよ」

「本当なのね？」

「どうしたんだ？」

「わたしね、なんか悪い予感がしてるの。そのうちパパと別れなきゃならないことが起きるような気がしてるのよ。といっても、パパが奥さんとよりを戻すと思ってるわけじゃないの」

「わたしたちは、いつまでも一緒だよ」

「そうしたいけど、わたしの予感は的中率が高いの。だから、わたし、なんだか不安ですごくパパに会いたい気持ちなのよ」

「なんとか時間を作ることにしよう。お寝《やす》み！」

男は終了キーを押し、長く息を吐《つ》いた。

「矢代さんからのラブコールみたいですね」

「ああ。気に入ってる娘《こ》はかわいいんだが、たまにうっとうしくなるときもあるね。きみは、どうだい？」

「こちらも先輩と同じですよ。ですけど、なぜか別れられないんですよね。体の相性が悪くないという理由だけじゃなく、何か説明のつかないものでくっつき合ってる。男と女の結びつきって不思議ですね」

参謀が呟くように言って、車のスピードを上げた。

目的の貸別荘に着いたのは、十数分後だった。ペンションのような造りで、間数は十三室ある。

玄関ホールに接した広いリビングには煌々《こうこう》と照明が灯っていたが、無人だった。

「みんな、自分の部屋でパートナーと戯《たわむ》れはじめたのかな？」

「野暮は承知だが、セックス・パートナーをすぐに追い払って、十人の戦士を居間に集めてくれ。彼らに今後の計画を明かさなきゃならないんでな。語学研修の成果も知りたい」

男は参謀に言って、リビング・ソファに腰を沈めた。

3

足が竦《すく》みそうになった。

円卓の下には、五つの射殺体が転がっていた。血臭が濃い。むせそうだった。

風見は息を詰めた。

西武《せいぶ》新宿駅の近くにある高級上海料理店の個室《コンパートメント》だ。被害者は、張聖虎《チャンションフー》と四人の手下だった。五人とも短機関銃の九ミリ弾で撃たれ、蜂の巣状になっていた。

崔《ツィ》と元《ユエン》の二人を捜査本部に連行した次の日の夕方である。

捜査本部は元《ユエン》を公務執行妨害及び器物損壊容疑で取り調べ、身柄を小松川署に引き渡した。だが、崔《ツィ》がオートバイに跨がった若者たちを唆《そそのか》したことは立証できなかった。帰宅を許された崔《ツィ》を仁科警部の部下たちが夜通し監視しつづけた。

しかし、いつの間にか崔《ツィ》は自宅を脱け出していた。九係の別班が李《リー》の自宅や『白龍《パイロン》』のメンバー宅を張り込んでみたが、誰も帰宅していない。崔《ツィ》と手下の三世たちの行方はまだわかっていない。

「本庁《うち》の機捜初動班の話では、食事中の張《チャン》たち五人をイスラエル製のウージーで扇撃《ファンニング》したのは黒人の大男とパキスタン人と思われる奴だったというから、おそらく……」

佳奈が足許の射殺体を見下ろしながら、小声で言った。

「ああ、ナイジェリア人のモロク・セレール・オダニベとパキスタン人のナジーム・アヤーズの犯行《ヤマ》だろうな」

「上海マフィアのボスと幹部らしい四人が消されたわけですから、次は不良イラン人グループを仕切ってるゴーラム・マグミットも殺《や》られるんじゃないかしら？」

「その可能性もあるな。組対四課の里吉に電話をして、ゴーラム・マグミットの現在の塒《ねぐら》を教えてもらおう」

風見は血の海の個室を出た。佳奈が従《つ》いてくる。

事件現場は、本庁初動班の捜査員と新宿署の刑事たちでごった返していた。九係の者もいる。まだ検視官は臨場していない。

風見たちは正規の捜査員たちに目礼して、店の外に出た。

夥《おびただ》しい数の野次馬が、車道や舗道を埋め尽くしていた。規制線の黄色いテープは揺れている。立番の制服警官たちは声を枯らしていた。

風見は官給品のモバイルフォンを使って、組対第四課の里吉巡査部長に電話した。

「イラン人マフィアのボスのゴーラム・マグミットの塒を大至急、調べてくれないか」

「風見さん、ゴーラムはもう死人《マンジュウ》になってますよ」

「なんだって!?」

「少し前に通信指令センターから入電があって、ゴーラム・マグミットは投宿先の歌舞伎町のホテルで射殺されました。詳しいことはわかりませんが、ホテルの名は『ホワイトパレス』です。風林会館の裏手にあるようです」

「そうか」

「上海マフィアの張《チャン》が四人の部下と一緒に射殺された事件《ヤマ》は、ご存じですか?」

里吉が問いかけてきた。

「知ってるよ。いま現場《げんじょう》の前から電話してるんだ」

「そうだったんですか。どこかの組の者が上海マフィアやイラン人グループがのさばりすぎたんで、二つの組織をぶっ潰す気になったんでしょうね」

「いや、そうじゃないだろう」

「風見さんは犯人《タマ》に見当がついてるんですね?」

「ちょっと急いでるんだ。後で、また電話する」

「風見さん、それはないでしょ? 協力し合いましょうよ」

「里吉、ありがとうな」

風見は電話を切って、相棒にゴーラム・マグミットも殺害されたことを伝えた。

「どこで殺されたんです？」

「風林会館の裏手にある『ホワイトパレス』というホテルだ」

「すぐ近くじゃないですか」

「ああ。八神、行ってみよう」

二人は立入禁止のテープを潜り、人垣を掻き分けた。覆面パトカーは、西武新宿駅のそばの路上に駐《と》めてあった。

風見はスカイラインの運転席に入った。相棒が助手席に坐った。ほとんど同時に、風見は車を走らせはじめた。

東急文化会館を回り込んで、花道通りに入る。区役所通りに向かって、東京海鮮市場を通過した。風林会館の少し手前の横道に覆面パトカーを乗り入れる。

「真っ白い外観の建物の前に白黒パト《パンダ》が二台見えますね。あの八階建てのビルが『ホワイトパレス』なんじゃありません？」

佳奈が言った。

「そうらしいな」

「一応、シティホテルのような造りですけど、ラブホとしても使われてるみたいですね？」

「ああ。八神、ちょっと休憩していくか？　おれたちは割に気が合ってるから、多分、体も合うと思うよ」

「その下卑《げび》たジョーク、久しぶりに聞いたわ。でも、やっぱり笑えませんね」

「学校秀才は、なかなか不良になり切れないんだな。愛嬌のある女なら、くすぐったそうに笑うもんだぜ」

「わたし、恋人のいる男性《ひと》に好かれなくてもいいんです」

「八神は、智沙に嫉妬してるんだ？」

「違いますよ。勘違いしないでほしいな」

「おれは、八神と二股掛けてもいいぜ」

「遊んでる場合じゃないでしょ！」

「そうだな」

風見は高く笑って、白黒パトカーの真後ろにスカイラインを停めた。やはり、白い建物は『ホワイトパレス』だった。

風見たちは車を降り、ホテルのロビーに足を踏み入れた。若い制服警官がフロントマンから事情聴取していた。

「本庁捜一の者です」

風見は五十年配のフロントマンに警察手帳を呈示し、姓だけを名乗った。佳奈が彼に倣《なら》った。

制服警官が風見たちに敬礼し、回転扉の近くまで退《さ》がった。

風見はフロントマンに話しかけた。

「投宿してたイラン人は、宿泊者カードにちゃんとゴーラム・マグミットと記帳したんですか?」

「ええ、片仮名で。部屋は五〇六号室ですね。ツインベッドの部屋です。マグミットさんはコロンビア人と思われる女性と一週間前にチェックインされて、連泊されてたんですよ」

「そうですか」

「ゴーラムは、連れの女と部屋にいたんですね?」

「ええ。警官の制服姿の二十七、八の男がひとりでフロントでマグミットさんのお部屋を確認して、エレベーターで五階に上がっていきました」

「そいつは外国人だったんですか?」

「いいえ、日本人に見えましたね。ですけど、ちょっと日本語のアクセントが変でした。もしかしたら、中国か韓国の方だったのかもしれません」

フロントマンが答えた。

「事件に最初に気づいたのは？」

「ルーム係の者です。五階の別室の掃除をしてたら、五〇六号室で銃声が連続して二発響いたらしいんですよ」

「で、ルーム係の方は廊下に飛び出したのかな？」

「ええ、そうしたと言ってました。廊下に出た直後、五〇六号室から偽警官と思われる男が現われたようです。拳銃を持ってたんで、とっさにルーム係は廊下に伏せたらしいんです。ピストルを持った男は非常口から外階段を下《くだ》って……」

「逃げたんですね？」

佳奈が口を挟んだ。

「ええ、そういう話でした」

「ルーム係の方は、五〇六号室に入られたんですか？」

「はい、入ったそうです。マグミットさんは、全裸でベッドの上で息絶えてたという話でした。頭と左胸を撃たれてたんですよ。わたしも、それは確認しています」

「ルーム係の方が五〇六号室に入ったとき、同宿してた女性はどうしてたんでしょう？」

「その方はシェイラというお名前なんですが、彼女はバスローブ姿で部屋の隅で泣き喚《わめ》いてたそうです。スペイン語だったんで、何を言ってるのかは理解できなかったらしいんですけど」

「そのシェイラさんは無傷だったんですね？」

「ええ。それは、わたしも確認済みです。びっくりして、わたしが一一〇番したんですよ。そしたら、二台のパトカーが駆けつけて、四人のお巡りさんが……」

「あとの三人は、五〇六号室にいるんですね？」

「はい。シェイラさんから事情を聴いてるようですよ」

「そうですか」

「あの防犯カメラは作動してるんでしょ？」

風見は、ロビーの上部に設置されている防犯カメラを指さした。フロントマンが困惑顔になった。

「作動してないんだ？」

「は、はい。以前は館内の防犯カメラはすべて作動させていたんですが、お客さまの苦情がありましてね。当館はシティホテルなんですが、旅行者や出張のサラリーマンの方々よりもカップルに利用されることが多いものですから……」

「館内の防犯ビデオを作動させてないんなら、逃げた射殺犯の録画は観《み》られないな」

「相すみません。きょうのような事件が発生したわけですから、すべての防犯カメラを作動させます」

「そうしたほうがいいな。ちょっと五〇六号室を覗かせてもらいます」

風見はフロントマンに断って、佳奈とエレベーター・ホールに急いだ。五階に上がると、五〇六号室の前に新宿署の制服警官が立っていた。

「本庁《ホンブ》の捜一の者だよ」

風見は所属を明かし、五〇六号室に入った。

二人の制服警官が、ソファに腰かけた外国人女性に何やら質問していた。シェイラだろう。髪はブロンドに染めているが、太めの眉毛は黒々としていた。ゴーラム・マグミットと女がベッドで睦み合っているとき、警察に化けた射殺犯が部屋を訪ねたのだろう。

ベッドで仰向けになって死んでいるイラン人の顔面は、血糊に塗《まみ》れていた。心臓部も赤い。

「わたしたちは本庁捜一の者です。その方はシェイラさんでしょ？」

佳奈が新宿署員たちに身分証明証を見せた。彼女が警察官僚《キャリア》とわかると、二人は緊張した表情になった。

「わたしは警視ですけど、刑事としてはキャリアが浅いんですよ。いろいろ教えてください」

「いいえ、自分がお教えできることなどありません」
二十四、五の巡査が言った。
「さっきの質問ですけど……」

「ええ、コロンビア国籍のシェイラ・スサーナさんです。被害者の恋人と言ってました」

「そう。もう聴取は、あらかた済ませたのかしら？」

「は、はい！　われわれは廊下に出ますんで、どうぞ事情聴取をなさってください」
三十一、二の巡査長が先に応じ、年下の同僚の片腕を引っ張った。二人は五〇六号室から出ていった。
「あなたたち、刑事《コップ》？」

シェイラが風見と佳奈の顔を等分に見た。

「日本語が上手だね」

風見はシェイラに笑いかけた。

「五年も前に日本に来たから。でも、ゴーラムが撃たれた直後はホテルマンと日本語で話せなかったわ。ポリスの恰好をした男は部屋のドアを開けたわたしを黙って突き倒して、ゴーラムが寝そべってるベッドに走り寄った。それでね、リボルバーでゴーラムの頭と胸を撃ったの。輪胴《シリンダー》の部分が小さくて、ちょっと見では自動拳銃みたいだったわ。でも、撃鉄《ハンマー》は露出してた」

「ハンドガンに詳しいんだな」

「わたしの父親は、コーヒー農園主だったの。収穫したコーヒー豆を盗みに来る奴らがいるから、ライフルやハンドガンが何挺もあったのよ。六年前に父が病気で死んじゃったんで、コーヒー農園は人手に渡っちゃったけどね。わたしは家族のために稼がなくちゃならなくなったんで、日本に来たの」

「で、大久保通りで立ちんぼをやってて、ゴーラム・マグミットと知り合ったわけか」

「ええ、そう。イランの男たちはコロンビア出身の娘《こ》たちのボディーガードになってやるとか言って、たいがいヒモになっちゃうの。だけど、ゴーラムはわたしを喰いものにしなかった。知り合って半年後にはわたしを彼女にしてくれて、売春ビジネスから足を洗わせてくれたの。お金もたっぷりくれたんで、わたしは家族の生活費を仕送りできてたのよ」

「犯人はゴーラムに何か言ってから、引き金を絞ったのか？」

「変わった形をしたハンドガンを持った男は素っ裸だったゴーラムを見て、まず最初にせせら笑ったわ」

「せせら笑った？」

「そう。部屋のドアがノックされたとき、わたし、ゴーラムの上に跨がって、うーんと腰を動かしてた。だから、彼のあそこはハードアップしたままだったの」

シェイラは、少しも恥じらわなかった。ラテン系の女性は性格が陽気で、万事に開けっ広げなのだろう。

「それで、犯人はせせら笑ったんだな」

「わたし、そう思う。それから、男は中国語で何か短く罵《ののし》って、引き金《トリガー》をたてつづけに二回絞ったの。それにしても、変わったピストルだったわ」

「その拳銃は、ロシア製のバイカルMP412だろう。自動拳銃のようなデザインで、シリンダーが小さいんだよ」

風見は言って、ベッドの周《まわ》りの床に目をやった。空薬莢は落ちていなかった。

「あなたこそ、拳銃に詳しいのね」

「昔はガン・マニアで、しょっちゅうピストル図鑑を眺めてたんだ」

「そうなの。わたしの彼を撃ったのは、上海グループの奴らかもしれないわ。張《チャン》とかいうボスは自分らの縄張り内で、ゴーラムの子分が大麻樹脂《チョコ》を密売してたことでだいぶ腹を立ててたとか言ってたから。きっとそうだわ」

「ゴーラム・マグミットは、ナイジェリア人グループや不良パキスタン人たちのことを快く思ってなかったんだろ？」

「ええ、そうね。上海グループ以上にアフリカ人やパキスタン人たちを嫌ってたわ」

「なら、ゴーラムを殺したのは上海マフィアの一員じゃないな。少し前に西武新宿駅近くの上海料理店の個室で、張《チャン》は四人の子分と一緒に短機関銃で撃ち殺されたんだよ」

「えっ、そうなの⁉」

「逃亡中の犯人たち二人の片方はナイジェリア人で、もうひとりはパキスタン人のようなんだ。だから、ゴーラムをシュートした男は張《チャン》の手下とは考えにくいな」

「それじゃ、いったいどこの中国人がゴーラムを射殺したわけ？　歌舞伎町にいる福建省グループとゴーラムはうまくやってたはずよ。ね、犯人は誰だと思う……」

シェイラが風見の顔を正視した。風見は犯人は『白龍《パイロン》』のメンバーと見当をつけていたが、首を振って空とぼけた。

「逃げた男は、あなたには銃口を向けなかったの？」

佳奈がシェイラに訊いた。

「ええ、それはね。だけど、わたしがバスローブ一枚だけだったから、いやらしい目つきで胸のあたりと腰を見たの。わたし、ゴーラムの死体のそばでレイプされるんだったら、死んだほうが増しだと思ったわ」

「そうでしょうね。幸い変なことはされなかったんでしょ?」

「そう。だけど、恐ろしかったわ」

「もう大丈夫よ。もうじき警視庁の者や新宿署の捜査員たちが何人も来るはずだから、早く衣服をまとったほうがいいわ」

「そうね」

シェイラがソファから立ち上がって、部屋の隅まで歩いた。そこでバスローブを脱ぎ捨て、ランジェリーを身につけはじめた。

「わっ、大胆! 後ろ向きだけど、びっくりしちゃった」

「おれは、男として見られてないようだな」

風見は苦く笑って、五〇六号室を出た。少し遅れ、相棒が廊下に現われた。

「シェイラはウエストが深くくびれて、蜜蜂みたいな体型でしたね?」

「そうか。おれは、よく見なかったんだ」

「嘘ばっかり! 風見さんは、しっかりと見てました」

「バレたか。少し尻《けつ》がでかすぎるな。なんか圧倒されちゃう感じだった」

「わたしよりも、ちゃんと見てるじゃないですか」

「見るつもりじゃなくても、でっかいヒップが目に入ってきたんだよ」

風見は口を尖《とが》らせた。

「根っからの女好きなんですね」

「おれはノーマルだからな。おれがホモだったら、八神は何かとやりにくいだろうが？」

「いいえ。下品なジョークを言われないでしょうから、仕事はしやすいんじゃないかな？」

「かわいげがないぞ」

「そうですか」

佳奈が澄ました顔で言った。二人の制服警官が顔を見合わせ、くすっと笑った。

「初動班が来るまで、おれたちがここにいるよ。おたくらは、一階のロビーで待機しててくれ」

風見は新宿署員たちに言った。二人はほぼ同時にうなずき、エレベーター・ホールに向かった。

「ゴーラム・マグミットを射殺したのは、李富淳《リーフーチユン》なのかもしれないな」

風見は小声で言った。

「ええ、考えられますね。張《チャン》たち五人の上海マフィアを始末したのは、モロクとナジームの二人と思われますから。崔《ツィ》たち『白龍《パイロン》』の連中はどこに身を潜《ひそ》めてるのかしら？　連中は一ヵ所に隠れてるんだろうか。それとも、数人ずつで潜伏してるんですかね？」

「どっちかなのか。いずれにしても、崔《ツィ》は上海マフィアとイラン人グループの弱体化を図って、ナイジェリア人グループや不良パキスタン人たちと手を組んで、『白龍《パイロン》』の勢力拡大を狙ってるんだろう」

「そうなんでしょう。いったん泳がせたリカルド・メンテスが崔《ツィ》たちと合流するだろうと読んで、岩尾・佐竹班がラテン・パブ経営者をマークしてるわけですけど、どうなんですかね？」

「崔《ツィ》は切れ者だから、おそらく警察の読みを見抜いて、リカルドとは接触しないだろう。岩尾さんたちの張り込みは徒労に終わるかもしれないぞ」

「リカルドも迂闊《うかつ》には動いたりしないでしょうから、そっちの線から崔《ツィ》たち一味の隠れ家《が》を突き止めるのは難しそうだな。張《チャン》たち五人を撃ち殺した二人組が捕まることを祈りたいわ」

「そうだな。それにしても、不良外国人は派手な犯行《ヤマ》を踏みやがる。日本のヤー公がサブマシンガンをぶっ放すことなんてないからな。ゴーラムを殺《や》った犯人《ホシ》だって、大胆だよ」

「そうですね。彼らは日本の無法者たちとは違って、最初っから失うものがないからアナーキーな行動に走れるんだと思うわ」

「そうなんだろう。何も失うものがない人間は勁《つよ》いよな？」

「ええ」

佳奈が口を閉じた。

それから間もなく、所轄署の刑事たちがやってきた。風見は、新宿署の捜査員にシェイラから聞き出した話を伝えた。所轄署の刑事たちが礼を言って、五〇六号室に入っていく。

本庁機捜初動班のメンバーと一緒に組対第四課の刑事が現場に到着したのは、十数分後だった。その中には、里吉も混じっていた。

一般市民が殺害された場合、捜査一課が捜査を受け持つ。だが、暴力団や犯罪者集団が絡んだ殺人事件はたいがい組対が担《にな》う。里吉が臨場しても不思議ではなかった。

「さすが風見さんだな。動きが速いですね」

里吉が言いながら、佳奈をちらちらと見ている。

「八神、里吉はそっちに気があるみたいだぞ。一度、デートしてやれよ」

「な、何を言い出すんですか。風見さん、やめてくださいよ」

「里吉、焦るなって。軽い冗談だよ。ゴーラム・マグミットを射殺したのは中国系の男みたいだが、上海マフィアの一員じゃないな。張《チャン》たち五人が上海料理店で射殺された直後の事件《ヤマ》だが、その仕返しの犯行とは思わないほうがいいぞ」

「張《チャン》たちを撃ち殺した二人組は大柄な黒人だという情報を得てるんですが、ナイジェリア人なんですか。もうひとりの犯人《ホシ》はインド人かパキスタン人らしいって話なんですが、少数派の不良外国人グループが共謀して、上海マフィアと不良イラン人グループを解散に追い込んで、両方の縄張り《シマ》を乗っ取る気なんでしょうかね？」

「そうなのかもしれないな」

「風見さんは何か知ってるんでしょ？　ヒントぐらい教えてくださいよ」

「まだ見えてこないんだ。アウトロー絡みの殺人《コロシ》は組対の領域なんだから、おまえらで真相に迫ってくれ。バトンタッチが済んだんで、おれたちは引き揚げるぜ」

風見は里吉に言って、エレベーター・ホールに足を向けた。佳奈が小走りに追ってくる。

「ちょっと待ってくださいよ」

里吉の声が背後で聞こえた。しかし、風見は足を止めなかった。

4

高い所に小さな採光窓があるだけだった。

息が詰まりそうだ。だが、潜伏先としては盲点を衝《つ》いていて、見つけられにくいだろう。

崔《ツイ》は、錦糸町《きんしちょう》の飲食街の裏手にあるラブホテルの一室にいた。『白龍《パイロン》』のメンバーは全員、前日から同じホテルに泊まっている。

ラブホテルのオーナーは、中国残留邦人の二世だった。二世の中で唯一の成功者で、崔《ツイ》とは親しい。ホテルをしばらく借り切りたいという申し出を快く受け容《い》れてくれた。孫《スン》という名で、六十三歳の男だ。

食事は出前で済ませていた。特に不自由はなかったが、若い三世たちは各室に備えられている裏ＤＶＤも見飽きたらしく、外出したがっている。

しかし、崔《ツイ》は彼らがラブホテルから出ることを許さなかった。妖《あや》しい部屋に欲情をそそられた者がデリバリー嬢を呼びたがった。崔《ツイ》は、それも認めなかった。少しでも気を緩《ゆる》めたら、警察に捕まりかねない。油断は禁物だ。

崔《ツイ》はダブルベッドに腰かけ、意味もなくセックス・グッズのメニューを見ていた。

各種のバイブレーターやローターのほかに、穴開きパンティーなども写真入りで載《の》っている。フロントに電話で注文すると、品物がすぐさまエア・シューターで部屋に届けられるようだ。

いかがわしいメニューをテーブルの上に置き、崔《ツイ》は真紅のラブチェアに移った。脚《あし》を組んだとき、懐で携帯電話が鳴った。

発信者は、モロク・セレール・オダニべだった。

「おれたち、張《チャン》たち五人をサブマシンガンで始末した。崔《ツイ》さん、もうテレビのニュースで知ってるね？」

「ああ、知ってる。ナジームと一緒にうまく逃げてくれたこと、わたし、喜んでる。盗んだコンテナ・トラックの荷台にモロクは隠れてて、変装したナジームが運転したんだね？」

「そう。おれたち、計画した通りに千葉の長柄《ながら》ダムの近くの山林の中にいる。食べる物や飲み物、それから寝袋もあるから、当分、隠れていられるよ。何も心配ない」

「そうだね。わたしのグループは、ラブホテルに身を潜めてるんだ」

「ラブホテルに⁉　いいこと考えたね。あなた、頭いいよ。そうそう、李《リー》君も計画通りにイラン人グループのボスを殺《や》ってくれたね。そのこと、カーラジオで知ったよ」

「そう」

「上海グループとゴーラムの組織、必ず弱くなるね。おれたちの混成チームにチャンスが巡ってきた。ナジームは嬉しがって、笑いっ放しよ。電話、ナジームに替わる」

ナイジェリア人の声が途絶え、パキスタン人の日本語が耳に届いた。

「わたしたち、うまくやったね。けど、ちょっと心配あるよ」

「何を心配してるのか？」

「リカルド、警察に連れていかれたんでしょ？」

「そうなんだ。でも、逮捕されたわけじゃない。リカルドは自宅に帰ってもいいと言われた」

「警察、わざとリカルドを自由にしてやったんじゃない？　わたし、そう思ってる。リカルドをマークして、彼がわたしたちと連絡を取ると考えてるんじゃないの？」

「そうなんだろうね。リカルド、張り込まれてるみたいだから、警察はそう思ってるみたい。だけど、リカルドは下手な動き方はしないと思うな。だから、わたしはあまり心配してないんだ」

「リカルド、わたしたちを裏切らないと思う？」

「彼は仲間を売ったりしない男だと、わたし、信じてる。ナジーム、仲間を疑ったりするのはよくない。チームワークは信頼し合わないと、乱れてしまうよ」

「あなたの言う通りね。わたし、リカルドを信じることにするよ。ほとぼりが冷めたら、上海マフィアとイラン人グループの麻薬《ドラッグ》や金《マニー》を奪って、日本のやくざ《ギャングスター》たちをやっつけようね。そうすれば、わたしたちの混成チームはビッグになれるよ。わたし、わくわくしてる。あなたも、そうでしょ？」

「もちろんだよ」

崔《ツイ》は明るく話を合わせた。だが、後ろめたかった。本気でモロク、ナジーム、リカルドの三人と長く手を組む気はなかった。

崔《ツイ》は『白龍《パイロン》』のメンバーたちとカナダに移住し、共同体《コミューン》を建設する資金を調達したくて、〝犯罪請負人〟になったのである。

依頼人に着手金として三億円を貰い、三世たちに強奪させた売上金六億一千万円のうち二億円を得ている。張《チャン》とゴーラムを葬《ほうむ》ったことで、近く三億円の成功報酬を受け取ることになっていた。

依頼人は〝中村一郎〟と自称する男だが、実は一面識もない。

七カ月前に唐突に崔《ツイ》のモバイルフォンに電話をしてきて、奇妙な相談を持ちかけてきたのだ。発信場所は公衆電話だった。しかも、〝中村一郎〟と名乗った男はボイス・チェンジャーを使っていた。

正体不明の相談者の依頼は、耳を疑いたくなるような内容だった。少数派の不良外国人グループに働きかけ、上海マフィアとイラン人グループの首領《ドン》を抹殺する前に『白龍《パイロン》』のメンバーで家電量販店と老舗デパートの売上金を強奪してほしいという。

崔《ツィ》はいたずら電話と判断し、まともに取り合わなかった。すると、数日後に自宅に差出人不明の宅配便が届いた。中身は一千万円の現金だった。

その夜、ふたたび謎の男から電話がかかってきた。前回と同様に発信先は公衆電話だった。声も加工されていた。

〝中村一郎〟は崔《ツィ》のことをすべて調べ上げ、『白龍《パイロン》』のメンバーについても知っていた。崔《ツィ》は冗談半分で、あと二億九千万円の着手金を届けてくれたら、依頼を引き受けてもいいと返事をした。すると、残りの金は十数回に分けて崔《ツィ》の手許に届けられた。

三億円の現金を目にし、彼は〝中村一郎〟の依頼を引き受ける気になった。依頼人の指示通りに『白龍《パイロン》』のメンバーに『ラッキー電機』の新宿西口店と丸越デパートの売上金を強盗させた。

実行犯を制服警察官に見せかけることを思いついたのは、崔《ツィ》自身だった。若い三世を使って、警察オタクからポリス・グッズをまとめ買いしてもらった。

売上金強奪計画そのものは、首尾よく運んだ。

しかし、九月の事件で実行犯の方唐冬《ファンタンドン》がグロリア警備保障のガードマンを射殺したことは誤算だった。被害者の牧田朋広には申し訳ないと思っている。

今月の犯行時にも、方《ファン》は十全警備保障の塩見賢太という警備員を撃ち殺してしまった。もともと方《ファン》には凶暴性があったが、まさかの出来事だった。

〝中村一郎〟は売上金のうち二億円を崔《ツィ》のグループで取り、残りの金は走行中の車から外に落とせと命じた。その際《さい》、依頼人の正体を突き止める気配を見せたら、崔《ツィ》と三世全員を殺すと付け加えた。

脅迫には屈したくなかったが、カナダのバンクーバー郊外に共同体《コミューン》を築くまでは死ぬわけにはいかない。目をかけてきた三世たちを若死にさせたくなかった。

崔《ツィ》は屈辱感に耐えながら、依頼人の命令や指示におとなしく従ってきた。事実、〝中村一郎〟が望んでいたことはやり遂《と》げた。

張《チャン》とゴーラムを片づけたわけだから、あとは三億円の成功報酬を貰うだけだ。それで、縁切りである。

「崔《ツィ》さん、なんで黙ってるの？」

ナジームの大声が耳朶《じだ》を搏《う》った。

「ごめん、悪かったね。わたし、ちょっと考えごとをしてしまった。謝るよ」

「気にしてないね。崔《ツィ》さん、わたしたちの未来は明るくなったよ。これからも、わたしたちは力を合わせていこう。オーケー？」

「ああ、そうしよう」

崔《ツイ》は通話を切り上げた。ナジームは、自分が利用されたとは露ほども疑っていないのだろう。モロクやリカルドにしても、自分が欺《あざむ》かれているとは考えていないはずだ。

仲間を騙《だま》すことは卑《いや》しい。人間として、恥ずべきことだ。しかし、自分たちは心安らげる居場所を見つけなければならない。

とはいえ、あまりにも身勝手すぎる。この疚《やま》しさは生涯、拭《ぬぐ》えないだろう。罪滅《ほろ》ぼしにモロク、ナジーム、リカルドの三人に一億円ずつ渡すべきか。

受け取ることになっている成功報酬をそっくり吐き出したら、コミューン建設に充《あ》てられるのは五億円になってしまう。大いに悩む。

崔一成《ツイイーチヨン》はカナダに広大な土地を求め、共同住宅を兼ねた各種のクラフト工房、水産加工場、スポーツジムなどをこしらえる計画を練っていた。資金が足りなくなるのではないか。だからといって、いつまでも後ろ暗さを引きずっていたら、精神衛生に悪い。辛過ぎる。

どうしたものか。

崔《ツイ》は唸《うな》って、ラブチェアから立ち上がった。ちょうどそのとき、ドアがノックされた。

「誰だい？」

「おれです」

李《リー》の声だった。崔《ツィ》は李《リー》を部屋に招き入れ、ラブチェアに坐らせた。自分はダブルベッドに腰かける。

李《リー》の顔は暗かった。ゴーラム・マグミットを射殺したことが、心を翳《かげ》らせているにちがいない。殺人は、やはり重いのだろう。

「きみに汚れ役を押しつけてしまって、済まないと思ってるよ。わたしの手で、イラン人グループのボスを殺《や》るべきだったな」

「あなたは総大将なんです。手を汚しちゃいけないな。おれ、ゴーラムをロシア製のリボルバーでシュートしたときは特に何も感じなかったんですよね。でも、『ホワイトパレス』からだいぶ遠ざかったときから、脳裏にゴーラムの恨めしそうな死に顔がこびりついて離れないんです」

「そうだろうね。どんな狡《ずる》い悪人でも、相手は人間だったんだ。モロクとナジームは電話では、あっけらかんとしてたが、張《チャン》たち五人を二人で始末した。心の中では、いろいろ思ってるだろう」

「でしょうね」

「李《リー》君、一緒に泥酔するまで飲むか？　アルコールで脳の働きが鈍《にぶ》くなれば、少しは楽になるにちがいない。フロントに電話して、強い酒を持ってきてもらおう」

「いいえ、酒はやめときます。酔いが醒めたら、同じだろうから。そのうち、頭から気になる残像が消えると思います。ただ、部屋にひとりでいると、自分が発作的に何かしそうで、なんだか怖いんですよ。迷惑だろうけど、しばらく崔《ツイ》さんの部屋にいさせてください」

「好きなだけ、ここにいればいいさ。きみに抵抗がないんだったら、一緒に横になってもかまわないよ。ダブルベッドなんだから、男二人でも広さは問題ないだろう」

「ええ、それはね。でも、気持ちが落ち着いたら、自分の部屋に戻ります」

「そうか。カナダでの新生活のことをあれこれ想像してごらん。少しは気が紛《まぎ》れるんじゃないのかな」

崔《ツイ》は助言した。その数秒後、〝中村一郎〟から電話があった。例によって、公衆電話を使っていた。ボイス・チェンジャーのせいで、声は聴き取りにくい。ヘリウムガスを吸ったような声だ。

「あなたからの連絡を待ってたね」

崔《ツイ》は日本語で言った。

「そうだろうな。張《チャン》たち五人を射殺させ、ゴーラム・マグミットも始末させてくれたんだから、早く成功報酬を受け取りたい気持ちはわかるよ。約束の三億円は必ず払う。でもね、実はもう少し〝犯罪代行〟をオーダーしたいんだよ」

「それ、話が違う。あなた、狡いよ。いつものように、成功報酬を宅配便で潜伏先に届けて。住所は江東区……」

「アドレスはわかってる。錦糸町のラブホテルに三世たちと隠れてるんだよね？」

「あなた、なぜ知ってる!? わたしたちをずっと監視してた。そうね？ それとも、『白《パイ》龍《ロン》』のメンバーを誰か抱き込んで、スパイにしたか。どっちなのか、答えて！」

「崔《ツイ》さんのとこの若い人を買収なんかしてないよ。でもね、こちらは危ないことをあなたに依頼したわけだから、そちらの動きは気になるんだ」

「それだから、誰か味方にわたしたちのグループのことを探らせた。そういうことね？」

「否定はしない。ところで、追加の依頼なんだが、関東御三家の住川会、稲森会、城西会の本部と会長宅にロケット弾を撃ち込んでほしいんだ。できれば、名古屋の中京会《ちゅうきょう》、兵庫に本部を構える神戸連合会、福岡の九仁会《きゅうじん》の本部と会長宅も爆破してもらいたいんだよね。ナジームなら、ロケット砲や軍事炸薬も入手可能なんじゃないの？」

〝中村〟が言った。崔《ツイ》は通話をしながら、思わず李《リー》の顔を見た。

自宅のダイニング・キッチンでナジームたちと交わした密談の内容と似ていたからだ。

李《リー》が怪訝《けげん》そうな顔を向けてくる。崔《ツイ》は、さりげなく視線を外した。

「追加の依頼をこなしてくれたら、約束の三億のほかに二億払うよ」

「一日だけ、いや、数時間考えさせてほしい。あと五億も貰えるのはありがたいが、仕事の内容が難しいし、命懸《が》けだからね」

「三時間後に、また電話しよう。それまでによく考えてくれないか」

「追加の依頼を断ったら、どうなる？」

「断ったら、崔《ツイ》さんと三世たち全員が逮捕されることになるだろうな。こちらは、あんたらの犯罪をすべて知ってるんだ」

「あなた、卑怯《ひきょう》ね。汚いよ」

「こちらが崔《ツイ》さんたちを売らなくても、警視庁の隠密捜査チームがあんたたちのことを嗅《か》ぎ回ってるから、いずれ逮捕されるかもしれない。崔《ツイ》さんがこちらの依頼を引き受けてくれるなら、風見たちの捜査活動をできなくしてやってもいい」

「そんなこと、あなたにできるのか？」

「ああ、できるとも。後で必ず電話するよ」

謎の依頼人が通話を切り上げた。崔《ツイ》は通話内容を李《リー》にかいつまんで話してから、単刀直入に問いかけた。

「きみは、わたしや仲間を裏切ってないね？」

「急に何を言い出すんです⁉」

「李《リー》君、正直に答えてくれ。きみは〝中村一郎〟と自称してる依頼人の正体を知ってるんじゃないのか？」

「崔《ツィ》さんは、このおれを疑ってるんですか⁉」

李《リー》が色をなし、ラブチェアから立ち上がった。

そのとき、部屋のドアが荒々しく開けられた。

室内に躍《おど》り込んできたのは、方唐冬《ファンタンドン》だった。ノーリンコ54を握っている。中国でパテント生産されているトカレフだ。すでに撃鉄は起こされている。

「なんの真似だっ」

崔《ツィ》は北京語で言って、ダブルベッドから腰を浮かせた。

「おれは二人のガードマンを殺《や》っちまった。みんなとカナダに渡ることはできないだろうから、逃げるよ。おれたちの取り分の売上金は秋葉原のレンタル倉庫に隠してあるんだよな。崔《ツィ》さん、鍵を出してくれ。おれは五千万だけ貰って、『白龍《パイロン》』を脱ける」

「レンタル倉庫にある金は、すべてみんなの物だ。わたしの金じゃない」

「そんなことわかってる。けどさ、手を汚したのはおれだぜ。五千万ぐらい貰ってもいいじゃないか。鍵を早く出してくれ。言う通りにしないと、あんたを撃つぞ」

「撃ちたければ、撃て！　殺されても、みんながリセットするための資金は一円も渡さない」

「くそーっ」

方《ファン》が銃把《じゅうは》に両手を掛け、右手の人差し指を引き金に深く巻きつけた。

崔《ツィ》は怯《ひる》まなかった。方《ファン》に組みつき、右手首を摑んだ。

二人は縺《もつ》れ合ったまま、床に倒れた。

次の瞬間、ノーリンコ54が暴発した。七・六二ミリ弾は方《ファン》の喉に当たってしまった。方《ファン》は小さく呻いただけで、すぐに絶命した。

「なんてことなんだ。きみは思慮が足りなすぎる。ばかな奴だな。カナダに連れていってやれなくて、ごめん！」

崔《ツィ》が半身を起こし、方《ファン》を抱き起こした。

弾みで、拳銃が床に落ちた。暴発はしなかった。李《リー》が無言で、ノーリンコ54を拾い上げる。

「きみの魂は、バンクーバーに運んでやるからな」

崔《ツィ》は死者を強く抱き締めた。

第五章　仕組まれた抗争

1

ローターが旋回しはじめた。

本部庁舎の屋上のヘリポートだ。

本庁航空隊の大型ヘリコプターは、もう一機しか残っていない。

若い航空隊員によって、機のスライディング・ドアが閉められた。機内には、特命遊撃班の五人が乗り込んでいた。

張《チャン》とゴーラムが殺害されたのは、四日前だった。逃亡したモロク・セレール・オダニベとナジーム・アヤーズの二人の潜伏先は、依然として不明だ。崔《ツイ》たち一味も姿をくらましたままだった。ゴーラム・マグミットを射殺したと思われる李富淳《リーフーチユン》は、おそらく仲間たちと行動を共にしているのだろう。

小松川署に留置されている元《ユエン》という三世は逮捕されて以来、黙秘権を行使しているらしい。コロンビア人のリカルド・メンテスも、『白龍《パイロン》』のメンバーと接触していなかった。

通信指令センターから捜査一課に赤坂にある住川会の本部にアメリカ製の突撃ミサイル『M47ドラゴン』が撃ち込まれたという入電があったのは、十分ほど前だ。いまは正午前である。

ガス圧発射式の中型対戦車ミサイルは六・二キロで、弾頭には線形成形炸薬《せんけいせいけいさくやく》二・四五キロが埋め込まれている。破壊力は凄まじく、厚み一メートル近い鉄筋コンクリートも砕《くだ》く。

発射筒はグラスファイバー製で、割に軽い。ミサイルを密封した発射筒を肩に担《かつ》いで地面にスタンドで固定し、望遠照準器、赤外線センサー、電子装置ボックスがセットになっている追跡装置《トラッカー》を取り付ける。後《あと》は標的を定め、突撃ミサイルを発射させればいい。

中型戦車を破壊するミサイルを数発撃ち込めば、中低層ビルは跡形もなく噴《ふ》き飛ぶ。発射筒は使い捨てだ。

開発当初の『M47ドラゴン』は欠陥が多かったようだが、一九九〇年代半《なか》ばに大幅に改良された。現在、米陸軍と海兵隊の各部隊に配備されている。

犯行前に住川会本部周辺で中国語混じりの日本語を使う複数の不審者が目撃されているということで、特命遊撃班は大型ヘリコプターの搭乗許可を取ったのである。

すでに警備第一課所属の特殊急襲隊『ＳＡＴ《サット》』の隊員を乗せた二機の大型ヘリは、赤坂上空に差しかかっているはずだ。

風見は、かたわらの成島班長に倣《なら》ってインターカムを装着した。二人は、操縦席の真後ろのシートに並んでいた。その後ろには、岩尾、佐竹、佳奈の三人が坐っている。

「離陸《テイクオフ》します」

副操縦士を務《つと》めている三十四、五の航空隊員の声が、風見の耳に届いた。

大型ヘリコプターは舞い上がり、ほどなく水平飛行に移った。ほんの数分で、住川会本部の上空に達した。

巨大な火柱《ひばしら》に包まれ、六階建てのビルの破壊の程度はわからない。

もくもくと立ち昇る黒煙が無気味だ。

「おそらく本部内にいた者の多くは爆死しただろう。負傷者は数十名にのぼりそうだな」

成島が言った。最初に応じたのは、岩尾警部だった。

「班長、住川会の総大将の自宅にもミサイル弾が撃ち込まれたんじゃないですか？」

「そうかもしれない。目撃された不審者は制服警官になりすましてたようだから、『白龍《パイロン》』

の犯行と考えてもいいんだろうか」

「その可能性はゼロではないと思いますけど、連中は警官を装って、二件の売上金強奪をやってます。それなのに、同じ手口を使うでしょうか」

佳奈が話に加わった。

「確かに、ちょっと作為《さくい》的だね。別のグループが崔《ツイ》たちの犯行に見せかけようとしてるんだろうか。風見君、どう思う？」

「そうなのかもしれませんね。ナジームなら、『M47ドラゴン』を手に入れられそうだな。でも、不良外国人の中に突撃ミサイルを正確に標的《ターゲット》に撃ち込める奴がいるとは思えないんですよ」

「ナジームは、元軍人なんじゃないのかね？」

「そうなら、組対のデータには軍人崩れと記載されてるはずですよ。しかし、そういったことは記《しる》されてなかったな」

風見は口を閉じた。そのとき、副操縦士が声を発した。

「住川会の会長宅にも、ミサイル弾が撃ち込まれたようです。『SAT』の無線交信で確認しましたから、間違いないでしょう」

「で、会長は爆死したのかな？」

成島が問いかけた。

「それはわかりません。しかし、会長が自宅にいたなら、もう命を落としているのではないでしょうか」

「だろうね。きっと稲森会の本部にもミサイルが撃ち込まれたにちがいない。機を六本木に向けてくれないか」

「了解しました」

副操縦士が短く応じた。大型ヘリコプターが右旋回し、六本木方面に向かった。

ほどなく眼下に東京ミッドタウンが見えてきた。

稲森会の本部は、東京ミッドタウンの斜め前にある。外苑東《がいえんひがし》通りに面した持ちビルだ。横浜市内に第二本部があるはずだ。

やはり、稲森会の持ちビルは爆破されていた。巨大な炎に包まれ、黒い煙を吐いている。窓ガラスはことごとく砕け散っていた。

「理事クラスの人間が爆風で噴き飛ばされたんじゃないかな。おそらく総長の自宅にも、ミサイル弾が撃ち込まれてるんでしょう」

佐竹が誰にともなく言った。最初に応じたのは、班長の成島だった。

「だろうな。この分だと、池袋にある城西会の本部も爆破され、会長宅も狙われたんだろう」

「ええ、多分ね。『白龍《パイロン》』の犯行だとしたら、大胆も大胆だな。というよりも、無謀ですよね。崔《ツイ》が不良ナイジェリア人グループやパキスタン人犯罪集団と手を組んでも、関東御三家の組員は併《あわ》せて二万数千人です。仮に住川会、稲森会、城西会のトップが殺されたとしても、筋者たちが尻尾《しっぽ》を丸めたりしないでしょ？」

「佐竹の言う通りだな。多国籍マフィアチームは、百数十人なんだろう。数が違いすぎる。御三家が結束して報復に出れば、数日で叩き潰されるな。崔《ツイ》たちのバックには、西の極道どもがいるのかもしれない」

「そうなんですかね。風見さん、どう思います？」

「もう暴力団が血の抗争をする時代じゃない。関西の勢力が首都圏に進出して久しいが、本格的なドンパチは繰り広げられてないよな？　末端の組員たちが小競《こぜ》り合いはしてるが……」

「そうですね。紳士協定を西の極道たちが大きく破ってはいないから、東西戦争に発展してないんでしょ？　意地を張り合っても、双方にメリットはありません」

「それはその通りなんだが、準構成員まで含めれば神戸連合会は四万五千人近い。関東やくざは数の力で押され気味で、関西勢の下部団体《エダ》や企業舎弟が首都圏に進出しても目をつぶってる。面子《メンツ》や意地に拘《こだわ》って事を荒立てたら、神戸連合会を怒らせることになるからな」

「だから、じっと堪《こら》えてるんですかね？」

「そうなんだろう」

「風見君、神戸連合会が多国籍犯罪集団を使って、首都圏の闇社会に揺さぶりをかけてるんじゃないのかな？」

岩尾が言った。

「神戸連合会の中核組織が挑発したら、関東やくざにも意地がある。最大勢力とまともにぶつかっても勝ち目はないとわかっていても、逃げたりしないでしょう。滅びることを覚悟して、死闘も辞さないと思うな」

「ま、そうだろうね。そうなれば、神戸連合会だって少しはダメージを受ける。無傷というわけにはいかないはずだ」

「ええ、そうでしょうね。神戸連合会はダメージを回避したくて、崔《ツイ》たちの混成チームに関東御三家を挑発させたんじゃないのか。岩尾さんは、そう推測したんですね？」

「そうなんだが、ただの外国人マフィアたちが『M47ドラゴン』を扱えるとは思えないんだよ。軍人崩れなら、話は別だがね」

「ええ」

「しかし、爆破犯グループは中国語混じりの日本語を使ってるというから、『白龍《パイロン》』のメンバーを中心にした外国人マフィアの犯行とも思える」

「そのことなんですが、仕組まれたミスリードとは考えられないかな？」

風見は言った。語尾に佳奈の声が被《かぶ》さった。

「それ、考えられると思います。ナジームは銃器の密売をやってたわけですから、なんとか『M47ドラゴン』を扱えるかもしれません。でも、崔《ツィ》たちは軍隊にいたことがあるわけじゃないようですし、モロクたち不良ナイジェリア人たちも同じなんじゃないかしら？リカルド・メンテスの仲間たちの中に元軍人がいたとしても、数人では……」

「そうだな」

「犯人グループは、神戸連合会に雇われた傭兵崩れたちなのかもしれないぞ。風見君、どう思う？」

成島が問いかけてきた。

「傭兵崩れなら、『M47ドラゴン』を扱えるだろうな。そいつらは『白龍《パイロン》』のメンバーの振りをしてるんだろうか」

「考えられなくはないんじゃないかね？」

「ええ。神戸連合会は自分らとは関わりのない傭兵崩れを動かして、関東御三家の弱体化を狙ってるんだろうか」

「神戸連合会は十数年前から、少しずつ東京周辺に拠点を作ってきた。関西だけに留《とど》まっていたら、合法、非合法ビジネスで大きく儲けることはできない。いずれ最大勢力は首都圏の暗黒社会を牛耳ろうと野望を懐《いだ》いてたんじゃないのかね？」

「ええ、そうなんでしょう。そうでなければ、関東やくざを不快にさせるような拠点作りなんかしないはずです」

「そうよな。関東御三家は爆破グループを操ってるのが神戸連合会とわかったら、東西抗争も辞さないだろう」

「そうでしょうね」

「いや、ちょっと待てよ。風見君の筋の読み方にケチをつけるわけじゃないが、神戸連合会は傭兵崩れだけじゃなく、『白龍《パイロン》』の連中も手先にしたんじゃないのか？」

「班長が言った通りなら、ミスリード工作ではないわけだ」

「ああ、そういうことになるね。崔《ツィ》たち中国残留邦人の二世や三世は日本では暮らしにくいんで、不正な手段で大金を得る気になった。それで、家電量販店や老舗《しにせ》デパートの売上金を強奪した。しかし、同じ犯行《ヤマ》を繰り返してると、足がつくかもしれない。崔《ツィ》はそう考え、少数派の外国人マフィアに呼びかけ、爆破グループ入りしたんじゃないだろうか」

「そうなのかな。岩尾さんの意見を聞かせてください」

風見は振り返った。

「班長の筋の読み方は、リアリティーがあると思う。崔《ツィ》、モロク、ナジーム、リカルドのグループが一つにまとまっても、それほど大きな勢力にはならない。上海マフィアやイラン人グループに牙を剝《む》いたが、自分たちだけでは敵対組織を完全にぶっ潰すことはできないと考えた。それで、最大勢力の傘下に入る気になったんじゃないのかな？」

「そうだとしたら、爆破犯グループは傭兵崩れや多国籍マフィアで構成されてることになるわけだ」

「ああ、多分ね。サポート要員として、神戸連合会の極道どもが動いてるとも考えられるな」

岩尾が口を結んだ。

そのとき、インターカムを通して副操縦士の声が流れてきた。

「『ＳＡＴ』の無線交信で、稲森会の持ちビルには、アメリカ製の個人携行式地対空ミサイル『スティンガー』が三発撃ち込まれたことがわかりました。弾速マッハ二（約六七〇メートル／秒）だとかで、本部にいた幹部たちは逃げようがなかったみたいですよ」

「死傷者数は？」

成島が訊いた。

「それはまだ把握してないようですが、少なくとも二十人以上の死者が出た模様です。高《たか》輪《なわ》にある総長宅も炎上中のようです。総長は自宅にいたとのことですんで、おそらく……」

「爆死しただろうね。城西会の本部に向かってくれないか」

「了解しました」

機長が大型ヘリコプターの高度を上げはじめた。

城西会の本部は、池袋二丁目にある。機が東京芸術劇場の上空に達すると、近くで六機のヘリコプターが空中停止していた。『ＳＡＴ』の機の上空で、新聞社やテレビ局のヘリコプターやセスナ機が舞っている。

五階建ての本部ビルは、ほぼ瓦解していた。周《まわ》りの建物も燃えている。死傷者は多数にのぼるだろう。

「板橋区内にある会長宅にもミサイル弾が撃ち込まれたようです。会長と部屋住みの組員が亡くなった模様です。成島警視、御三家のトップが爆死したようですから、これから大変なことになりそうですね」

副操縦席に坐った航空隊員が言った。

「犯人グループを操ってるのが神戸連合会とわかったら、東西勢力は血で血を洗うことになりそうだな」

「ええ。成島さん、どうしましょう」

「われわれは本部庁舎に戻るよ。ヘリポートに引き返してくれないか」

成島が口を閉じた。

大型ヘリコプターは大きく旋回し、桜田門をめざした。二十分弱で、ヘリポートに着陸した。特命遊撃班の五人はエレベーターで六階に下《くだ》り、刑事部長室を訪れた。

成島が爆破現場の状況を報告し終えたとき、捜査一課の理事官が刑事部長室に駆け込んできた。緊迫した様子だった。

「たったいま捜査一課に密告電話がありました。上海マフィアの張《チャン》聖虎《ションフー》たち五人を射殺したモロク・セレール・オダニベとナジーム・アヤーズの二人は、千葉県市原《いちはら》市の外れにある長柄ダムの近くの林の奥にコンテナ・トラックを停め、車内に身を潜《ひそ》めてるという内容でした。刑事部長、千葉県警に協力要請すべきだと思うのですが……」

「いや、それはまだ待ったほうがいい。偽情報《ガセネタ》だったら、とんだ恥をかくことになるからな。密告電話には、何か裏があるのかもしれないぞ」

桐野が言った。

「そうですね。では、捜査本部に詰めている九係の者に真偽を確かめに行かせましょうか？」

「仁科君たちは忙しいだろうから、成《なる》さんのチームに動いてもらおう」

「わかりました」

理事官が特命遊撃班の五人に密告電話の内容を詳しく語り、モロクとナジームの潜伏場所に触《ふ》れた。

「ナイジェリア人とパキスタン人は、張《チャン》たちを短機関銃で射殺した後《あと》、コンテナ・トラックの荷台で寝泊まりしてたんですか？」

成島が理事官に訊《たず》ねた。

「そうらしい。食料をたっぷり用意して、寝袋に潜り込んでるようだな。密告者は公衆電話から発信してきたんだが、ボイス・チェンジャーを使ってた。逆探知して発信場所を突き止めようとしたんだが、二分そこそこで電話を切られた」

「そうなんですか」

「ほかに何か言ってました？」

「イラン人のゴーラム・マグミットを撃ち殺したのは、『白龍《パイロン》』の李富淳《リーフーチユン》だとも言ってた。崔一成《ツイイーチョン》は、モロク、ナジーム、コロンビア人のリカルドのグループと結束して、まず上海マフィアとイラン人グループを叩き潰し、関東御三家もやっつける気なんだと言ってた」

「そうですか。崔《ツイ》が神戸連合会と手を組んでるようなことは言ってませんでした？」

「いや、そういったことは言ってなかったよ」

「そうですか」

「密告が事実なら、ナイジェリア人とパキスタン人を緊急逮捕して、二人の身柄を捜査本部に引き渡してくれないか」

「わかりました」

「成さん、そういうことで、ひとつ頼むよ」

桐野が言った。

「市原には、岩尾、風見、佐竹の三人で向かったほうがいいだろう。八神は女性だし、荒っぽいことには馴《な》れてないからね」

「桐野さん、八神もメンバーなんです。危険な職務だからって、特別扱いはよくありませんよ」

「しかし、女性だからな」

「だからといって、過保護はまずいでしょ？」

「うむ」

「四人には防弾胴着《ボディー・アーマー》を付けさせますんで、心配ありませんよ。もちろん、総監から特別許可を貰ってる外国製のハンドガンを所持させます」

「大丈夫かい？　なんなら、特殊犯係にバックアップさせてもかまわないがね。そうするか？」

「ご心配していただくのはありがたいんですが、特命遊撃班にもプライドがあります。助っ人はいりません。メンバーが力を併《あわ》せて、モロクとナジームの身柄を確保してくれるでしょう」

「そうだな。成さんの部下たちは優秀なんだから、職務を遂行してくれるだろう」

「ええ、任せてください」

成島がソファから立ち上がった。風見たち四人も腰を浮かせ、刑事部長室を出た。

2

民家が疎《まば》らになった。

風見は車のスピードを上げた。市原市の外れだ。数キロ先に長柄ダムがあるはずだ。

「少し緊張してきたわ」

助手席で、佳奈が言った。スカイラインの後ろには、佐竹の運転するプリウスが従っていた。助手席には岩尾が坐っている。

「射撃術の成績はどうだったんだ？」

風見はハンドルを捌《さば》きながら、美しい相棒に問いかけた。

「及第点ぎりぎりでしたね」

「そっちが特別に携帯を許されてるＮＡＡガーディアン380ＡＣＰは重量五百三十グラムと軽いが、片手撃ちは避けたほうがいいな。銃把《グリップ》を両手で保持してないと、女には反動《キック》が大きすぎる」

「はい、両手保持を心掛けます」

「それからモロクやナジームが短機関銃や拳銃の銃口を自分に向けて発砲してきたら、迷わずに引き金《トリガー》を絞れ」

「うまく脚《あし》を狙えるかな」

「狙いを定めなくてもいいんだ。とにかく、撃て。二、三発連射したほうがいいな」

「被疑者の顔面や心臓部に弾《たま》が命中したら、どうしよう⁉」

「八神、そんなことまで考えるな。発砲されたら、かまわず撃ち返すんだ。そうしなきゃ、先に被弾する。急所を撃たれたら、殉職することになるんだぞ。死んで二階級特進になっても嬉しくないだろうが？」

「ええ、それはね」

「だから、とにかく反撃しろ。仮に過剰防衛でペナルティーを科せられても、死んじまうより増しだよ」

「いまの助言に、わたし、従います。わたしもそうですけど、岩尾さんも佐竹さんも捜査中に一度も発砲したことがないというんだから、緊張してるでしょうね」

「だろうな」

風見は相槌を打った。

岩尾と佐竹は、どちらもS&W《スミス ウエッソン》CS40チーフ・スペシャルを所持していた。アメリカ製の自動拳銃だ。私服警官用に設計されたコンパクト・ピストルである。

「職務で被疑者と銃撃戦を繰り広げたことがあるのは、風見さんだけなんですよね？」

「そうだな。年上の岩尾さんを差しおいて、おれがしゃしゃり出るのは控えたいんだが、下手したら、殉職者が出かねない。だから、打ち合わせ通りにおれが先行させてもらう」

「ええ、よろしくお願いします」

「何があっても、チームの仲間は護《まも》り抜く」

「頼もしいお言葉だわ」

「八神、おれに惚れ直したか」

「軽いですね、相変わらず」

佳奈が微苦笑した。風見はにやついて見せたが、どさくさに紛《まぎ》れて佳奈に言い寄ったわけではない。少しでも相棒の不安を取り除き、緊張をほぐしてやりたかったのだ。

「モロクとナジームを首尾よく生け捕りにできたとしても、二人は崔《ツィ》たち一味の潜伏先を吐かないんじゃないかしら？　チャイニーズ・レストランの個室にいた張　聖虎《チャンションフー》たち五人を射殺したことは認めるかもしれませんけど」

「八神は不良ナイジェリア人とパキスタン人の身柄《ガラ》をすぐに確保しないで、少し様子を見たほうがいいんじゃないかと思ってるんだな。そうすれば、モロクたちはそのうち崔《ツィ》と接触するだろうって筋を読んでるわけだ？」

「ええ、まあ」

「少数派不良外国人を結束させた崔《ツィ》は、頭が切れる男だ。不用意にモロクたち二人と接触したりしないと思うぜ」

「そうでしょうか」

「それに、のんびりと構えてもいられなくなった。関東やくざの御三家の本部が爆破されて、それぞれの総大将が殺《や》られた。崔《ツィ》のバックに最大組織が控えてるとしたら、御三家の残党たちが結集して、神戸連合会に決戦を挑むことになるだろう。そうなったら、大勢の市民が巻き添えを喰うことになる」

「ええ、そうですね。だいぶ昔に大阪の暴力団の銃砲玉が神戸のホテルのロビーで最大勢力の直系の組長たちを射殺した事件では、一般人が何人か流れ弾に当たってしまったはずです」

「ああ、そんなことがあったな。本格的な東西抗争に発展したら、とんでもないことになる。それはなんとか阻止しないとな」

「ええ。でも、崔《ツィ》たちのバックに神戸連合会がいるんですかね？　少数派の多国籍犯罪集団は張《チャン》やゴーラムの組織を潰して、日本の暴力団を弱体化したいと願ってたかもしれませんが……」

「神戸連合会の手先になって、御三家潰しに崔《ツィ》たち一味が加わるとは思えないか？」

「はい。神戸連合会は崔《ツィ》たちの犯行と見せかけて、住川会、稲森会、城西会を一気に叩く気になったのかもしれませんよ」

「その疑いはゼロじゃないと思うが、まだ筋を読み切れないいんだ。モロクとナジームを締め上げれば、真相が透けてくるだろう」

「それを期待しましょう」

会話が途切れた。

前方右手の樹間から長柄ダムの水面《みなも》が見えてきた。西陽《にしび》を吸って、ダムの面《おもて》は緋色《ひいろ》に輝いている。

ダムの反対側に割に広い林道があった。

風見は後続のプリウスの位置をミラーで確認してから、スカイラインの左のウインカーを点けた。林道に入ると、低速で進んだ。プリウスも減速した。

五百メートルほど走ると、はるか前方にコンテナ・トラックが見えた。

風見は覆面パトカーを林道の端に寄せた。

「ここから歩いて、コンテナ・トラックに接近しよう」

「はい」

佳奈が先に助手席から出た。

風見も運転席を降りた。十数メートル後方に停まったプリウスから、岩尾と佐竹が現われた。二人とも、ボディー・アーマーで着膨れしている。

佳奈は防弾胴着を身につけているが、さほどシルエットは変わらない。風見はボディー・アーマーをゆったりと着ていた。強く締めつけると、どうしても動作が鈍《にぶ》くなるからだ。

「こっちが先頭を歩きます。四、五メートルの間隔を置いて、岩尾さん、佐竹、八神の順につづいてほしいんですよ」

風見は岩尾に言った。

「わかった」

「自分のほうが背丈《タッパ》があるんで、二番目のほうがいいような気がしますけど。弾除《たまよ》けにもなるでしょうし」

「佐竹が仲間思いだってことはわかるが、でっかい奴が二番手をとってたら、どうしても目立つ。そっちはできるだけ腰を屈《かが》めてくれ。いいな？」

「了解です」

「それぞれハンドガンを抜いても、コンテナ・トラックに近づくまでスライドを引かないでほしいんだ。林道は未舗装で、でこぼこしてる。早めにスライドを引いて歩行中に足を取られたら、暴発しかねない。仲間に背中や尻《けつ》を撃たれたら、笑い種《ぐさ》になるからな」

「そうですね」

「コンテナ・トラックを四人で包囲したら、こっちがわざと音をたてて、モロクかナジームを車の外に誘《おび》き出す。相手を確保するんで、佐竹は別のひとりの身柄を押さえてくれ」

「はい」

「八神は、おれのバックアップをする」

「はい」

「わたしは、佐竹君のバックアップをすればいいんだね?」

岩尾が確かめた。

「そうです。佐竹が撃たれそうになったら、岩尾さんはすぐさま相手をシュートしてください。人を撃つことに抵抗はあるでしょうが、ためらったりしたら、後で悔やむことになるはずです」

「わかったよ。佐竹君を死なせやしない」

「わたしも、完璧に風見さんをバックアップしてみせます」

佳奈の声が岩尾の言葉に重なった。

風見は無言でうなずき、ショルダーホルスターからグロック26を引き抜いた。本部庁舎の拳銃保管庫で、すでに弾倉には十二発の九ミリ弾を装塡《そうてん》してある。

仲間たちが、おのおの所持しているハンドガンを握った。風見は左手の中指を浅く口に含《ふく》み、宙《ちゅう》に翳《かざ》した。

風向きをチェックしたのだ。微風は前方から吹いてくる。安堵《あんど》した。

追い風だと、捜査対象者に足音を聞かれやすい。マークした人物が犬を飼っていたら、たちまち人間の体臭や呼気《こき》まで嗅《か》ぎ当てられてしまう。

向かい風なら、なんとかコンテナ・トラックに接近できそうだ。風見は爪先に重心を掛けながら、前進しはじめた。むろん、中腰だった。

コンテナ・トラックの十メートルほど手前まで迫《せま》ったとき、車の向こうで話し声がした。

風見は三人の仲間に目配せして、林道《りんどう》の際《きわ》の繁みに身を潜《ひそ》めた。

岩尾たち三人も樹木の間に走り入る。

コンテナ・トラックの向こうから姿を見せたのは、巨身のナイジェリア人だった。モロク・セレール・オダニベは林道の端に立ち、放尿しはじめた。何かハミングしている。

風見は屈んで、グロック26のスライドを滑らせた。

初弾が薬室《やくしつ》に送り込まれた。引き金を絞れば、九ミリ弾が放たれる。

みんなは、まだアクションを起こさないでもらいたい。

目顔《めがお》でそう伝え、風見は横に少しずつ動きはじめた。枯れ草や灌木《かんぼく》の小枝がかすかな音を立てたが、モロクに怪しまれた気配はうかがえない。

　ほどなく風見は、ほぼモロクの前に達した。

　アフリカ人のペニスは、驚くほど大きかった。包皮はチョコレート色で、張り出した亀頭は赤い。

　立ち小便をし終えたモロクが尿の雫《しずく》を切り、チノクロス・パンツのファスナーを引っ張り上げた。体の向きを変えた瞬間、風見は立ち上がった。

　樹木を縫《ぬ》い、林道に躍《おど》り出る。モロクが振り返り、驚きの声を洩《も》らした。

「警察だ。声を立てたら、ぶっ放すぞ」

　風見は威《おど》して、グロック26の銃口をナイジェリア人の心臓部に向けた。

　佳奈がコンパクト・ピストルを構えながら、走り寄ってくる。岩尾と佐竹がコンテナ・トラックに向かった。

「ポリス！　ナジーム、ポリスよ」

　モロクが大声で叫んだ。

　風見は大男の向こう臑《ずね》を蹴り、さらに股間に蹴りを入れた。モロクが呻《うめ》いて、その場にうずくまる。

　その直後、短機関銃の連射音が響きはじめた。ナジームがイスラエル製のサブマシンガンを扇撃ちしているようだ。着弾音が断続的に耳に届く。

「コンテナ・トラックを回り込むんだ」

風見は佳奈に命じた。佳奈が言われた通りにした。

モロクが両腕で、風見にタックルを掛けてくる素振りを見せた。風見はバックステップするなり、アフリカ人の顎《あご》を蹴り上げた。骨と肉が鈍く鳴った。

モロクが仰向けに引っくり返って、長く唸《うな》った。

「撃たれたくなかったら、おとなしくしてろ！」

風見はグロック26を握り直した。モロクが唸りながら、上着の内ポケットを探《さぐ》った。コマンド・ナイフか何か摑み出す気らしい。

風見は数歩退《さ》がった。

そのとき、モロクが万年筆のような物を取り出した。特殊拳銃のペン・ガンだろう。単発式と思われる。

モロクが肘《ひじ》を使って、上体を支え起こした。ほとんど同時に、小さな発射音がした。ペン・ガンから発射された銃弾は、風見の左膝の脇を疾駆《しっく》していった。

「外したな」

風見はにっと笑い、グロック26の引き金を一気に絞った。

九ミリ弾はアフリカ人の右肩に埋まった。ペン・ガンが地に落ちる。

ふたたびモロクが林道に仰向けに倒れ、体を丸めた。

そのとき、短機関銃の銃声が熄《や》んだ。弾《たま》切れだろう。乾いた銃声が響き、人の揉み合う様子が伝わってきた。佐竹か岩尾のどちらかが、パキスタン人を撃ち倒したらしい。

風見はグロック26をショルダーホルスターに戻し、モロクの腹に跨《また》がった。両膝でナイジェリア人の胴を強く挟みつけ、手早く前手錠を打つ。

佳奈がコンテナ・トラックを回り込んできた。

「佐竹さんがナジームの左の太腿を撃って、身柄を確保しました」

「みんな、無傷か？」

「はい。ナジームはウージーを派手にファンニングさせたんですが、弾は誰にも当たりませんでした」

「それはよかった」

風見は相棒に言って、モロクから離れた。

「おれたちがここに隠れてること、どうしてわかった？　それ、知りたいね」

モロクが言った。

「質問するのは、おまえじゃない」

「崔《ツイ》さん、捕まった？」

「二度も同じことを言わせんなっ。質問するのは、おれのほうだ」

風見は言いざま、モロクの脇腹に蹴りを入れた。モロクが呻いて、体を左右に振る。

「反則技ですよ」

佳奈が風見を睨む真似をした。

「え？　おれ、何かした？」

「とぼけちゃって。わたし、ちゃんと見てましたよ」

「何を？　おれは、いったい何をしたんだい？　最近、少し前のことをすぐに忘れちまうんだよ」

「不良刑事！　あら、道に落ちてるのは特殊拳銃みたいですね？」

「ああ。おれは、そのペン・ガンで撃たれるとこだったんだ。だから、やむなくモロクの肩口を撃ったんだよ。もちろん、正当防衛が適用されるだろう」

「でも、手錠を掛けてからキックするのはやり過ぎでしょ？」

「こっちは心臓を撃ち抜かれそうになったんだぜ。思わずカーッとしちまったんだよ」

「その話、嘘ね。わたし、その刑事《コップ》の脚を撃とうとしただけ。殺す気、それ、全然なかったよ」

モロクが佳奈に訴えた。

「わたしの相棒は、いい加減なのよ。運が悪かったと諦めて」

「ユーも、いい加減ね」

「おれの相棒の悪口を言ったら、蹴り殺すぞ」

風見は凄んだ。

「おまえ、クレージーね。やくざ《ギャングスター》みたいよ」

「言っとくが、おれはヤー公以上に荒っぽいぜ」

「友達にはなりたくない刑事《コップ》ね」

「おまえとナジームが新宿の上海料理店で短機関銃を掃射して、張《チャン》たち五人を撃ち殺したんだな？」

「…………」

「反対側の肩も撃《ハジ》いてやろう」

「それ、しないで！　痛いの、好きじゃないね。両肩を撃たれて手をうまく動かせなくなったら、かわいいジャパニーズ・ガールを抱けなくなる。それ、断るよ」

「チョコレート色のデカマラを大和撫子《やまとなでしこ》に突っ込みやがったら、てめえを殺しちまうぞ」

「やっぱり、おまえは狂ってる。それに、下品ね。そばにレディーがいるのに」

「モロクの言う通りだわ。表現がストレートすぎて、顔が赤らんじゃう」

佳奈が言った。

「女の子を困らせるの、それ、よくないよ。それに、わたしの大事なとこ、チョコレート色じゃないね。ココア色よ」

「そんなこと、どっちでもいいでしょ？　いちいち訂正することもないと思うな」

「正しく表現してほしいよ」

モロクが真顔で言った。佳奈がヤンキー娘のように両手を拡《ひろ》げ、首を横に振った。

「モロク、話をはぐらかすな。本当にもう片方の肩を撃つぞ」

「わかったよ。ナジームと一緒に張《チャン》たち五人も撃ち殺した」

「イラン人グループのボスを射殺したのは、崔《ツィ》の右腕の李富淳《リーフーチュン》だな？」

「そう。ゴーラム・マグミットを殺したの、李《リー》君ね」

「崔一成《ツィイーチョン》は、そっち、ナジーム・アヤーズ、リカルド・メンテスに呼びかけ、上海マフィアとイラン人グループを潰そうと提案したんだろ？」

「その質問、答えにくいよ」

「もう崔《ツィ》や『白龍《パイロン》』の連中を庇《かば》っても、意味ないぜ」

「どうして？　崔《ツィ》さんたち、警察に捕まった。そうなのか？」

「まあな」

風見は、もっともらしく話を合わせた。

「そうなのか。なら、正直に話したほうがよさそうね。そうだよ。張《チャン》とゴーラムの組織を弱らせて、日本のやくざたちも順番に痛めつけることになってた」

「関東御三家の本部や大将たちの自宅にミサイル弾が撃ち込まれて多数の死傷者が出たが、一連の事件に崔一成《ツィイーチョン》も関与してるのか？」

「それ、知らない。崔《ツィ》さん、すぐに住川会、稲森会、城西会をぶっ潰そうとは言ってなかった」

「本当だな？」

「そうよ。そうする気だったら、おれたちに何か言ってたはずね。でも、崔《ツィ》さん、日本の暴力団もすぐにやっつけようとは言ってなかった。爆弾テロのこと、ラジオのニュースでわかった。おれたちがいつかやろうとしてたことをどこかの誰かが先にやってくれたと思ったけど、崔《ツィ》さんが犯人グループに入ってるわけないね」

「犯人グループの何人かは、中国語混じりの日本語を喋ってたらしいのよ」

佳奈が話に加わった。

「それ、本当なのか？」

「ええ、多分ね」

「そうなら、崔《ツィ》さん、ナジームやおれに内緒で『白龍《パイロン》』のメンバーを動かしたのかもしれないな。みんな、錦糸町のラブホテルに隠れてると思ってたけど」

「ホテルの名を教えて」

「ユー、おかしなこと言うね。崔《ツィ》さんたち、捕まったんなら、隠れてた場所は知ってるはずよ。わかった。崔《ツィ》さんたち、本当は警察に捕まってないね?」

「そうだよ」

風見は相棒を手で制し、先に応じた。

「おまえ、おれを騙《だま》した。それ、汚い! 卑怯なことね」

「悪人が偉そうなことを言うな」

「悔しいね」

「崔《ツィ》たち一味が潜伏してるラブホテルの名は?」

「名前までは知らない」

「ま、いいさ。ラブホテルを一軒ずつチェックすれば、潜伏先はわかるだろうからな」

「ええ、そうしましょうよ」

佳奈が言った。

風見はモロクを摑み起こして、コンテナ・トラックの向こう側まで歩かせた。

パキスタン人のナジームは地べたに転がって、呻いていた。その近くに、岩尾と佐竹が立っている。

「そっちがナジームの片脚を撃ったんだってな？」

風見は佐竹に声をかけた。

「ええ、そうなんです。予備の弾倉《マガジン》を持ってることがわかったんで、危《ヤバ》いと思ったんですよ」

「そうか。ナジームは派手にファンニングしたようだな。あちこちの樹幹に九ミリ弾がめり込んで、小枝も弾け飛んでる」

「そうなんですよ。まだ硝煙がうっすらと漂ってますでしょ？」

「そうだな。ところで、ナジームから何か手がかりは？」

「残念ながら、特に得られなかったんだよ」

岩尾が答えた。

「そうですか。こっちもたいした収穫はなかったんですが、一連の爆破事件には崔《ツイ》の一味は加わってないようですよ」

「そうなのか」

「モロクが嘘をついてるようには見えなかったんで、真の犯人たちが『白龍《パイロン》』の連中に実行犯グループに入ってるように見せかけたかったんでしょう」

風見はそう前置きして、モロクから聞いた話を岩尾と佐竹に伝えた。

「捜査本部の仁科警部に連絡して、捜査班の者を錦糸町に向かわせてもらおう。それで千葉県警にモロクとナジームの身柄をいったん預けて、後日、二人を新宿署に移送してもらうことにしないか。風見君、何か不都合なことは？」

「特にありません」

「それでは……」

岩尾が捜査用の携帯電話を懐から取り出した。

「ナジームとおれを早く救急病院に運んでほしいね。血がたくさん流れたら、二人とも死んじゃうかもしれない」

「上海マフィアを五人も射殺したくせに、その程度の怪我で騒ぐんじゃないっ」

風見は巨漢の黒人を嘲《あざけ》って、上着のポケットから煙草とライターを摑み出した。

3

死臭は消えていた。

ラブホテル『クライマックス』の地階にあるボイラー室は、少し薬品臭いだけだった。

崔一成《ツイイーチョン》は、隅のコンクリート液槽《えきそう》を覗き込んでいた。

一日半ほどクロム硫酸に浸された方唐冬《ファンタンドン》の死体は、骨だけになっていた。妙に生々しい。

崔《ツイ》は鉄鉤《てつかぎ》で骨の形を崩してから、欠片《かけら》を一つずつ液槽から出した。コンクリートの床に肋骨《ろっこつ》や腰骨を並べ、ハンマーで砕《くだ》きはじめた。

コンクリートの液槽には数年前まで、備蓄用の重油が溜められていたようだ。しかし、もう使われていなかった。

崔《ツイ》はそのことを知り、空いている液槽にクロム硫酸を満たし、方《ファン》の遺体を骨だけにすることにした。都内の町工場から少量ずつクロム硫酸を分けてもらったのは、李富淳《リーフーチュン》だった。もちろん李《リー》は偽名を使用し、高額でクロム硫酸を買い取った。

崔《ツイ》は李《リー》の手を借り、方《ファン》の死体をボイラー室に運んだ。そして、二人がかりで遺体を液槽に沈めた。衣服は脱がせなかった。

わずか数十分で、方《ファン》の肉は焼けて溶けた。だが、すぐには骨を液槽から出さなかった。砕きやすい状態になるまで待ったわけだ。

クロム硫酸で茹《ゆ》でられつづけた骨は、実に脆《もろ》かった。ハンマーで軽く叩いただけで、粉々になった。

崔《ツィ》は掻《か》き集めた小さな骨片と灰を黒いビニール袋の中に入れ、二重に封をした。バンクーバー郊外に建設を予定している共同体《コミューン》の敷地内に手厚く葬ってやるつもりだ。

飼い犬同然の三世の若者が自分に刃《やいば》を突きつけるような真似をしたことは少々、腹立たしい。しかし、あらゆる面で抑圧《よくあつ》されてきた方《ファン》が開き直って、好きなような生き方をしたくなる気持ちもわかる。

人は誰も苦しむために生まれてきたわけではない。限りある命だからこそ、人生を愉《たの》しみたいと願うのは人情だろう。

方《ファン》が我欲に克《か》てなくなったことはスマートではないが、ある意味では人間臭い。だから、崔《ツィ》は自分や仲間を裏切りかけた方《ファン》を赦《ゆる》したのである。

崔《ツィ》は鉄鉤を使って、液槽の栓を引き抜いた。クロム硫酸が少しずつ排水口に吸い込まれていく。うっすらと煙も立ち昇りはじめた。配水管に引っ掛かっていた何かが溶解されたのだろう。

鉄鉤をボイラーの背後に隠し終えたとき、崔《ツィ》の携帯電話が着信音を刻みはじめた。

モバイルフォンを手に取って、ディスプレイに目をやる。公衆電話と表示されていた。

崔《ツィ》は通話キーを押し、携帯電話を耳に当てた。

「中村さんね？」

「そう。崔《ツイ》さんの仲間のナイジェリア人とパキスタン人は、新宿で張《チャン》たち五人の上海マフィアを殺《や》ってからコンテナ・トラックで逃走して、ずっと市原市郊外の林の中で潜伏してたね？」

「あなた、そのことをなんで知ってる⁉　あなた、わたしたちのことをずっと監視してた。そうなのね？」

「崔《ツイ》さん、監視という言葉は適切じゃないな。わたしは、あなたに幾つかの犯罪を請け負ってもらった」

「そうね。わたし、頼まれたことはちゃんとやりました。狡《ずる》いことは何もしてません。なのに、監視されなければならないのか。それ、わからない。納得もできないです」

「あんたは何か勘違いされてるな。幾つかの犯罪を代行してもらった当方は、いわば共犯者だ。要するに、仲間でしょ？」

「ええ、そうね。わたし、そう思ってた。だけど、中村さんのほうは……」

「崔《ツイ》さんたちのことは、もちろん仲間だと思ってる。だから、動きを見守ってたんだ。別段、あんたたちを疑って監視してたわけじゃない」

「中村さんは、わたしを信用してないでしょ？」

「まだそんなことを言ってるのか」

依頼人がぼやいた。

「あなたが本当にわたしを信用してるなら、本名はともかく、ボイス・チェンジャーなんか使わないね。わたし、そう思います」

「事情があって、いまは崔《ツィ》さんに素姓《すじょう》を知られたくないいんだ」

「…………」

「崔《ツィ》さん、わたしを仲間と思ってくれないか。これまでに、お約束した取り分はちゃんと渡したでしょ？」

「ええ、それはね」

「詳しいことは言えないんだが、わたしはいまの仕事を辞めたら、非合法ビジネスで荒稼ぎする気なんだよ。だから、転身の準備ができるまで、裏で動いてることを誰にも覚《さと》られたくないいんだ」

「そうなんでしょうけど……」

「もう少し経《た》ったら、あんたには正体をちゃんと明かす。こちらが頼んだことを崔《ツィ》さんはきちんとやり遂《と》げてくれたんで、あんたのことは信頼してるんだ。それだから、あんた方が捜査当局にマークされていないか絶えず気にしてるわけですよ」

「そうだったんですか」

「警視庁特命遊撃班のメンバーが、モロク・セレール・オダニベとナジーム・アヤーズの二人を数十分前に緊急逮捕したんだ」

「えっ!?」

崔《ツィ》は驚きを隠さなかった。

「いま現在、千葉県警は事件の検証中のようだ。ちなみにモロクとナジームは特命遊撃班のメンバーにそれぞれ肩と脚を撃たれて、県内の救急病院に搬送された」

「そんなことになるなんて、わたし、思ってもいませんでした」

「モロクとナジームのどちらかが、崔《ツィ》さんと共謀して五人の上海マフィアを始末したと吐いたら、あんただけではなく、わたしも困る。お願いしたことを遂行してもらわないとね。崔《ツィ》さんだって、残りの五億の報酬は欲しいでしょ?」

「ええ、それはそうね。夢を実現させるための軍資金を調達しなければならないんで、わたし、犯罪代行をする気になった。不本意なことだけど、仕方なかったね」

「そういうことなら、『白龍《パイロン》』のメンバーと一緒に錦糸町のラブホテルから出てほしいんだ。あんた方が捕まったら、当方も困るからね」

「うちの組織の誰かを買収して、スパイにしてるんでしょ?」

「崔《ツィ》さん、繰り返すが、それは誤解だよ。わたしが『白龍《パイロン》』のメンバーを抱き込んだなんてことは絶対にない。当方の息のかかった者が崔《ツィ》さんたちの動きを見守ってただけなんだ」

「それ、信じてもいいのか？」

「ああ、信じてほしいな。いまから一時間以内に二台のマイクロバスが崔《ツィ》さんたち一行を迎えに行く」

「どういうことなんですか？」

「警察の奴らには見つけられないような隠れ家を、当方が用意させてもらったんだ。あんた方が捕まったりしたら、こちらも万事休すだからね。だから、崔《ツィ》さんたちのグループの味方になりたいんですよ」

「そうだったのか」

「崔《ツィ》さんたちをマークしてる特命遊撃班は、正規の捜査機関じゃないんだ」

「えっ、そうなんですか。わたし、てっきり風見とかいう男は正規の捜査員と思ってた。なかなか優秀みたいなんで、油断できないと考えてたね」

「確かにメンバーは、能なしじゃない。しかし、存在そのものが公《おおやけ》にはされてない特殊チームなんだ。特命遊撃班そのものを解散に追い込むこともできなくはない」

「そうしてほしいですね」

「崔《ツイ》さんのグループが手を汚してくれた二件の強盗殺人事件の捜査を担当してるのは、本庁殺人犯捜査九係なんだが、彼らはそれほど優《すぐ》れてない。特命遊撃班の支援がなければ、犯人は検挙できないだろう」

「特命遊撃班のメンバーが捜査活動できなくなれば、わたしたち、捕まらないかもしれないわけか」

「ああ、まずね。特命遊撃班を解散に追い込む方法もすでに考えてあるんだ。それはともかく、崔《ツイ》さん、別の潜伏場所に移る準備に取りかかってくれないか」

中村一郎が急《せ》かせて、通話を切り上げた。

崔《ツイ》はモバイルフォンを折り畳み、方《ファン》の遺灰をリュックサックに詰めた。


夕闇が濃い。

男は自宅の門扉《もんぴ》を潜《くぐ》った。戸建て住宅で、敷地は百五十坪近い。庭木は割に多かった。

自宅は、世田谷区内の閑静な住宅街の一画にあった。妻の父親の援助で二十年ほど前に土地を求め、上物《うわもの》は男が二十五年ローンで建てたのである。二階建てで、間取りは６ＬＤＫだった。

男は、神経がささくれ立っていた。出向先で、大学の後輩の土居伸也にきょうも厭味《いやみ》を言われたのだ。

　クラブを飲み歩いてストレスを解消する手もあったのだが、いつになく体がだるい。風邪《かぜ》をひきかけているのだろうか。

　そんなことで、男は出向先からまっすぐ帰宅した。石畳のアプローチをたどって、ポーチに上がる。

　男はスペア・キーを使って、玄関ドアのロックを解《と》いた。靴を脱いでいると、玄関ホールに接した応接間から妻の小夜子が現われた。

　表情が硬い。冷ややかな眼差しを向けてくる。

「ただいま。なんだか体調がすぐれないんだ。二階の自分の部屋で寝《やす》む。夕飯はいらないよ」

「熱があるんですか？」

「微熱があるのかもしれないな。とにかく、体がだるいんだ」

「高い熱があるわけじゃないなら、話はできるわね？」

「話って？」

「ちょっと大事な話があるの」

「明日じゃ駄目なのか？」

男は妻に訊いた。小夜子は無言で応接間に戻った。男は舌打ちして、玄関ホールに上がった。

二十五畳の応接間に入ると、小夜子は大理石のマントルピースの前のイタリア製のソファに腰かけていた。総革張りで、一脚三十万円もする。

男はコーヒーテーブルを回り込んで、長椅子に坐った。妻とは斜めに向かい合う形だった。

「いい年齢《とし》して、みっともないわね」

小夜子が切り口上で言った。

「なんのことだ？」

「娘より二つ年上の若い女に入れ揚げたりして、恥ずかしいとは思わないのかしら？　矢代麻里のことですよ」

「興信所にわたしの素行調査をさせたようだな」

男は苦く笑った。妻がサイドテーブルから調査会社名の入った書類袋を持ち上げ、コーヒーテーブルに投げ落とした。

「あなたが代官山の彼女の部屋に出入りしてる姿が鮮明に写真に撮られてるわ。それから、買ってやったばかりのポルシェで二人でドライブしてる姿もね」

「麻里と別れてくれってことなんだな？」

「そうじゃないわ。わたしたち、もうやり直せない。離婚してちょうだい」

「亮やみすずは、きみの気持ちを知ってるのか？」

「子供たちは、わたしの気持ちを理解してくれたわ。わたしね、もうあなたになんの未練もないの。自分の軽率な行動で出世コースから外され、出向先でくすぶってる夫に愛想が尽きたのよ。それに、小娘にうつつを抜かしてる男なんて最低だわ。いまのあなたには尊敬できる点がまったくない」

「そこまで嫌われたか。こっちも、きみにはほとんど愛情はなくなった。しかしね、二人の子供は別だ。亮にも、みすずにも愛情を感じてる。二人をここに呼んでくれ。直《じか》に子供たちの気持ちを聞きたいんでな」

「どちらも、まだ帰宅してないわ。子供たちに直に気持ちを確かめたりしたら、惨《みじ》めな思いをすると思うわ。二人とも、あなたを父親として敬愛できなくなったとはっきり言ってるのよ。若い女に入れ揚げてるおっさんはダサいとも言ってたわね」

「さんざんだな。まいった、まいった！」

「わたしは、もう署名捺印済みよ」

「離婚届まで用意してたのか⁉」

男は目を剝《む》いた。小夜子が黙って白い封筒を卓上に置く。男は溜息をついた。

「まったく予期してなかったわけじゃないんでしょ？」

「びっくりしてる。いつの間にか、わたしたちの気持ちが少しずつ離れて溝が生まれてしまったが、二十八年近い夫婦生活は壊れたりしないと思ってたよ」

「でも、もう修復は無理ね」

「そうだろうか」

「あなたは世間体があるんで、子供たちが結婚するまで仮面夫婦を演じてもいいと思ってるんでしょうけど、わたしはもう耐えられないの」

「そうか」

「あなた名義の預金の何割かを寄越《よこ》せなんて言わないわ。でもね、この家の土地と建物はわたしが貰いたいの。もともと土地代金は、わたしの父に出してもらったんだから。それに上物だって十年以上経《た》ってるんで、もう不動産価値はないはずよ」

「自宅の名義は、きみに変更してもかまわない。ローンの残債は、わたしが払いつづけよう」

「いいえ、ローンはそのままで結構よ。正式に離婚が成立したら、ここは売却して残債を差し引いた分で、分譲マンションを買うわ」

「子供たちと新居に移って、きみはどうするんだ？」

「学生時代の友達と画廊を共同経営しようとプランを練ってるの。父から結婚したときに貰った株を処分すれば、開店資金はなんとか工面できそうだから……」

「心配しなくてもいいか？」

「ええ。できるだけ早くあなたには別の塒《ねぐら》を見つけてもらって、この家から出ていってもらいたいの。当分、代官山の彼女のマンションに泊めてもらったら？　キャリア官僚とつき合っといて損はないという連中から賄賂《わいろ》を貰って、それで若い愛人を囲ってたんだろうから」

「わたしは、そんなに堕落してない。キャリアの矜持《きょうじ》はいまも失ってないんだ。たとえ出世コースから外されてもな。真のエリートは、そういうもんさ」

　男は胸を張った。

「立派ですこと……」

「皮肉に聞こえるぞ」

「僻《ひが》みっぽいのね。で、どのくらい待てばいいんです？」

「二、三日中には離婚届にサインをするよ。差し当たって必要な物をまとめたら、とりあえずホテルに移る。それでいいね？」

「ええ」

「きみは、わたしに早く見切りをつけすぎたんじゃないのかな？」

「どういう意味なの？」

「わたしは出向先に移ってから、官僚として出世することは諦めたんだよ。その代わり、別の世界で支配者になって、エリートの務めを果たそうと考え直したんだ。現にそうした方向で、密かに着々と計画を進めてる」

「わたしの父と同じように政界に進出する気なんでしょ？」

「きみの親父さんには悪いが、国会議員たちは偉ぶってるが、たいした存在じゃない。わたしは、もっと大物《ビッグ》になる。世の中をコントロールできる人間になってみせる。いまに有力な政財界人も、わたしの顔色をうかがうようになるにちがいない」

「あなたがどんなにビッグになったとしても、もうわたしは一緒に歩いていけないわ」

小夜子がソファから立ち上がって、応接間から出ていった。男は葉煙草《シガリロ》に火を点けた。深く喫いつけたとき、虚《むな》しさに襲われた。

二十八年近く連れ添った夫婦の絆など実はなかったのではないか。そうでも思っていないと、夫婦でいられなかっただけではなかったのか。拍子抜けするほど別れ話はスムーズに進んだ。

離婚することで、家族を失う。しかし、そうした足枷《あしかせ》がなくなったわけだから、もっと大胆になれそうだ。感傷に陥《おちい》っていたら、とても支配者にはなれない。

男はシガリロの火を揉み消すと、離婚届の入った白い封筒を抓《つま》み上げた。長椅子から立ち上がり、応接間を出る。

男は二階に上がり、自分の寝室に入った。シャワールーム付きの十五畳だった。上着を脱ぎかけたとき、内ポケットで携帯電話が鳴った。

発信者は〝中村一郎〟だった。自分の参謀である。

「崔《ツィ》を説得して、『白龍《パイロン》』の連中と一緒に別の隠れ家に移らせることに成功しました」

「そうか。ご苦労さん！」

「モロクとナジームは特命遊撃班のメンバーに撃たれて気弱になってるでしょうから、警察の連中に自分らが崔《ツィ》に唆《そそのか》され、上海マフィアや不良イラン人グループを叩き潰す気だったことを喋るでしょう。さらに崔《ツィ》が日本の暴力団をことごとく弱体化させる気でいると も話してくれると思います。そうなれば、われわれは尻尾を摑まれずに済むと思いますよ」

「時期を見て……」

「先輩、わかってますよ。それよりも、特命遊撃班の奴らの動きがうっとうしいですね」

「そろそろ彼らが助っ人活動できないようにしなければな。その件は、わたしがやろう」

「よろしくお願いします」

「わかった」

男は電話を切り、脱いだ上着をベッドの上に落とした。

4

函《ケージ》が上昇しはじめた。

低層用エレベーターだ。警視庁本部庁舎である。

市原市の外れでモロクとナジームを緊急逮捕した翌朝だ。十時を回っていた。

風見は、固めた拳《こぶし》で自分の掌《てのひら》を撲《う》った。

被弾したナイジェリア人とパキスタン人は、千葉県内の救急病院で地元の捜査員に張《チャン》たち五人の上海マフィアを射殺したことを自供した。不良イラン人のゴーラム・マグミットを撃ち殺したのは、『白龍《パイロン》』の三世たちのリーダーの李富淳《リーフーチュン》であることも明かした。

本庁殺人犯捜査九係の者が昨夕、錦糸町のラブホテルを虱潰《しらみつぶ》しに当たり、崔《ツイ》たち一味が『クライマックス』に潜伏していたことも突き止めた。だが、すでに中国残留邦人の二世と三世は逃げた後《あと》だった。

ラブホテルの従業員の話によると、二台のマイクロバスが迎えにきて、崔《ツイ》たちは慌《あわ》ただしく消えたらしい。二台のマイクロバスには偽造ナンバープレートが付けられ、所有者は割り出せなかった。忌々《いまいま》しくて仕方がない。

エレベーターが六階で停まった。

風見はケージから出て、特命遊撃班の刑事部屋に向かった。すると、小部屋の前に人だかりができていた。九階の記者クラブに詰めているプレスマンたちだった。

何者かが、報道記者たちに警視総監直属の隠密捜査機関が実在することを密告したにちがいない。その狙いは、支援捜査活動の阻止だろう。

捜査一課殺人犯捜査係の人間が風見たちの活躍ぶりを不快に思い、新聞社やテレビ局にリークしたのか。風見は、最初にそれを疑った。特命遊撃班の存在を結成時から疎《うと》ましく思っている正規殺人犯捜査係は何人もいた。しかし、いまになって、隠密チームのことをマスコミに密告するとは考えにくい。

捜査本部事件に関与している者が、特命遊撃班の捜査活動を中止させたいのだろうか。チームの存在は、警察関係者しか知らないはずだ。一連の凶悪な犯罪に身内の誰かがタッチしている疑いがある。いったい誰が捜査妨害を企《たくら》んでいるのか。

警察内部に敵がいると思うと、肌が粟立《あわだ》ちそうになった。警視庁職員や警察庁の人間を含めれば、三十万人近い関係者がいる。密告者を割り出すことは容易ではない。

顔見知りの新聞記者が目敏《めざと》く風見を見つけ、走り寄ってきた。毎朝日報社会部の三十代の記者で、確か御厨《みくりや》という姓だった。

「なんの騒ぎなんだい？」

風見は問いかけた。

「給湯室の並びにある小部屋は、捜査一課の新しい資料室でしたよね？」

「そう。おれも資料室に異動になって、腐りっ放しだよ。成島室長や同僚たちも島流しにあって、みんな、やる気を失ってるね」

「実はですね、捜査資料室というのはカモフラージュで、本当は警視総監直属の特命チームの刑事部屋なんだという密告《タレコミ》が主要マスコミに今朝《けさ》九時過ぎに流されたんですよ。発信場所は渋谷のネットカフェです。フリーメールが各社に……」

「おたくら、偽情報《ガセネタ》に振り回されてるな。おれたちがいるのは捜査資料室だよ。ほとんどやることがないんで、退屈で仕方ないんだ」

「本当なんですか？」

「ああ。おれもそうだが、成島班長をはじめ部下たちも問題児ばかりだから、窓際部署に集められちまったんだ。ま、自業自得だろうな」

「でも、成島さんはかつて捜一の管理官を務《つと》めてたし、風見さんも凄腕の刑事として注目株でした」

「おれは別にして、成島警視はノンキャリアの出世頭だったんだが、短気だからな。ふてぶてしい被疑者をぶっ飛ばしちゃったわけだから、管理官失格だよ」

「ですけど……」

「こっちも、ひねくれてるからな。組織の中では使いものにならないと判断されたんだろう。ま、仕方ないね。そんな連中が捜査資料室に寄せ集められたんだよ。おれたちが特命チームになれるわけない」

「メールは偽《ガセ》だったのかな？」

御厨が考える顔つきになった。

「新聞記者《ブンヤ》さんたちはからかわれたんだよ。資料室には、もう成島室長がいるのかな？」

「ええ。でも、成島さんはドアに内錠を掛けて、顔を見せてくれないんですよ。ドア越しに『ここは、捜一の新資料室だ』と答えたきりで、あとはノーコメントなんです」

「内錠を掛けてるんなら、こっちも部屋には入れてもらえないな。一階の大食堂で何か喰《く》うことにするか。朝飯喰ってないんだよ」

「風見さん、本当のことを教えてくれませんか。あなたに迷惑はかけません」

「おたく、まだ偽情報《ガセネタ》を信じてるのか。そんなことじゃ、いつまでもスクープはできないぜ」

風見は踵《きびす》を返し、エレベーター・ホールに戻った。四階に下《くだ》り、通信指令センターの近くの通路にたたずんだ。

あたりに人がいないことを確認してから、成島班長の携帯電話を鳴らす。ツウコールで、通話状態になった。

「大変なことになってますね。騒ぎの原因は、少し前に毎朝日報の記者から聞きました」

「そうか。風見君にも、こっちから電話をしようと思ってたんだ。新聞社やテレビ局の記者たちが退散するまで、ドアの内錠を掛けておくことにしたんでね」

「ほかのメンバーは、まだ登庁してないのかな？」

「いや、岩尾君たち三人には十七階の映写室で待機してもらってる。そっちも合流してくれないか。後《あと》で、こっちも十七階に上がるから」

成島が電話を切った。

風見はすぐに十七階に上がった。映写室には照明が灯っていた。岩尾、佐竹、佳奈の三人は出入口のそばにたたずんでいた。

「記者クラブに詰めてる連中が特命遊撃班《うち》の刑事部屋の前に群れてたでしょ？」

　佐竹が話しかけてきた。

「ああ。毎朝日報の御厨記者から密告の件は教えてもらったよ。新聞記者《ブンヤ》さんたちが引き揚げたら、班長もここに来るってさ」

「そうですか。崔《ツイ》たちを庇《かば》ってるのは、警察関係者なんでしょうね？」

「と思うが、密告者が警視庁か警察庁の人間とは限らないだろうな。関係官公庁の者の何人かは、おれたちのチームの存在を知ってる可能性もある」

「ええ、そうですね。法務省、検察庁、陸自《りくじ》情報本部、公安調査庁、内閣調査室、内閣調査室の調査委託団体である内外情勢調査会、世界政経調査会、東南アジア調査会、国民出版協会、全国民主主義研究会なんかのスタッフにも特命遊撃班《うち》の存在は知られてるかもしれません」

「そうだな。密告者が誰であれ、そいつはおれたちの支援捜査を妨害したいにちがいない。それだけ事件の真相に迫ったと言えるんじゃないか」

「そうなんだろうね」

　岩尾が誰よりも先に応じた。

「謎の密告者は崔《ツイ》たちを単に庇ってるだけではなく、黒幕なのかもしれない」

「風見君の勘はよく当たるが、ちょっと推理に飛躍があるんじゃないのかね？」

「岩尾さん、もう少し具体的なことを……」

「ああ、わかった。崔《ツイ》は『白龍《パイロン》』のメンバーを使って、家電量販店と老舗デパートの売上金を併《あわ》せて六億一千万円もせしめた。さらに張《チャン》たち五人の上海マフィアを不良ナイジェリア人とパキスタン人に射殺させ、李富淳《リーフーチュン》にはイラン人マフィアのゴーラム・マグミットを始末させた」

「ええ、そうですね」

「おそらく崔《ツイ》は傭兵崩れを雇って、関東御三家の本部と各組の総大将の自宅にミサイル弾を撃ち込ませたんだろう。まだ正確な死傷者数はわかってないが、住川会、稲森会、城西会の首領《ドン》は爆死し、大幹部の多くも犠牲になった。死者と負傷者の数は二百人にのぼるだろう。一般市民も巻き添えを喰ってる」

「ええ。だけど、『M47ドラゴン』でミサイル弾を発射させた男たちが崔《ツイ》に雇われたという確証は得てません。実行犯たちが中国語混じりの日本語を喋ってたという証言はあるわけですが、作為的とも受け取れなくもない」

「ああ、そうだったね」

「穿《うが》ちすぎかもしれませんが、崔《ツイ》たちのグループが関東御三家を潰しにかかってると見せかけて、別の組織が……」

「神戸連合会が爆破グループを雇って、住川会、稲森会、城西会の弱体化を狙ってる可能性もあるのではないかってことだね？」

「そういう推測もできるんじゃないのかな。八神、意見を聞かせてくれないか」

風見は佳奈に顔を向けた。

「そんなふうに筋を読むことはできそうですけど、わたしたちの捜査を妨害したがってる正体不明の密告者は警察関係者の疑いが濃いわけでしょ？」

「そうだな」

「わたしたちの身内の誰かが日本で最大の暴力団に協力してたら、世も末ですね」

「そうだが、謎の密告者が神戸連合会に致命的な弱みを握られてたとしたら、協力せざるを得なくなるだろうが？　たとえば、密告者は車で誰かを轢き殺して逃げたなんて弱みがあったら……」

「そうなら、確かに致命的な弱みになりますよね。ですけど、警察関係者なら、完全犯罪などあり得ないと知ってるはずでしょ？」

「しかしな、迷宮入りした事件は一件や二件じゃない。保身のために逃げ切りたいと考える奴が出てきても不思議じゃないだろうが。警察関係者も人の子だからな」

「そうなんですけど、関西の最大組織の味方をする者がいたら、情けないですよ。恥だわ」

「八神の言う通りなんだが、現実には警察官の不品行や犯罪は後を絶たないじゃないか」

「ええ、そうですけどね」

佳奈が口を結んだ。一拍置いてから、風見は佐竹に問いかけた。

「そっちはどう見てる？　密告者は崔《ツィ》を庇おうとしてるのか、それとも神戸連合会を含めた西の勢力のために一役買おうとしてると考えてるのかな？」

「根拠はないんですけど、崔《ツィ》と『白龍《パイロン》』はまとまった金が欲しくて、〝汚れ役〟を引き受けたんではありませんかね？」

「犯罪の代行というか、下請けをやっただけなんじゃないかって意味だな？」

「ええ。崔《ツィ》たち一味が『ラッキー電機』と丸越デパートの売上金を強奪して、警備保障会社のガードマンを二人も射殺したことは間違いないでしょう。でも、絵図を画《か》いたのは中国残留邦人の二世でも三世でもないいんじゃないのかな？」

「なぜ、そう思った？」

「強盗殺人事件の実行犯は行動がラフですよね？　成りゆきで、警備員たちを撃ち殺した感じですから」

「実際、そうなんだと思うよ」

「それなのに、乗り逃げした現金輸送車は消失させてます。売上金の一部すら発見されてません。犯罪計画は、別人が練ったんじゃないのかな」

「なるほど。佐竹、話をつづけてくれないか」

「はい。崔《ツイ》たち一味を雇った人間がいるとしたら、その黒幕は売上金そのものをせしめたかったんではなく、中国残留邦人の二世や三世に少しいい思いをさせて、後《あと》で彼らをうまく利用する気だったんじゃないですかね？」

「売上金強奪のシナリオを練り上げて、崔《ツイ》たちの組織に犯行《ヤマ》を踏ませた？」

「ええ。それで、売上金の何割かを分け前として払った。仮に崔《ツイ》たちの取り分が総額の二割だとしても、一億二千万円以上になります。三割なら、一億八千三百万円になる。経済的にあまり恵まれてない彼らにとっては、大金も大金でしょ？」

「だろうな。佐竹の読みが正しいとすれば、崔《ツイ》はモロク、ナジーム、リカルドに結束を呼びかけて、上海マフィアの五人とイラン人のゴーラムを抹殺したが、本気で自分たちが張《チャン》やイラン人マフィアをぶっ潰す気はなかったんじゃないかってことだな？」

「ええ、そうなのかもしれませんよ。崔一成《ツイイーチョン》は、ただの無法者じゃありません。『白龍《パイロン》』のメンバーにしても、根っからの悪党集団じゃないはずです」

「だろうな。学校や職場は居心地が悪かったんで、三世たちは横道に逸《そ》れたにちがいない」

「自分も、そう思うな。そんな彼らが上海マフィアやイラン人マフィアの縄張《シマ》りを乗っ取って、日本の暴力団もそのうち叩き潰してやろうなんて考えないでしょ？」

　佐竹が言った。

「よく考えてみると、確かに佐竹の言う通りだな」

「崔《ツィ》は、関東御三家潰しに関与してる振りをしてるだけなんじゃないんですかね？　爆破の実行犯のように見せかけ、汚れ役を演じたギャラをたっぷり貰う約束になってるんではないだろうか」

「佐竹、ちょっと待ってくれ。『白龍《パイロン》』のメンバーが『M47ドラゴン』や『スティンガー』を扱えるとは思えないな。崔《ツィ》たちが芝居をしてたのは、上海マフィアの五人とイラン人グループのリーダーを射殺するまでなんじゃないか。モロク、ナジーム、リカルドは崔《ツィ》にうまく唆《そそのか》されて、上海マフィアやイラン人マフィア退治に加わる気になったんだろう」

「そうか、そうなのかもしれませんね」

「二人の読みが間違ってなかったら、『白龍《パイロン》』の連中は爆破グループに濡れ衣を着せられたとも考えられるんじゃないか？」

岩尾が佐竹に言って、風見に目を向けてきた。

「そうなのかな？　爆破グループを操ってる人物は、もう崔《ツィ》たちには利用価値がなくなったと判断したんだろうか」

「ああ、そうなんだろう。崔《ツィ》たちを利用した奴の最終目的は、関東御三家潰しだったんじゃないのかね？」

「そうなら、崔《ツィ》たち一味はそのうち皆殺しにされるかもしれないな。利用価値がなくなったら、もう邪魔者でしょ？」

「そうだね。風見君、爆破グループを動かしてるのは国外の巨大犯罪組織なんじゃないかね？　たとえば、イタリアン・マフィアとか新興のユーロ・マフィアとか……」

「まさか!?」

「発想が劇画チックかな？」

「結論を急ぐのはよくないと思います」

佳奈が控え目に岩尾を諌《いさ》めた。岩尾が極《き》まり悪げに笑って、頭に手をやった。

そのすぐあと、映写室のドアが開けられた。

入ってきたのは、桐野刑事部長だった。

「成《なる》さんは刑事部屋の前に記者連中がまだいるんで、出るに出られないらしいんだ。それで、わたしが来たわけだよ」

「チームのことをマスコミにリークした者は、警察内部の者なんではありませんか？」

　岩尾が口を切った。

「そうなんだろうな。人事一課監察室に不心得者をすぐに割り出せと指示しておいた。それから、警察庁の特別監察首席にも協力を要請しておいたよ」

「そうですか。報道関係者がしばらく嗅ぎ回りそうですから、特命遊撃班の刑事部屋には出入りを控えるべきでしょうね」

「そうだな。成さんとさっき電話で、そのことで話し合ったんだ。成島班長の提案なんだが、ほとぼりが冷めるまで本郷の彼の自宅マンションをアジトにしたいと言ってるんだ。わたし自身は、本部庁舎の外の雑居ビルの一室に新たな別室を設けたほうがいいと思ってたんだが、成さんは自分のマンションのほうが目立たなくていいだろうと譲らなかったんだよ。警視総監は、それでは成さんに迷惑をかけることになるからと異論を唱えたんだがね」

「うちの班長は言い出したら、聞かないからな」

　風見は口を挟んだ。

「そうなんだよ。そんなわけで、本事案が落着するまで成さんの自宅をアジトとして使わせてもらうことになったんだ。もちろん、総監の許可もいただいた。ただ、やっぱり気が引けてね。昼間は息子さんと娘さんは家にいないわけだが、毎日、帰宅するんだから」

「子供たちが家に戻ったら、なるべく近くの飲食店で作戦を練るようにしますよ」

「そうしてもらおうか。妙に遠慮なんかすると、成さんは水臭いと怒りそうだがね」

「そのへんは臨機応変にやりますよ」

「そうしてくれないか。理事官の報告によると、仁科係長たちはまだ崔一成《ツイイーチョン》たちの新たな潜伏先を突き止めてないらしい。一味をラブホテルに迎えにきた二台のマイクロバスも、都内のNシステムに引っかかってないそうだ。幹線道路を避けて裏通りをたどり、新しい隠れ家に移ったんだろうね」

「ええ、そうなんでしょう。桐野さん、御三家に何か動きは?」

「組対四課の情報によると、住川会、稲森会、城西会の中核組織の幹部たちが昨夜《ゆうべ》から今朝《けさ》にかけ、次々と関西に向かってるそうだ。というのは、住川会の会長宅の近くに神戸連合会のプラチナ・バッジが落ちてたらしいんだよ。それで御三家の連中は、最大勢力が関東やくざの制圧に乗り出したと判断して……」

「大挙して仕返しに行ったんでしょうね」

「兵庫県警は県下の全域に検問所を設けて警戒に当たってるという話だが、神戸連合会の本部と周辺の直参《じきさん》組織は関東やくざに襲撃されるだろうな。そうなったら、東西勢力の死闘に発展しそうだね」

「刑事部長、事件現場に残されてた神戸連合会のバッジのことなんですが、わざとらしいとは感じませんか？」

「作為的ではあるね。しかし、緊迫した状況なんで、現場で指揮を執《と》ってた神戸連合会の幹部がうっかりプラチナ・バッジを落とした可能性はゼロじゃないだろう」

「ええ、確かに。しかし、小細工を弄《ろう》したという疑いがどうしても拭えないんですよ」

「トリックがちゃちだからな。しかし、幼稚な細工に引っかかるケースが案外、多いんだ」

「ええ、そうですね」

「風見君は、第三者が神戸連合会の仕業に見せかけて、住川会、稲森会、城西会を潰しにかかったのではないかと……」

「あるいは、そうなのかもしれませんよ。関東やくざと西の勢力をぶつけ合わせれば、漁夫の利を得られるでしょ？」

「ま、そうだね。広島か北九州の武闘派組織が東西抗争を仕掛けて、双方が弱ったころを見計らい、一気に首都圏と関西の縄張りを奪おうと画策してるんだろうか。名古屋一帯を仕切ってる中京会は神戸連合会とは友好関係にあるから、漁夫の利は狙わない気がするが……」

「でしょうね」

「大阪の浪友会《ろうゆう》が東西抗争を仕組んだんだろうか。いや、浪友会も京都の有馬《ありま》組も神戸連合会とは紳士協定を結んでるし、下手なことをやったら、関東勢と最大勢力の双方から狙われるな」

「広島共和《きょうわ》会と福岡の九仁会は、どちらも一匹狼型の仁俠団体だ。東西対立を仕掛けたのは、どっちかなのかもしれないね」

「もしかすると、新しい犯罪集団が日本の暗黒社会を牛耳る野望を膨らませてるのかもしれませんよ」

「そうなんだろうか。成さんが来るまで、少し組対四課から情報を集めてみてくれないか。よろしく頼む」

桐野刑事部長が言って、映写室から去った。

「班長はすぐには来られないんじゃないのかな。坐って待ちましょうよ」

佐竹が仲間に声をかけ、椅子に腰かけた。佳奈と岩尾が短く迷ってから、佐竹の近くに腰を下ろす。

「ちょっと組対四課の里吉から情報を仕入れてきます」

風見は岩尾に断って、出入口に向かった。

第六章　歪んだ野望

1

通路の奥に目をやる。

六階だ。特命遊撃班の刑事部屋の前には、十五、六人の報道関係者が固まっていた。代わる代わるドア越しに成島班長に呼びかけている。

「いくら粘っても無駄なのに……」

風見は声に出して呟《つぶや》き、組織犯罪対策第四課の刑事部屋に入った。里吉の席に歩み寄る。

「ちょっといいか？」

「ええ。小会議室に行きましょう」

　里吉が椅子から立ち上がり、案内に立った。風見は里吉に従い、フロアの一隅にある小会議室に足を踏み入れた。テーブルを挟んで里吉と向かい合う。

「崔《ツイ》たち一味が、錦糸町のラブホテル『クライマックス』から消えたこと、捜査本部から聞いてますよ」

　里吉が言った。

「そうか」

「千葉県警は入院中のモロクとナジームから崔《ツイ》の交友関係を改めて探《さぐ》ってくれたらしいんですが、二台のマイクロバスを錦糸町のラブホテルに差し向けた人物は、浮かび上がってこないという話でした」

「そうか。里吉、住川会の会長宅周辺から防犯ビデオの録画を一巻も借りられなかったのか？」

「一巻だけ借りることができました。仙名《せんな》会長宅から、六軒離れた民家の防犯カメラの映像なんですけどね」

「そのビデオには、偽警官たちの姿が映ってるんだな？」

「ええ、ほんの数秒ですけど」

「録画を観《み》せてくれないか」

風見は頼んだ。里吉が快諾《かいだく》し、いったん小会議室から出ていった。数分で戻ってきて、手にしているビデオ・カセットをレコーダーにセットした。

風見は大型モニターに視線を向けた。

録画が再生され、住宅街を足早に歩く二人の偽警官が映し出された。風見は幾度も画像を静止させた。

どちらも三十歳前後で、軍人のように動作がきびきびとしている。二人は黒い編上靴《へんじょうか》を履《は》き、スラックスの裾を靴の中に入れていた。

本物の制服警官は一年中、黒の短靴を履いている。それだけで、二人が偽警官だとわかる。片方の男は、手の甲に蠍《さそり》の刺青《いれずみ》を入れていた。

「こいつら二人は、フランス陸軍の外国人部隊にいたんですかね？　それとも、元自衛官でイギリスあたりの傭兵派遣会社で働いてたのかな。どっちにしても、『白龍《パイロン》』のメンバーじゃありませんね」

「ああ、それはな。爆破グループの奴らが中国語混じりの日本語を喋ってるシーンは、ビデオに録《と》られてないのか？」

「ええ、残念ながらね。しかし、実行犯どもが中国語混じりの日本語を使ってたという証言が複数ありますんで、連中が崔《ツイ》の手下の振りをしたことは間違いないでしょう。画像、まだ観ます？」

　里吉が訊いた。風見は首を振った。里吉が録画を消した。

「さっき桐野刑事部長は御三家の死傷者は二百人に及ぶだろうと言ってたが、正確な死者は何人だったんだい？」

「五十七人です。御三家の首領《ドン》だけじゃなく、大幹部の大半は爆死してます。幹部クラスも重傷を負ってますんで、間違いなく住川会、稲森会、城西会は弱体化するでしょうね」

「だろうな。住川会の仙名孝次朗《こうじろう》会長宅近くに神戸連合会のプラチナ・バッジが落ちてたそうだが、おれは小細工と見てるんだが……」

「そうだと思います。組対四課《うち》で灘《なだ》にある最大組織に問い合わせてみたんですが、プラチナ・バッジを紛失した幹部はひとりもいないとのことでした。おそらく、回収した遺留品《リュウ》は偽バッジだったんでしょう」

「おれも、そう思うね。ところで、御三家の血の気の多い連中が結束して、きのうの夜から今朝《けさ》にかけ、続々と兵庫に向かったんだって？」

「ええ、そうなんですよ。御三家の連中は爆破グループの雇い主は神戸連合会と睨んで、報復する気でいるんでしょう。しかし、彼らは高速道路を避けて、一般道で関西に向かってるようです。車輌認識装置には住川会、稲森会、城西会の関連のセダンやワゴン車は一台も引っかかっていませんから」

「巧みにNシステムを回避しながら、兵庫に結集してるんだろう。もう現地入りしたんだろうな」

「前夜に東京を発《た》ったグループは当然、すでに兵庫県内にいると思いますよ。しかし、兵庫県警は神戸連合会の本部や周辺の直参団体に接近する関東やくざの姿を視認《しにん》してないそうなんです。いざとなったら、ビビっちゃったのかな。敵は巨大勢力ですからね。まともに攻めたら、返り討ちに遭《あ》うでしょう」

「それでも、関東やくざにも意地があるから、必ず報復するだろうな。里吉もよく知ってるだろうが、やくざ者は何よりも面子《メンツ》を気にする。関西の極道どもになめられたら、体を張るにちがいない」

「そうだろうな。そのうち神戸周辺で、ドンパチがおっぱじまるんでしょうかね」

「そう思うよ。神戸連合会は十数年前から首都圏に進出してるから、いずれは御三家の縄張りを荒らす気でいるんだろうが、同時期に住川会、稲森会、城西会を一気に叩くなんてことは……」

「やらないでしょうね。どこかの組織が『白龍《パイロン》』や神戸連合会の仕業《しわざ》と見せかけて、関東の御三家を解散に追い込む気になったんじゃないのかな?」

「名古屋の中京会、京都の有馬組、大阪の浪友会は神戸連合会とは蜜月関係にある」

「そうですね。広島共和会と福岡の九仁会は関東御三家や神戸連合会と表面的には友好関係にはありますが、徒党を組むことを好まない暴力団です。肚《はら》の中では、勢力拡大を図りたがってるんでしょう」

「しかし、どちらも三千人にも満たない組織だぜ。勝ち目がないのに、関東御三家に牙を剝《む》くかな？」

風見は首を捻《ひね》った。

「まともに決戦を挑んでも、勝ち目はないでしょうね。しかし、神戸連合会の犯行《ヤマ》に見せかければ、東西の勢力が血の抗争を繰り返すことになるでしょう。悪知恵を働かせれば、広島や福岡の弱小組織でも闇社会の新帝王になることは可能なんじゃないのかな？」

「里吉の読み通りなら、広島共和会か九仁会は捨て身の勝負に出たことになるな」

「そうなのかもしれませんよ。いま、コーヒーを淹《い》れてきます」

里吉が椅子から立ち上がり、ビデオ・デッキに近づいた。ビデオ・カセットを抜き、小会議室から出ていった。

風見は卓上の灰皿を引き寄せ、キャビンに火を点けた。

関東やくざが一連の爆破事件の首謀者は神戸連合会と思い込んで報復行為に出れば、東西勢力は死にもの狂いで潰し合いをつづけるだろう。双方に弱小団体が加勢する形になれば、いずれ裏社会全体の力が弱まることは間違いない。

抗争を仕掛けた者は、必ず漁夫の利を得られる。そうして抜け目なくのし上がった戦国大名は少なくない。やくざも少し悪知恵を働かせれば、新たな支配者になることは夢ではないだろう。

一服し終えても、なぜだか里吉はなかなか小会議室に戻ってこない。何か組員絡みの大きな事件が発生したのだろうか。

そんなことを考えていると、里吉が小会議室のドアを荒っぽく開けた。

「関東御三家の連中が変装して、神戸連合会の本部にダイナマイトや手榴弾《しゆりゆうだん》を次々に投げ込んだようです。同じように兵庫県内の直参組織も……」

「神戸連合会は当然、反撃に出たんだろうな」

「ええ。本部にいた構成員たちが自動小銃、短機関銃、拳銃で応戦して、関東のやくざを次々に射殺したそうです」

「ついに予想してたことがはじまったか」

「兵庫県警の者も、双方の流れ弾を受けて何十人も路上に転がってるそうです。それからですね、神戸連合会本部の上空にパラ・プレーンが飛来して、小型爆弾を落としたらしいんです。本部の建物は爆破され、炎上中だそうです。死傷者の数は、まだわかっていません」

「パラ・プレーンを操ってたのは、おそらく御三家の本部や会長宅を爆破したグループの一員なんだろう」

「ええ、そうなんでしょう。おっと、いけない！　コーヒーを淹れ忘れてた。風見さん、少し待ってくださいね」

「大事件が発生したんだから、おれに構わなくてもいい。里吉、悪かったな」

「いいえ、どういたしまして。事件の成りゆきはできるだけ詳しく教えますよ」

「よろしく！」

風見は腰を上げ、小会議室を出た。組対第四課からエレベーター乗り場に急ぐ。

特命遊撃班の刑事部屋の前から、報道関係者の姿は消えていた。成島班長は、すでに映写室に移ったのではないか。

急いで風見は十七階に上がった。

映写室に飛び込むと、成島が椅子から立ち上がった。

「組対四課で情報を集めてくれてたんだってな？」

「ええ」

　風見は、里吉巡査部長から聞いた話を手短に話した。

「御三家の連中がそういう報復をしはじめたんなら、東西の全面戦争にエスカレートしそうだな」

「そうなるでしょうね。東軍か西軍に加担する地方の組織も大きなダメージを受けるでしょうから、中立派だけが無傷でいられるんでしょう」

「広島共和会か福岡の九仁会が漁夫の利を狙って、東西抗争を仕掛けたんだろうか」

「その疑いはあると思うが、崔《ツイ》とはどちらも接点があるとは考えにくいんだよな」

「ま、そうだね。特命遊撃《うち》班の捜査活動をやめさせたがってる謎の密告者は主要暴力団の壊滅を狙って、東西の勢力をぶつけ合わせたんじゃないのかな」

　成島が言った。

「おれも、そんなふうに推測してみたんですよ。密告者は闇社会の勢力地図を塗り替えて、自分が新しい支配者になりたいと願ってるのかもしれないな」

「そうなんだろうか」

「となると、広島共和会か福岡の九仁会のどちらかが怪しくなってくるんですかね」

　佐竹が誰にともなく言った。やや間《ま》を取ってから、風見は口を開いた。

「ただささ、広島共和会も九仁会も崔《ツイ》とは接点がなさそうなんだよ。二件の強盗殺人から引きつづいて発生した数々の凶悪犯罪は、つながってるはずなんだ」

「ええ、そうでしょうね。崔《ツイ》は九仁会と接点があるかもしれませんよ。何年か前に福岡県で中国残留邦人の三世たちの暴走族《マルソウ》が、九仁会の準構成員とコンビニ強盗を働いたことがあるはずです。テレビの警察ドキュメンタリー番組で、そのことを知ったんですよ」

「そういうことなら、崔《ツイ》が福岡の三世グループと親交がある可能性もゼロじゃなさそうだな。崔《ツイ》自身じゃなく、『白龍《パイロン》』のメンバーがその暴走族グループと面識があるのかもしれない」

「そうですね。そのどちらかだとしたら、崔《ツイ》たちを操ってたのは九仁会なんじゃないだろうか」

「佐竹さんの読み筋にケチをつけるつもりはないんだけど、九州の数千人の暴力団が東西の勢力を対立させるよう仕組んだりするかしら？」

佳奈が口を切った。

「九仁会は組織が小さいから、悪賢く立ち回らなければ、裏社会では生き残れないと考えたんじゃないのかな？」

「そうだとしても、危険な賭けでしょ？　関東やくざの御三家と神戸連合会とをぶつけ合わせて、漁夫の利を得ようとするなんて」

「九仁会は、それだけ遣り繰り《シノギ》がきつくなってるんじゃないのか？　崖っぷちに立ってたら、大勝負に出るほかないぜ。だから、九仁会は崔《ツィ》のグループや傭兵崩れらしい奴らをうまく利用して、東西の勢力をぶつけさせ、一気に縄張りを拡大したいと考えてるんじゃないのかな？」

「地方都市の暴力団はちゃんと身の丈《たけ》を知ってるんじゃない？　大きな野望を懐《いだ》いたら、自滅するとわかってると思うの。組員が足を洗っても、うまく更生できるケースはそう多くないみたいよ」

「それはそうだろうな。総身彫りの刺青を入れてたり、小指が欠けたりしてたら、そう簡単には働き口は見つからないと思う。元組員の多くが生活保護を受けてるようだから、生き直すことは容易じゃないんだろうな」

「だから、九仁会は無謀な賭けなんかしないと思うの」

「なら、漁夫の利を狙ってるのは広島共和会なのかもしれないな」

「広島共和会にしても、メジャーな広域暴力団じゃないんだから、一か八《ばち》かの大勝負になんか出ないでしょ？」

「そう言われると、筋《スジ》の読み方が間違ってたんじゃないかと思えてくるな」

「別に根拠があるわけじゃないんだけど、名古屋の中京会が最大勢力の系列に甘んじてることに耐えられなくなって、下剋上《げこくじょう》を試《こころ》みる気になったとは考えられないかしら?」

「それ、考えられるね」

成島が即座に言った。

「班長、本当にそう思ってくれました?」

「ああ。中京会は愛知と岐阜の全域、静岡と三重の一部を仕切ってる組織で構成員は確か七千人以上いる。しかし、地理的に東西の狭間《はざま》にあって、大きな盛り場は名古屋だけだ」

「ええ、そうですね。だけど、東京、大阪、神戸よりも地味な印象を与えます」

「そうだな。それで、中京会は東側か西側に寄らざるを得なくなった。結局、神戸連合会と義兄弟の盃《さかずき》を交わしたわけだが、大名にすぎない。男稼業を張ってるなら、誰でもいつかは天下人になりたいという野心を持つんじゃないだろうか」

「成島さんは、中京会が殿様になりたくなって、東西の勢力を故意に対立させたのかもしれないと筋を読んだわけか」

風見は口を挟んだ。

「うん、まあ。京都の有馬組は大正時代の初期に生まれた博徒一家だが、争いごとはずっと避けてきた。大阪の浪友会も戦後しばらくは神戸連合会と小競《こぜ》り合《あ》いを繰り返してきたが、昭和四十年代半《なか》ばからは最大勢力と一度も揉めてない」

「だから、神戸連合会に矢を向けるようなことはないだろうってことですね？」

「そうだ」

「浪友会も老舗だし、府内には幾つも繁華街がある。神戸は国際貿易都市として早くから開けてきたが、盛り場の数は大阪より少ない。浪友会としては、構成員数こそ少ないが、関西の裏社会を長いこと仕切ってきたという自負があるはずです」

「だから、いつまでも神戸連合会の顔色をうかがってては極道として、みっともないと思ってるんじゃないかって読みだな？」

「ええ、そうです。浪友会も中京会と同じように大名で終わりたくないと考えてたとしても不思議じゃない気がするな」

「風見君にそう言われると、そんな気もしてきたよ。崔《ツイ》や傭兵崩れらしい奴らを使って東西対立を仕掛けたのは、中京会、浪友会、広島共和会、九仁会のいずれかってことになるのかな？」

「ひょっとしたら、裏社会を牛耳ろうと考えてるのは堅気《かたぎ》なのかもしれませんよ」

「なんだか頭が混乱してきたな。みんなで我が家で昼飯を喰って、事実の断片を並べてみようや」

成島が部下たちに言って、真っ先に試写室から出た。風見は班長に倣《なら》った。

2

残照が弱々しい。

間もなく陽は沈むだろう。風もひんやりとしてきた。

風見は『本郷スカイレジデンス』の一〇〇一号室のベランダから、眼下に拡《ひろ》がる東大のキャンパスをぼんやりと眺めていた。赤門も見える。

成島班長の自宅マンションだ。チームのメンバーは無線やパソコンを使って、情報を収集中だった。

神戸連合会の本部に関東やくざたちがダイナマイトや手榴弾を投げ込んだのは、一昨日《おととい》である。上空から手製の小型爆弾を落とした犯人の正体は割れていない。

その事件がきっかけで、東西勢力は全面戦争に突入した。住川会、稲森会、城西会は首都圏の中小団体を味方につけ、神戸連合会の息のかかった組の事務所や会長宅にロケット弾を撃ち込み、ダイナマイトも投げ込んだ。

神戸連合会は、すぐさま反撃を開始した。住川会、稲森会、城西会の全理事宅や関連会社を襲い、関東御三家と友好関係にある首都圏の中小組織も叩き潰した。死傷者は数百人にのぼった。

東西抗争に乗じた形で、謎の集団が熱気球やパラ・プレーンから手製の小型爆弾を名古屋の中京会、京都の有馬組、大阪の浪友会、広島共和会の本部に落下させた。きのうときょうの出来事である。

主要暴力団が狙われただけではなかった。裏社会とつながっている保守系の国会議員、元検事の悪徳弁護士、利権右翼、超大物経済やくざなども謎の男たちに狙撃された。

崔《ツィ》たち一味や傭兵崩れと思われる男たちを操っていたのは、福岡の九仁会と考えてもいいのか。風見は、本庁組対第四課の里吉刑事に九仁会の動きを探《さぐ》ってくれるよう頼んであった。かつての同僚は、きのうの正午過ぎに福岡に飛んでいた。

ベランダから居間に戻りかけたとき、里吉から電話がかかってきた。

「いま福岡空港にいるんですよ。搭乗待ちなんです」

「そうか。で、九仁会の動きは？」

「会長の財津善行《ざいつよしゆき》、六十九歳は十カ月前から博多《はかた》の病院に入院してるんですよ。重い心臓病を患《わずら》ってる上に、脳梗塞《のうこうそく》で半身が動かなくなってしまったそうです」

「そんな病人が暗黒社会の新帝王になる野望を懐《いだ》くかな？」

「財津会長に、そんな元気はないでしょうね。しかし、九仁会のナンバーツゥの浦辺保《うらべたもつ》がなかなかの野望家なんですよ。五十七だそうですが、脂《あぶら》ぎった奴なんです。浦辺は神戸連合会を破門された極道たちを積極的に受け入れて、そいつらに東京進出の拠点を作らせたらしいんですよ。神戸連合会の者だと騙《かた》らせてね」

「策士なんだな、浦辺って奴は」

「ええ、そうですね。浦辺は都内のどこかに財津会長には内緒で、自分の運送会社をこしらえたらしいんですよ。でも、住川会の幹部に邪魔されて、その会社を潰されたというんです」

「九州の武闘派が、すぐに尻尾を丸めるとは思えないがな」

「住川会の幹部は、浦辺が神戸連合会の名を騙って東京に拠点を作ろうとしてると神戸に……」

「密告《チク》ったわけか？」

「そうみたいですよ。それで、浦辺は東京から撤退せざるを得なくなったようです」

「それなら、九仁会のナンバーツゥは神戸連合会と住川会を逆恨《さかうら》みしてそうだな」

風見は呟いた。

「自分も、そう思いました。財津会長の余命がいくばくもないとわかったんで、浦辺は自分が九仁会を全国区の組織にしたいという野望を膨らませて、崔《ツイ》たち一味と傭兵崩れたちを雇い、大きな組織を次々にぶっ壊したんじゃありませんかね」

「そうなんだろうか」

「東西勢力の対立を煽《あお》って、ついでに中京会、有馬組、浪友会、広島共和会を弱体化させたのは浦辺保なんだと思いますよ」

「その浦辺は福岡にいるのか？」

「いいえ、一週間前からマカオに滞在してるそうです。浦辺はカジノ遊びが大好きらしいんですよ」

「話の情報源《ネタモト》は？」

「福岡県警の組対です」

「なら、情報は確かだな。里吉、ありがとう。協力に感謝するよ」

「どういたしまして。新事実がわかったら、すぐに教えます」

里吉が電話を切った。風見はモバイルフォンを二つに折って、何気なくマンションの前の通りを見下ろした。

見覚えのある灰色のエルグランドが、また路上に駐《と》めてあった。二日前から断続的に成島の自宅マンションの近くで見かけている不審車輌だった。

風見は居間に入った。

成島はリビング・ソファに腰かけ、大型液晶テレビを観《み》ていた。画面には、爆破された神戸連合会の本部が映し出されている。

「関東の御三家、中京会、有馬組、浪友会、神戸連合会、広島共和会が壊滅状態に近くなったわけだから、今後のやくざ社会は戦国時代さながらに群雄割拠《ぐんゆうかっきょ》の様相を呈するんだろう。東北の奥州《おうしゅう》連合会か、福岡の九仁会あたりが頭角を現わしそうだな」

「実は、組対四課から少し気になる情報を入手したんですよ」

風見は班長の前に腰を落とし、里吉刑事から聞いた話を伝えた。

「九仁会のナンバーツゥだという浦辺保のことが気になるな。一連の凶悪事件の首謀者は、その男なのかもしれないぞ。浦辺が帰国したら、そっちに九州に飛んでもらうことになるかもしれない」

「わかりました。それはそうと、記者連中の動きはどうなんでしょう？」

「桐野さんの話では、記者クラブに詰めてる連中はもう特命遊撃《うち》班の前でうろつくようなことはなくなったそうだよ」

「そうですか。密告《ガセ》は偽だと思ってくれたのかな？」

「そうなんだろう。しかし、部外者にチームのことを知られるのはまずい」

「ええ。外の雑居ビルの一室に〝桜田商事〟という架空のオフィスでも用意してもらいますか?」

「当分、我が家をアジトにすればいいさ」

「しかし、息子さんや娘さんが迷惑するでしょ? いまのところ、どちらにも厭《いや》な顔はされてませんが、父親の部下が四人も自分の家に出入りしてたら、落ち着かないはずですよ」

「二人とも迷惑はしてないさ。むしろ、子供たちは親父のブレーンが通ってくれるんで、喜んでると思うよ」

「そうかな。そんなはずはないでしょ?」

「息子は八神警視に気があるんじゃないかな。娘も佐竹君に好意を持ってるみたいなんだ。どちらも誇れる部下だが、手近な所で恋愛相手を見つけられると、やりにくくなる」

「というよりも、照れ臭いでしょうね?」

「そうだな。もっとも美人警視は倅のことを異性と意識してないようだし、佐竹君も娘のことはなんとも想ってないみたいだから、カップルは成立しないだろう」

「わかりませんよ」

「そうかね。もし息子がお嬢とくっついたら、風見君は微妙な気持ちになるだろう? そっちは彼女がいるのに、気が多いからな。チャンスがあれば、相棒を口説きたいと思ってるんじゃないのか。え？」

「少しは、そういう気持ちもありますね。だけど、肝心の八神がおれを恋愛対象とは見てませんから、ずっと相棒のままでしょう」

「それなら、倅が立候補してもかまわないわけだ？」

「ええ。おれに遠慮なんかしないでください」

「いや、釣合《つりあい》が取れないな。息子は、しがない予備校講師だからね。美人の警察官僚《キャリア》なんて高嶺《たかね》の花だよ。遠くから眺めてるだけにしないと、傷つくことになる。一方的に慕《した》ってるほうが幸せだと思うよ」

「成島さん、いま、友紀ママのことを考えてるでしょ？」

「わかっちゃうか？」

「わかりますよ。そんなに『春霞』の女将のことを想ってるんだったら、ちゃんと求愛すべきだな。人生は片道切符なんです。悔いのない生き方をしなきゃ、損でしょ？」

「風見君も案外、しつこいね。いいんだよ、友紀ママは谷間の百合で。片想いなら、死ぬまで胸をときめかせていられるじゃないか」

　成島が自分に言い聞かせるように呟き、マグカップに手を伸ばした。他人事《ひとごと》ながら、切なかった。

風見は曖昧に笑って、リビング・ソファから立ち上がった。

玄関ホールに接した十畳の洋室に岩尾、佐竹、佳奈の三人がいる。班長が書斎として使っていた部屋に警察無線やパソコンを持ち込んだのである。成島宅の間取りは4LDKだった。

風見は入室し、岩尾たちチームメイトに里吉刑事から仕入れた情報を明かした。

最初に口を開いたのは、佐竹だった。

「一連の事件の黒幕《ヤマ》は、九仁会の浦辺というナンバーツウ臭いですね」

「確かに浦辺は臭いが、裏社会の新帝王を狙うほどの大物じゃない気がするな」

「わたしも、風見君と同じだね。浦辺は武闘派の野心家なんだろうが、神戸連合会を破門された極道に最大勢力の名を騙らせて東京に拠点を作ろうとしたなんて、あまり知力はないと思うな」

岩尾が言った。

「そうですね、確かに。もっと悪知恵が発達してないと、とても広域暴力団を次々に弱体化させることなんてできないだろうな。自分、刑事に向いてないんですかね」

「佐竹さん、そんなに落ち込むことはないんじゃない？　わたしも、すぐに浦辺保が怪しいと思ったもの」

「東大法学部出でも、そう思ったか。こっちは中堅私大出身だから、仕方ないよな」

「そんなふうに曲解《きょっかい》しないで。わたし、そういう意味で言ったわけじゃないの」

佳奈が弁解した。すぐに風見は助け船を出した。

「里吉の話を聞いたとき、おれも反射的に浦辺って奴が臭いと思ったんだ。しかし、よく考えてみたら、地方の組織のナンバーツウがそこまででっかい野望は持たないんじゃないかと思えてきたんだよ」

「わたしも、そう直感したんだ。浦辺が一連の事件に関与してたとしても、黒幕《ビッグボス》じゃないだろうね。アンダーボスだろう。あるいは、真の首謀者が浦辺という九州のやくざに罪をなすりつけようとしてるのかもしれない」

岩尾が言った。

「それも考えられます。浦辺の交友関係をとことん洗えば、絵図を画《か》いた奴が浮かび上がってきそうだな。組対の力を借りましょう」

「そうだね」

「ちょっと近くのコンビニに煙草を買いに行くが、夕飯は弁当でいいかな？　それとも、調理パンにする？」

「後《あと》で、わたしが買い出しに行ってきますよ」

「いいって。それじゃ、適当に見繕《みつくろ》って喰い物と飲み物を調達してくる。もちろん、班長一家の分もな」

風見は部屋を出て、玄関で靴を履《は》いた。

エレベーターで一階に降り、『本郷スカイレジデンス』の前の通りに出る。いつの間にか、怪しいエルグランドは掻《か》き消えていた。

近くのコンビニエンス・ストアに向かおうとしたとき、近くで足音が響いた。

風見は振り向いた。物陰に身を潜《ひそ》めていたと思われる三十五、六の女が風見に背を向け、急ぎ足で遠ざかりはじめた。茶色のハンチングを被り、黒縁の眼鏡をかけていた。

風見はハンチングの女を早足で追った。

すると、女が気配で振り返った。次の瞬間、焦《あせ》った様子で走りだした。不審の念が強まった。

「ちょっと待ってくれないか」

風見は声をかけた。

女は黙殺し、駆け足で脇道に走り入った。

風見は地を蹴った。脇道に駆け込むと、二十数メートル先に例の灰色のエルグランドが停まっていた。車内は無人だった。

怪しい女がエルグランドの運転席に乗り込んだ。風見は車のナンバーを頭に刻みつけた。

エルグランドが急発進した。

風見は通りの中央に立ち、両手を大きく拡《ひろ》げた。エルグランドが猛進してくる。風見は私物の携帯電話を上着のポケットから取り出した。

カメラ付きだった。風見はレンズをハンチングの女に向け、手早くシャッターを押した。

エルグランドは眼前に迫っていた。

風見は横に跳《と》んだ。エルグランドは風圧を置き去りにして、瞬《また》く間に走り去った。風見は成島の自宅マンションに駆け戻り、地下駐車場に通じているスロープを一気に下《くだ》った。

スカイラインに乗り、すぐさまエルグランドのナンバー照会をする。

半ば予想した通り、盗難車だった。エルグランドは三週間ほど前に大田区内の月極《つきぎめ》駐車場から盗まれたらしい。

風見は覆面パトカーのドアをロックし、地下駐車場から表に出た。そのすぐあと、根上智沙から電話がかかってきた。

「仕事中にごめんなさい」

「何かあったのか?」

「ううん、そういうわけじゃないの。いま、母の入院先にいるのよ」

「おふくろさんの具合は?」

「それがね、嘘みたいに元気になったの。痩《や》せ細ったままだけど、顔色は悪くないのよ。食欲も旺盛でね、わたしが持っていったショートケーキとプリンを全部平らげたの」

「よかったじゃないか。きっと新しい抗癌剤が効いてきたにちがいない」

「わたしは、そうじゃないと思う。ほら、人間って命が燃え尽きる寸前に妙に元気を取り戻したりするでしょ?　ろうそくの炎が消える前に大きく燃え盛るみたいにね」

「そういう話はよく聞くな。でも、おふくろさんは薬効があったんだよ」

「そうなら、いいんだけどね。わたし、母が変に元気になったんで、もう永《なが》くはないのかなと思ったら、なんだか心細くなってしまって……」

「職務をほったらかして、智沙のそばにずっといてやりたい気持ちだよ。しかし、おれが抜けたら、チームのみんなの負担が大きくなるからな」

風見は辛かった。愛《いと》しく想っている女性の悲しみや不安を和らげてあげたかった。しかし、捜査活動中だ。

「ううん、来てくれなくてもいいの。仕事は大事だから、絶対に忽《ゆるが》せにしないで」

「力になれなくて、ごめん！」

「いいの、気にしないで」

「無責任な慰め方をする気はないが、おふくろさんは本当に小康状態を保《たも》てるようになったんだよ。だからさ、スイーツを二個もぺろりと喰えたのさ」

「そうなのかな？」

「ああ、きっとね」

「わたし、そう思うことにする。竜次さんに電話したら、少し気持ちが明るくなったわ。ありがとうね」

「なあに、おれは何もしてないよ。ただ、智沙の話を聞いてただけさ」

「そういうさりげない思い遣《や》りは、とっても素敵よ。仕事、頑張ってね」

智沙が通話を切り上げた。

風見は心の中で詫《わ》び、携帯電話をポケットに戻す。コンビニエンス・ストアに急ぎ、大量の弁当、調理パン、飲み物などを買い込んだ。すぐに班長宅に引き返す。

マンションの出入口はオートロック・システムになっていたが、成島から風見たち部下は暗証番号を教えられていた。

風見は一〇〇一号室に入ると、仲間たちのいる洋室に足を踏み入れた。

「大量に買い込んできましたね」

佐竹が目を丸くした。

風見はコンビニエンス・ストアの膨らんだ二つの袋を床《フロア》に置き、エルグランドに乗っていた不審者のことを佳奈たち三人に話した。それからモバイルフォンのディスプレイに撮った写真を浮かび上がらせた。

「見覚えがありませんね」

佳奈が言った。佐竹の返事も同じだった。風見は、岩尾の表情が変わったことを見逃さなかった。

写真の女に心当たりがあるようだ。

「岩尾さんはどうです？」

「見覚えがあるよ。過激派の元活動家で、だいぶ前から公安調査庁の協力者《エス》をやってると噂されてる女性だと思う」

「名前は？」

「えーと、待ってくれよ。そうだ、若松《わかまつ》いつかだ！　年齢《とし》は三十六だったかな」

岩尾が答えた。

公安調査庁は破壊活動防止法に基《もと》づき、一九五二年に設置された。法務省の外局だが、実質は検察庁の下部機関だ。

組織は総務部、調査第一部、調査第二部に分かれている。調査第一部は日本共産党や新左翼を担当し、調査第二部は中国、北朝鮮、ロシアの情報を集め、右翼も調査対象にしている。全国に八つの公安調査局、十四の公安調査事務所を持っている。

職員は約千五百人で、その大半は調査活動に従事しているはずだ。調査団体に巧《たく》みに潜り込み、スパイづくりに励む。

一九八〇年代の年度予算は百二、三十億円だったが、東西対立が緩《ゆる》んでからは年々、予算を削減されつづけている。

一部の国会議員は十年以上も前から、公安調査庁は解体すべきだと主張している。職員の不祥事が重なったせいもあるのだろう。略称は〝公調〟だ。

「元活動家の若松いつかは、なぜ公調のスパイになったんです？」

風見は岩尾に訊《たず》ねた。

「公安刑事時代に耳に入ってきた噂によると、担当の公安調査官が所属セクトの非合法活動の内容を洗いざらい喋らないと、いつかの父方と母方の従兄弟《いとこ》や旧友も〝思想犯〟に仕立てると威《おど》したらしいんだ」

「それで、若松いつかはセクトのことを何もかも自白《ウタ》っちゃったわけか」

「そうらしい。幹部たちの潜伏先も吐いたんで、その過激派は潰されたんだよ。裏切り者のいつかはセクトの残党たちに命を狙われてると公調に保護を求めたようだね。それで、スパイ《エス》にされたんだろうな。よくあるケースだよ」

「そうでしょうね」

「元の同僚たちから、若松いつかに関する情報を集めてもらえます？」

「ああ、わかった」

岩尾がうなずいた。風見は携帯電話を畳んで、上着のポケットに仕舞った。

3

部屋の窓から運河が見える。

水は濁って、黒ずんでいた。高浜《たかはま》運河だ。東京湾寄りの京浜《けいひん》運河よりも、京浜急行本線の北品川駅に近い運河である。

対岸には、高層のインテリジェントビルが林立している。スフィアタワー天王洲《てんのうず》や品川シーサイドサウス・タワーなどで、いずれも二十階前後だ。

崔《ツイ》は、品川区東品川一丁目にある元運送会社の社員寮に潜伏していた。『白龍《パイロン》』のメンバーと一緒だった。

錦糸町のラブホテルに二台のマイクロバスを差し向けてきた〝中村一郎〟が、隠れ家を提供してくれたのである。元社員寮はプレハブ鉄筋造りの三階建てで、二十室以上あった。

崔《ツイ》たちの一味は、それぞれ個室で寝起きしていた。一階には大食堂があった。むろん、調理スタッフはいなかった。一日三度の食事は、中村が手配してくれた仕出し弁当屋が届けてくれている。献立がバラエティーに富み、弁当を食べ残す者はいなかった。

日用雑貨、酒、煙草、着替えの衣類などは、中村のスタッフと称する屈強そうな男たちが定期的に運んでくれている。日々の暮らしに不自由はなかった。

犯罪代行の依頼人は、間もなく成功報酬の五億円とメンバー分の偽造旅券を持ってきてくれることになっている。

「おまえの魂をもうじきカナダに連れてってやるぞ」

崔《ツイ》は北京語で呟き、ベッドの横に置いてある方《ファン》の遺灰に目をやった。

『白龍《パイロン》』のメンバー全員でバンクーバー郊外に共同体《コミューン》を建設することが夢だった。拳銃の暴発で方《ファン》を死なせてしまったのは残念だが、仕方がない。三世たちのリーダーの李《リー》は環境が変わったせいか、生来の明るさを取り戻していた。

そのことは喜ばしい。だが、崔《ツイ》はなんとなく心が晴れなかった。

少数派の不良外国人であるモロク・セレール・オダニベ、ナジーム・アヤーズ、リカルド・メンテスを言葉巧みに唆《そそのか》し、自分が金のために引き受けた〝犯罪代行〟の片棒を担がせてしまった。そのことが後ろめたい。モロク、ナジーム、リカルドの三人は自分を信じ、上海マフィアや不良イラン人グループを潰し、いずれは日本のやくざたちも退治しようと本気で信じていたにちがいない。

モロクたちは自分らと同じで、日本ではマイナーな存在だった。早く底辺から這《は》い上がりたいとあがいていた同類だ。コミューン建設の夢を叶えたいと切望していたとはいえ、あまりにも人間味に欠ける裏切りだったのではないか。

中国人だった亡父も日本人の亡母も、他人から受けた恩義を忘れてはいけないと口を揃えていた。その教訓を大事にしてきたつもりだ。だが、背に腹は代えられないという思いが膨らんで、ついモロクたち三人を利用だけして見捨てる恰好《かっこう》になってしまった。

我ながら、非情だと思う。しかし、李《リー》たち三世はまだ若い。生きていくために日本で薄汚い犯罪者に成り下がらせたくなかった。

自分と彼らを救いたくて、浅ましいことをしたものだ。そのことを恥じてはいるが、もう手を汚してしまった。いまさら善人ぶっても、はじまらないだろう。

俗人は、聖者のようには生きられない。誰もが程度の差こそあっても、清濁を併《あわ》せ呑《の》んで生きている。あまり物事を潔癖に考えたら、行き詰まってしまう。

「見苦しい自己正当化だろうな」

崔《ツィ》は独りごちた。この疚《やま》しさを背負いつづけていくことで、モロク、ナジーム、リカルドの三人に償《つぐな》うほかなさそうだ。

被弾したモロクとナジームが逮捕されたことは、マスコミ報道で知っている。済まない気持ちで一杯だ。自宅マンションで事の成りゆきを見守っているらしいリカルドにも、同じ気持ちである。

それはそうと、〝中村一郎〟と自称している犯罪代行の依頼人はいったい何を考えているのか。警戒心を緩めずに自分の前には一度も姿を見せていない。

依頼内容のうち二件の売上金強奪の目的は、その後の犯罪計画の軍資金の調達だったと思われる。自分らに上海マフィアやイラン人マフィアの壊滅を狙っているように見せかけてほしいと依頼してきたのは、ミスリード工作だったのだろう。中村に指示された通りにポリス・グッズ一式を十組も手に入れ、『白龍《パイロン》』のメンバーを偽警官に仕立てた。

中村が自分に捜査の手が伸びることを恐れたのは、よくわかる。しかし、住川会、稲森会、城西会の本部や会長宅を爆破させた実行犯たちにわざわざ警官を装わせた理由がわからない。『白龍《パイロン》』のメンバーは軍人崩れではない。ミサイル弾など撃ち込めるはずはないと警察は必ず見抜くはずだ。

稚拙《ちせつ》なトリックを使ったのは、時間稼ぎだったのか。中村は犯罪計画を遂行するまでは実行犯たちの正体を絶対に知られたくなかったようだ。『M47ドラゴン』や『スティンガー』を扱える人間は限られている。

捜査当局が実行犯を突き止めたら、事件の首謀者を割り出すだろう。中村は、それを恐れたらしい。だから、自分たちが日本の闇社会に喰い込みたがっているように芝居をしてくれと頼んできたのだろう。

どうやら中村は関東やくざの御三家と神戸連合会を対立させて、潰し合いをするよう仕向けたようだ。そして、中京会、有馬組、浪友会、広島共和会を弱体化させた。裏社会の顔役たちを抹殺するために、爆弾やミサイル弾まで使った。

中村は暗黒社会の新しい支配者になりたがっているにちがいない。悪知恵の発達したインテリやくざなのか。

「崔《ツィ》さん、仕出し弁当屋から夕食が届きましたよ」

ドアの向こうで、李富淳《リーフーチュン》が告げた。北京語だった。

「そう。すぐ階下《した》の食堂に降りていく」

「わかりました。今夜の弁当は豪華ですよ。中村さんが特別メニューにしてくれって頼んだそうです」

「そうか」

崔《ツイ》は短く応じた。一応、依頼はこなした。中村は労を犒《ねぎら》ってくれたのだろう。李《リー》の足音が遠ざかった。午後七時数分前だ。

崔《ツイ》は三階にある部屋を出て、階段の降り口に足を向けた。一階の食堂のテーブルには、あらかた『白龍《パイロン》』のメンバーが並んでいた。

空いている席に坐りかけたとき、来客があった。崔《ツイ》は身構えながら、玄関に急いだ。来訪者が刑事たちだったら、どう切り抜けるか。

玄関の広い三和土《たたき》には、五十二、三の男が立っていた。中肉中背で、これといった特徴はない。

「崔《ツイ》さんだね。わたし、中村一郎です。お目にかかるのは初めてだね」

「ええ」

「いろいろお世話になりました。スタッフにお約束の五億円を持たせたんだが、どちらに運び入れさせよう？」

「とりあえず、右手にある娯楽室に置いていていただけますか」

崔《ツイ》は娯楽室を指さした。中村がにこやかにうなずき、いったん表に出た。

大型のジュラルミン・ケースを提《さ》げた五人の男たちが次々に玄関に入ってきて、娯楽室に向かった。戻ってきた中村は、手提げ袋を持っていた。重たげだ。四、五本の赤ワインが入っていた。重ねられた紙コップも見える。

「後で、みんなで乾杯しよう。これで、お別れだからね」

「中村さん、わたしたちの偽造パスポートは？」

「ご心配なく。後で、みんなに渡す」

「何から何まで申し訳ありません。どうぞ上がってください。わたし、そうしてほしいですね」

崔《ツイ》は、中村を娯楽室に導《みちび》いた。五人の男は崔《ツイ》に目礼し、ほどなく外に出た。

銀色のジュラルミン・ケースは、ソファ・セットの横に積み上げられていた。中村が手提げ袋を足許に置き、一番上のジュラルミン・ケースの蓋を開けた。

札束がぎっしりと詰まっていた。目が眩《くら》みそうだった。思わず崔《ツイ》は声を上げてしまった。

「一億ずつ入ってる。偽札じゃないが、一応、数えてもらえるかな」

「その必要はない。ありませんよ。わたし、中村さんを信用してる」

「それは嬉しいな。もう察しがついてるだろうが、中村一郎は偽名だったんだ。本名は浦辺保というんだよ。福岡の九仁会の若頭をやってる」

「やくざには見えないね。公務員みたいですよ」

「わたしたちの稼業を長くやってる人間は、たいてい堅気《かたぎ》っぽいんだよ」

「そうなんですか」

「この社員寮は以前、わたしが経営してた運送会社の物なんだ。東京に拠点を作りたかったんだが、住川会に潰されてしまった。そのことがきっかけで、わたしは日本の裏社会の勢力図をすっかり塗り替えてやる気になったんだよ」

「やっぱり、あなたが暴力団潰しを……」

「そうなんだ。元陸自のレンジャー隊員や傭兵崩れを雇ってね。ジュラルミン・ケースを運んでくれた彼らが実行犯なんだよ」

「そうだったのか。あなた、裏社会の新帝王になるつもりね？」

「わたしは、それほどの大物じゃないよ」

「黒幕は誰？　わたし、それ、知りたいです」

「崔《ツイ》さん、そういうことには関心を持たないほうがいいな」

浦辺と名乗った男がジュラルミン・ケースの蓋を閉めて、低い声で威嚇《いかく》した。

「わかりました。お土産の赤ワイン、いただきますね」

崔《ツィ》は手提げ袋を持ち、先に娯楽室を出た。李《リー》に指示して紙コップを配らせ、赤ワインを注がせる。

「この赤ワインは、友人の中村さん、いや、そうじゃなかった。わたし、間違ったね」

「崔《ツィ》さん、名前なんかどうでもいいじゃないか。カナダで夢を実現させられることを祈ってる」

「ええ」

「それでは、みんなで乾杯しよう」

浦辺が促した。崔《ツィ》は卓上から赤ワイン入りの紙コップを二つ取って、片方を浦辺に手渡した。

「乾杯《カンペイ》！」

崔《ツィ》は、立ち上がった『白龍《パイロン》』のメンバーたちに声をかけた。若い三世たちが次々に紙コップを傾ける。

崔《ツィ》も赤ワインを飲んだ。数秒後、李《リー》たちが呻いて、口許に手を当てた。メンバーはテーブルの上に倒れ込んだり、椅子ごと転がった。

崔《ツィ》も喉がひりひりと灼《や》けた。舌にも痺《しび》れを感じた。喉元を掻き毟《むし》っているうちに、体を支えていられなくなった。

毒を盛られたようだ。

崔《ツィ》は床に倒れた。浦辺が冷笑しながら、赤ワインを崔《ツィ》の顔面に注いだ。

「あの世で、みんなで仲よく共同体《コミューン》を建設してくれ。五億円はそっくり回収させてもらうよ」

「よくもわたしを騙《だま》したなっ。し、死んでたまるか！」

崔《ツィ》は縺《もつ》れる舌で、やっと言葉を絞り出した。そのすぐあと、何もわからなくなった。


電灯は点《つ》いていた。

若松いつかの部屋だ。元過激派の活動家は、世田谷区三宿《みしゅく》にある賃貸マンションの一〇五号室に住んでいた。部屋の主が在宅していることは間違いないだろう。

風見、佳奈、岩尾、佐竹の四人は、マンションの前の道に立っていた。午後七時半過ぎだ。

元公安刑事の岩尾がかつての同僚から得た情報で、いつかの現住所は苦もなくわかった。それだけではなかった。彼女を協力者《エス》に仕立てたのは、公安調査庁調査第一部の霜月《しもつき》努《つとむ》部長だということも判明した。五十三歳の霜月は若松いつかをエスにした六年前から、彼女と不倫関係をつづけている。

いつかの月々の手当六十万円は、官費で支払われていた。そのことが三年前に職場で発覚し、霜月は懲戒免職になりかけた。しかし、霜月と親しくしている警察官僚が裏で動いてくれたおかげで、職場を追われずに済んだ。

ただし、岩尾の元同僚はさすがに、霜月の不正を握り潰した有資格者《キャリア》の名までは明かさなかったという。

「わたしと佐竹君は、一〇五号室のベランダ側に回るよ。元活動家がベランダから逃走を図るかもしれないからね」

岩尾が風見に言った。

「わかりました。それじゃ、おれたちは部屋を訪ねます」

「いつかの部屋に霜月がいたら、二人に任意同行を求めます」

「そうしてくれないか。で、二人は九係の連中に引き渡そう。いつかはパトロンの霜月に指示されて、特命遊撃班《うち》の動きを探《さぐ》ってただけなんだと思うが……」

「霜月は一連の凶悪な事件に関与してる疑いが濃いから、身柄《ガラ》を捜査本部に押さえてもらわないとな」

「そうだね。霜月の不正を揉み消した警察官僚が事件の首謀者臭いからな」

「それは、ほぼ間違いないでしょう。だから、その黒幕はうちのチームの捜査妨害をして、解散に追い込もうとマスコミ各社に密告したにちがいない。もちろん当人が動いたんではなく、配下の者を使ったんだろうが」

「そうなんだろうね。では、わたしたちは裏に回るよ」

「お願いします」

風見は言った。

岩尾が佐竹を伴って、六階建ての賃貸マンションの敷地に入っていった。

風見たちペアは、エントランス・ロビーに足を踏み入れた。出入口はオートロック・システムにはなっていなかった。

エレベーター・ホールの手前の通路を抜けて、一〇五号室の前に立つ。

「おれは面が割れてるから、そっちがドアを開けさせてくれ」

風見は相棒に言って、ドア・スコープの死角に身を移した。佳奈がインターフォンを鳴らす。ややあって、スピーカーから女性の声が流れてきた。

「どなたですか?」

「わたし、公調の職員です。霜月部長が若松さんのお宅にうかがってると聞いたものですから……」

「きょうは彼、いいえ、霜月さんは見えてませんよ」

「そうなんですか。それでは、部長が若松さん宅に現われたら、この極秘書類を渡していただけます？」

佳奈がもっともらしく言った。部屋の主は、みじんも怪しまなかった。

待つほどもなくドアが開けられた。すかさず風見は一〇五号室の三和土《たたき》に躍《おど》り込んで、いつかの片腕を摑んだ。

「あっ、あなたは⁉」

「不倫相手の霜月努に頼まれて、おれたちのチームの動きを探ってたんだな？」

「なんのことなんです？」

「空とぼけるんじゃない！」

「そうおっしゃられても……」

「霜月を庇《かば》いつづけると、書類送検じゃ済まなくなるぞ。なんだったら、昔のセクトの仲間に、そっちがこのマンションに住んでることを教えてやるか。同志を売ったわけだから、半殺し、いや、殺されることになるかもしれないな」

「セクトの元同志たちには何も言わないでください。わたし、本当に殺されるかもしれないんで……」

「まだ死にたくなかったら、捜査に協力するんだね」

「は、はい。あなたの言った通りよ。わたし、霜月さんに頼まれて、特命遊撃班のことを調べてたんです。ごめんなさい」

「やっぱり、そうだったか。霜月を動かしてるのは、警察官僚なんだろ？　そいつは誰なんだ？」

「わかりません。彼、そのキャリアの方の名は頑《かたく》なに教えてくれないんですよ。二つぐらい年上で、高校時代の先輩だとか言ってましたけど」

「そこまでわかれば、ビッグボスのことは割り出せる。あんたの不倫相手は警察官僚《キャリア》とつるんで、闇社会を支配しようと企んでるんだろ？」

「わたし、わかりません。彼、公安調査庁はそのうちに大幅に縮小化されそうなんで、転身したいとは洩らしてました。でも、何をする気なのかは……」

「愛人関係なのに、妙に霜月に遠慮してるんだな」

「男女の仲ではあるんですけど、わたしたち、対等なつき合いをしてるわけじゃないんです。わたしには、弱みがありますからね」

「霜月に脅迫されて、公調のスパイになったことを言ってるのか？」

「それに付随したことなんですけど、昔の同志にわたしの居場所を知られるのが恐ろしくて、彼の命令には背《そむ》けないんですよ」

いつかが、うなだれた。

「そういうことなら、ベッドでもサディスティックに嬲《なぶ》られてるんだろうな」

「ええ、まあ」

「縛られちゃってるの？」

「風見さん、私生活に立ち入り過ぎですっ」

斜め後ろで、佳奈が咎《とが》めた。風見は笑ってごまかした。

「霜月努をあなたの部屋に誘《おび》き出してもらえないかしら？」

相棒が、いつかに頼んだ。

「彼を裏切ったことがわかったら、わたし、ひどい仕返しをされると思うわ。今夜は、多分、杉並の自宅にいるでしょう」

「いいえ、自宅にはいないと思うわ。わたしたちのチームの動きはわかってるだろうから、どこかに身を隠してるはずです」

「そうですかね」

「一応、霜月に電話してもらおうか」

風見は、いつかを見据えた。いつかが視線を外した。

「携帯はどこにある？」

「居間のコーヒーテーブルの上に置いてあります」

「そう。ちょっと上がらせてもらうぜ」

風見はいつかの片腕を摑んだまま、急いで靴を脱いだ。

4

夜が明けた。

とうとう中村一郎と騙《かた》っていた霜月努は、愛人の自宅マンションに現われなかった。公安調査庁の調査第一部長は、若松いつかが警察の囮《おとり》にされたと察したようだ。前夜、いつかが霜月に電話をかけたとき、声が幾らか震えていた。間《ま》の取り方も不自然だった。

風見と佳奈は、いつかの自宅の居間にいた。九係の仁科警部の部下も二人いる。いつかを囮《おとり》に使うことになったので、捜査本部の正規捜査員に来てもらったわけだ。

いつかは素直に事情聴取に応じた。だが、新事実は語られなかった。

岩尾・佐竹コンビは、マンションの前で張り込んでいる。覆面パトカーの中だ。霜月が姿を見せたら、すぐ伝えてくれることになっていた。

「あんたの不倫相手は、昨夜《ゆうべ》の誘いの電話が罠だと覚《さと》ったにちがいない」

風見は部屋の主に言って、リビング・ソファから立ち上がった。腰が強張《こわば》っている。長いこと椅子に坐りっ放しだったからだろう。

「まだわかりませんよ。彼、霜月さんはすぐにはわたしの部屋に来られない事情があるんだと言ってましたから。でも、必ずここに来ると約束してくれたんです。そのうちに現われると思います」

「本気で、そう思ってるのか？」

「そう思わなければ、哀《かな》しいじゃありませんか。きっかけはどうであれ、わたしたちは六年も関係をつづけてきたんです。彼が少しはわたしに愛情を持ってると考えないと、自分が惨《みじ》めに思えてきて……」

「ええ、そうですよね。霜月努は、陽《ひ》が高くならないうちに来るかもしれないわ」

佳奈が、いつかの肩に手を置いた。

風見は、自分の神経が粗《あら》いことを恥じた。恋愛体験は決して少なくないが、女性の心理がわかっていないのかもしれない。

「そうだな。霜月は、そっちを単なる協力者兼《エス》セックス・ペットと思ってるわけじゃないんだろう。危《ヤバ》いと知りつつ、架空の情報謝礼の名目で愛人の手当を捻出《ねんしゅつ》してたわけだからな」

「恋情なんかなかったのかもしれません。だけど、長くつき合ってるんだから、ある種の情《じょう》は……」

「そう思うのは当然だよな。最初はあんたの体を自由にしたかっただけだったのかもしれないが、そのうち愛情が芽生えたんだろう」

「もういいんです」

いつかが寂しげに言った。風見は途方に暮れてしまった。女心を傷つけた場合、どう労《いたわ》ればいいのか。

思わず風見は、相棒に目顔で救いを求めた。

佳奈は黙って首を横に振った。下手に言葉をかけないほうがいいという意味だろう。

「ちょっと手洗いを借りるよ」

風見はいつかに断って、トイレに足を向けた。

手洗いを出たとき、岩尾から電話があった。

「いま成島班長から連絡があったんだが、霜月の高校の先輩が警察官僚の中にいたそうだよ。三年数カ月前まで警察庁刑事局次長を務めてた力丸憲昭《りきまるのりあき》、五十五歳らしい。力丸は何かミスをしたようで、法務省の窓際部署に出向中なんだってさ」

「そのキャリアが出世コースから外れてしまったんで、暗黒社会を支配する気になったんだろうか。多分、霜月の不正を握り潰してやったのは力丸なんでしょう」

「そう思ってもいいだろうね。霜月自身も公安調査庁ではもう偉くなれないどころか、いつ早期退官を促されるかもしれない。だから、高校時代の先輩の力丸に協力する気になったんじゃないのかな？」

「ええ、そうなんでしょう」

「班長は例の密告電話の録音音声を密かに科捜研に声紋鑑定を依頼してたらしいんだが、密告者は霜月努と判明したそうだよ」

「そうですか。霜月が力丸の共謀者だという心証を得ても、物的証拠がなければ、警察官僚を逮捕《パク》ることは難しいな。キャリア組は同じ有資格者が罪を犯すと、イメージ・ダウンになるからと事件を闇に葬る傾向があるでしょ？」

「そうだね。しかし、そんなことをさせるわけにはいかない。相手が警察官僚だからって腰が引けたんじゃ、ただの腰抜けだよ。わたしたちは法の番人なんだ。見逃すわけにはいかない」

「もちろんですよ。で、霜月の居所はわかったんですか？」

「杉並の自宅にはいないらしい。霜月の奥さんの話によると、きのうは職場から競売《けいばい》物件を見に行くと言ってたらしいんだ」

「競売物件？」

「ああ。班長は、その競売物件のことも調べたと言ってた。東品川にある競売物件は、九仁会のナンバーツゥの浦辺保が個人的に経営してた運送会社だったらしいんだが、住川会に営業妨害されて廃業に追い込まれたようなんだ。三百数十坪の土地に社屋と社員寮が建ってるという話なんだが、浦辺は負債の利払いも滞《とどこお》らせてたんで、第一抵当権を持ってるメガバンクが競売にかけたらしいんだよ」

「そうなんですか」

「経済やくざたちが普通なら競売物件に群がるはずなんだが、なぜか未《いま》だに買い手がつかないみたいだね。もしかしたら、霜月はその物件をもう手に入れてるのかもしれないな」

「そうだったとしたら、一連の爆破事件の実行犯たちはそこに隠れてるんじゃないかな。岩尾さん、その競売物件の所在地を教えてください」

　風見は早口で言った。

「所在地は品川区東品川一丁目十×番地で、廃業した会社は『九仁運輸サービス』だよ」

「おれと八神は、そこに行ってみます。実行犯たちが潜伏してたら、霜月の居場所がわかるかもしれませんからね。霜月を締め上げれば、首謀者が警察官僚の力丸憲昭だということがはっきりするでしょ？」

「そうだね。しかし、二人だけで大丈夫かい？」

「支援が必要になったら、すぐに要請しますよ。この現場は岩尾さんたちに任せますので、よろしく！」

「わかった」

岩尾が電話を切った。

風見は居間に急ぎ、佳奈を手招きした。経緯《いきさつ》を伝え、九係の刑事たちに自分ら二人は現場を離脱しなければならなくなったことを話す。

風見たちペアは若松いつかの部屋を出ると、スカイラインに駆け寄った。風見の運転で、東品川に向かう。サイレンは鳴らしっ放しだった。

三十分弱で、目的の競売物件を探し当てた。

四階建ての社屋の斜め後ろに社員寮が見える。風見たちは覆面パトカーを降りると、まず社屋に近づいた。出入口はロックされていて、ひっそりとしている。人のいる気配はうかがえなかった。

二人は社員寮に回った。照明が灯っているが、物音は聞こえない。

「八神は外で待機しててくれ」

風見は佳奈に言いおいて、社員寮のドアを開けた。

そのとたん、アーモンド臭が鼻腔《びこう》を衝《つ》いた。青酸化合物は無色無臭だが、それで動物が中毒死すると、アーモンドに似た臭《にお》いを放つようになる。

風見は土足のまま、玄関ホールに上がった。正面に大きな食堂がある。

テーブルの下には、二十人前後の男たちが倒れていた。紙コップを握った状態で、息絶えている者が多い。

死者の中に崔一成《ツイイーチョン》や李富淳《リーフーチユン》が混じっていた。食卓やフロアには、赤ワインが零《こぼ》れている。青酸化合物入りのワインで毒殺されたのは、『白龍《パイロン》』のメンバーだろう。

中国残留邦人の二世と三世は利用価値がなくなったので、霜月に口を封じられたのだろう。そうすることを命じたのは、キャリアの力丸憲昭にちがいない。

「八神、崔《ツイ》たちが毒殺された。来てくれ」

風見は大声で相棒を呼んだ。


その日の深夜である。

特命遊撃班の五人は、南伊豆の大きな貸別荘に忍び寄っていた。全員、武装している。

力丸憲昭が名乗って成島班長に電話をかけてきたのは、およそ四時間前だ。警察官僚は『春霞』の友紀ママを人質に取ったと告げ、チームの五人に呼び出しをかけてきたのだ。

力丸の目的はわかっていた。風見たちは、力丸が一連の凶悪犯罪の首謀者であるという立件材料をまだ揃え終えていない。特命遊撃班のメンバーを殺害すれば、検挙されることはないと考えたのだろう。

罠に嵌《は》まったら、殉職することになるかもしれない。といって、なんの罪もない人質を見殺しにすることはできなかった。五人は決死の覚悟で人質の救出を試みることにしたわけだ。

大事をとって、警備第一課所属の特殊急襲部隊『SAT《サット》』に、人質の救出を任せるべきなのかもしれない。しかし、友紀を無傷で保護できるとは限らなかった。

美人女将に密かな想いを寄せている成島は、チーム単独での人質救出に踏み切りたいと部下たちに提案した。異論を唱える者はいなかった。こうして五人は二台の捜査車輛に分乗して、伊豆半島の南端にやってきたのである。

十一時を回っていた。静かだった。

作戦は決まっていた。成島が貸別荘の車寄せからラウド・スピーカーを使って、犯人側に呼びかける。むろん、すでに貸別荘を完全に包囲したと偽《いつわ》る。

その隙に風見たち四人はポーチ、テラス、窓辺、キッチンの勝手口付近で待ち伏せる。力丸が友紀を弾除《たまよ》けにして貸別荘から脱出するだろうと予想したのだ。

「みんな、油断するなよ」

成島が部下たちに言って、貸別荘の敷地に足を踏み入れた。ラウド・スピーカーを口に当てたとき、庭が投光器の明かりで照らされた。

「あっ、あそこ……」

佳奈が驚きの声を洩らし、巨木の太い枝を指さした。
五十二、三の男が吊《つ》るされていた。その首には、白っぽいロープが深く喰い込んでいる。男が生きていないことは明らかだ。
「公調の霜月だよ」

岩尾が風見に告げた。

「力丸は、霜月の口を封じなければ、自分が一連の凶行の首謀者であることがわかってしまうと保身本能から……」

「そうなんだろうね。あるいは、うちのチームに尻尾を摑まれた霜月が自分の野望を潰《つい》えさせたと腹立たしく感じたのかもしれない。どっちにしても、高校時代の後輩にさんざん危ない橋を渡らせておいて、殺してしまうなんて冷血そのものだな」

「そうですね」

風見は相槌を打った。

「力丸憲昭、我々はもう建物の周《まわ》りを固めた。人質と一緒に外に出てくるんだ。こちらから先に発砲はしない」

ラウド・スピーカーから班長の声が流れはじめた。

数秒後、庭木の向こうで二つの銃口炎《マズル・フラッシュ》が明滅した。銃声は聞こえなかった。

力丸の番犬たちが消音型拳銃の引き金を絞ったのだろう。成島が身を屈《かが》め、暗がりに逃げ込んだ。

「散ろう」

風見は三人の仲間に言って、ショルダーホルスターからオーストリア製の拳銃を引き抜いた。スライドを滑らせ、家屋の横に回り込む。風見は外壁に耳を当てた。

そのとき、前方でふたたびマズル・フラッシュが瞬《またた》いた。

放たれた銃弾が、風見の頭髪をそよがせた。弾は背後の灌木《かんぼく》の枝と葉を噴《ふ》き飛ばした。

風見は横に動き、グロック26で撃ち返した。

反動《キック》が右腕全体に伝わってきた。薬莢が右斜め後ろに弾き飛ばされ、硝煙が鼻先を掠《かす》めた。

相手の脚《あし》を狙ったのだが、弾道は逸《そ》れてしまった。敵が棒のように後方に倒れ、それきり微動だにしない。

風見は用心しながら、倒れた男に駆け寄った。

マカロフPbを握ったまま息絶えている男は、心臓部に被弾していた。三十二、三で、精悍《せいかん》な顔立ちだ。傭兵崩れだったのか。

「正当防衛だぜ。おれを恨むなよ」

風見は死者に言って、ロシア製の消音型拳銃を押収した。

庭にまだ敵がいる。銃器を押収しておかないと、危険な目に遭《あ》うかもしれないと判断したのだ。

風見は二挺のハンドガンを握りながら、貸別荘の裏手に回った。

その直後、建物の反対側で三度、銃声が轟《とどろ》いた。岩尾と佐竹が相前後して撃ったのか。そうではなく、佳奈が発砲したのだろうか。

それを確かめる余裕はなかった。

風見は台所のごみ出し口に達した。ノブを撃ち砕こうとしたとき、内側からドアが開けられた。

先に姿を見せたのは、『春霞』の女将だった。和服姿だ。

友紀の白い項《うなじ》には、果物ナイフの刃が垂直に宛《あて》がわれている。刃物を握っているのは、力丸だった。キャリアとは面識がなかったが、風見は相手の顔写真を見ていた。

「拳銃を二挺とも渡さないと、この女の喉を搔っ切るぞ」

力丸が震えを帯びた声で言った。

「あんた、警察官僚《キャリア》だろうが！　犯罪者に成り下がって、恥ずかしくないのかっ」

「わたしは救いようのない無法者たちを排除して、明るい裏社会の構築をめざしてるんだ。一般市民には迷惑をかけないアウトローだけの世界を支配したいんだよ。表社会でエリートになっても、世の中全体をコントロールはできない。しかしね、裏社会に君臨することはできる。そう思ったんで、わたしは生き方を百八十度転換させることにしたんだよ」

「歪んだ野望を吐えるために崔《ツィ》たちや霜月をうまく利用しながら、目障《めざわ》りな暴力団や顔役たちを元自衛官や傭兵崩れどもに片づけさせたわけだな？　なぜ、アンダーボスの霜月まで始末させたんだっ」

「霜月は実によく働いてくれたよ。しかし、彼はわたしの寝首を搔きそうな男だからね」

「だから、参謀まで消す気になったのかっ」

「そうだよ。わたしは、本気で裏社会を支配する気なんだ。その計画も順調に進んだのに、霜月の気の緩みで黒幕のわたしまで怪しまれるようになった。その怒りもあって、霜月を斬り捨てることにしたんだよ。わたしは自分が疑われないために、いろいろ手の込んだ陽動作戦も考えたんだ」

「売上金強奪だけじゃなく、汚い手で銭《ぜに》もたっぷり集めたんじゃないのか？」

「優秀なチームも、まだマイケル・コナーズのことまでは調べ上げてなかったようだな」

「そいつは何者なんだ？」

風見は訊いた。

「アメリカ人の天才ハッカーだよ。マイケルに優良企業五十社のサーバーに潜り込んでもらって、不正の証拠や極秘事項を盗み出させたんだ」

「企業恐喝も働いてたのか!?」

「そうだよ。そのへんの暴力団の親分とは頭の出来が違うんだ、わたしはな。五十社から百三十二億円をせしめた。マイケルには、あと五十社の弱みを摑んでくれと頼んであるんだ」

「あんたに雇われてるハッカーや番犬どものことは、後でゆっくりと喋ってもらう。とりあえずナイフを捨てろ！」

「この女が死んでもいいのかっ。中村、いや、霜月の報告によると、成島警視はこの女将にぞっこんらしいじゃないか。なら、裏取引をしてもいいぞ」

「裏取引だって？」

「そうだ。特命遊撃班が一連の事件の支援捜査を打ち切ってくれるなら、人質は解放するよ。それから、きみら五人に二億円ずつ払ってもいい。いや、三億まで出そうじゃないか」

「金は嫌いじゃないよ。千億くれるんなら、おれは話に乗ってもいいぜ。しかし、成島班長は一兆円出すと言われても、首を縦に振らないだろうな」

「それだけ成島は、この女に惚れてるってことか。でもな、金があれば、いい女は手に入れられるもんだ」

「おれたちは、あんたとは違う。銭で魂まで売っちまう奴がいるが、おれたちはそうじゃない。見くびるな！」

「わかった。交渉は決裂だ。二挺とも渡す気がないんだったら、人質は殺す。それでもいいんだなっ」

力丸がいきり立ち、刃先を友紀の白い喉元に深くめり込ませた。友紀の整った顔が引き攣《つ》った。だが、命乞いはしなかった。

気丈というよりも、理不尽なことには屈したくないのだろう。いい女だ。成島には悪いが、友紀に言い寄りたくなってきた。

むろん、そう思っただけだ。本気で友紀を口説くつもりはない。

「おい、どうする?」

「負けたよ」

風見はマカロフPbとグロック26を足許に置いた。

「両手を高く掲《かか》げて、ゆっくりと後ろに退《さ》がれ。三メートルは退がるんだ」

「いいだろう」

「妙な考えは起こすなよ」

力丸が言った。風見は後退しはじめた。

二メートルも退がると、力丸が二挺の拳銃に目をやった。友紀の肩口を押し下げながら、徐々に腰を落としていく。ハンドガンに気を取られているからか、果物ナイフは友紀の首から十五センチ以上も離れていた。

反撃のチャンスだ。

風見は前に跳《と》んで、友紀の体を引き寄せた。同時に前蹴りを見舞った。

股間をまともに蹴り上げられた力丸は唸《うな》りながら、その場にうずくまった。果物ナイフは手から離れていた。

「あんたに明日はないぜ」

風見はステップインして、今度は警察官僚の顎《あご》を思うさま蹴り上げた。

力丸が仰向けに引っくり返り、くの字に体を縮めた。不様だった。

風見は嘲笑し、二挺のハンドガンを拾い上げた。

「ありがとう。怖かったわ。生きた心地がしませんでした」

友紀がそう言い、体ごと抱きついてきた。わなわなと震えていた。凜然《りんぜん》としていても、やはり女性だ。風見は父性本能をくすぐられた。

「もう大丈夫ですよ」

「ええ」

「体の震えが止まるまで、強く抱いててもらえます？」

「お安いご用だ」

風見はグロック26をショルダーホルスターに戻すと、片腕を友紀の背に回した。布地を通して柔肌の感触が伝わってくる。妖《あや》しい気持ちになりそうだった。

「わたしをお店の前で強引に車に押し込んだ男にも、この力丸という警察官僚にも会ったことがないのに、なんでこんな目に遭ったのかしら？」

「ママは、とばっちりを受けたんですよ」

「なぜなの？」

「成島さんがママに惚れてるからだろうね。ママも、うちの班長のことは嫌いじゃないん

「ええ、好きよ。でも、まだ成島さんの心の中には亡くなられた奥さまが棲《す》んでらっしゃるみたいだから……」

「そうなのかどうか、一度デートしてみれば、わかるでしょ？　お店、日曜が定休日だよね？」

「ええ」

「次の日曜日は何か予定が入ってるのかな？」

「いいえ、特に。ひとりで洋画でも観《み》ようと思ってたんだけど」

「おれ、ロードショーのチケットを二枚手に入れるから、成島さんを誘ってあげてよ」

「迷惑なんじゃないかしら？」

「そんなことないと思うな。多分、班長はママにデートに誘われたら、一日中、スキップするんじゃないだろうか」

「まさか……」

友紀が、くすっと笑った。もう体の震えは熄《や》んでいた。

風見はさりげなく友紀から離れた。

そのすぐあと、誰かが駆け寄ってきた。体型から察して、成島だろう。

「風見君、友紀ママを保護してくれたか？」

「ええ、無傷で保護しましたよ」

「ありがとう、ありがとう！　庭にいた番犬の片方は、そっちが射殺したんだな？」

「そうです。やむなく反撃したんですが、ちょっと的《まと》を外しちゃったんですよ。もうひとりの奴は？」

「岩尾君と佐竹君が一発ずつ撃ち返したんだが、どちらも外してしまったらしいんだ。それで、美人警視が相手の左の太腿を撃ったんだそうだよ」

成島が風見に言って、友紀の肩を優しく包んだ。

友紀が成島の胸で控え目に泣きはじめた。二人の間に何かドラマが生まれることを祈りたい。

風見はマカロフPbをベルトの下に挟み、手錠を腰から引き抜いた。頭上には、満天の星が輝いていた。記憶に残る夜になりそうだ。

「風見さん、怪我はありませんか？」

佳奈が走り寄ってきた。その後ろには、岩尾と佐竹がいた。

「誰か九係の仁科係長に連絡してくれないか」

風見は力丸を乱暴に俯《うつぶ》せにし、後ろ手錠を打った。金属音が高く響いた。

著者注・この作品はフィクションであり、登場する人物および団体名は、実在するものといっさい関係ありません。

裏支配

一〇〇字書評

切り取り線

購買動機（新聞、雑誌名を記入するか、あるいは○をつけてください）

□（　　　　　　　　　　　　）の広告を見て
□（　　　　　　　　　　　　）の書評を見て
□ 知人のすすめで　　　　　　□ タイトルに惹かれて
□ カバーが良かったから　　　□ 内容が面白そうだから
□ 好きな作家だから　　　　　□ 好きな分野の本だから

・最近、最も感銘を受けた作品名をお書き下さい

・あなたのお好きな作家名をお書き下さい

・その他、ご要望がありましたらお書き下さい

住所	〒				
氏名		職業		年齢	
Eメール	※携帯には配信できません	新刊情報等のメール配信を 希望する・しない			

この本の感想を、編集部までお寄せいただけたらありがたく存じます。今後の企画の参考にさせていただきます。Eメールでも結構です。

いただいた「一〇〇字書評」は、新聞・雑誌等に紹介させていただくことがあります。その場合はお礼として特製図書カードを差し上げます。

前ページの原稿用紙に書評をお書きの上、切り取り、左記までお送り下さい。宛先の住所は不要です。

なお、ご記入いただいたお名前、ご住所等は、書評紹介の事前了解、謝礼のお届けのためだけに利用し、そのほかの目的のために利用することはありません。

〒一〇一－八七〇一
祥伝社文庫編集長　坂口芳和
電話　〇三（三二六五）二〇八〇

祥伝社ホームページの「ブックレビュー」からも、書き込めます。
http://www.shodensha.co.jp/bookreview/

祥伝社文庫

裏支配《うらしはい》　警視庁特命遊撃班《けいしちようとくめいゆうげきはん》

平成23年10月20日　初版第1刷発行

著　者　南《みなみ》　英男《ひでお》
発行者　竹内和芳
発行所　祥伝社《しょうでんしゃ》
東京都千代田区神田神保町3-3
〒101-8701
電話　03（3265）2081（販売部）
電話　03（3265）2080（編集部）
電話　03（3265）3622（業務部）
http://www.shodensha.co.jp/

印刷所　堀内印刷
製本所　ナショナル製本
カバーフォーマットデザイン　芥　陽子

Printed in Japan ©2011, Hideo Minami ISBN978-4-396-33712-4 C0193